她们的诗意空间
当代英联邦女性诗歌研究

范丽娟 ◎ 编著

黑龙江教育出版社

图书在版编目（CIP）数据

她们的诗意空间：当代英联邦女性诗歌研究 / 范丽娟编著. -- 哈尔滨：黑龙江教育出版社，2019.12
ISBN 978-7-5709-1224-7

Ⅰ.①她… Ⅱ.①范… Ⅲ.①妇女文学—诗歌研究—世界—现代 Ⅳ.①I106.2

中国版本图书馆CIP数据核字(2020)第008196号

她们的诗意空间：当代英联邦女性诗歌研究
Tamen De Shiyi Kongjian：Dangdai Yinglianbang Nüxing Shige Yanjiu

范丽娟　编著

责任编辑	徐永进
封面设计	朱美杰
责任校对	程　佳
出版发行	黑龙江教育出版社
	（哈尔滨市道里区群力第六大道 1305 号）
印　　刷	哈尔滨圣铂印刷有限公司
开　　本	787 毫米×1092 毫米　1/16
印　　张	15.5
字　　数	230 千
版　　次	2020 年 11 月第 1 版
印　　次	2020 年 11 月第 1 次印刷
书　　号	ISBN 978－7－5709－1224－7　　定　价　40.00 元

黑龙江教育出版社网址：www.hljep.com.cn
如需订购图书，请与我社发行中心联系。联系电话：0451－82533097　82534665
如有印装质量问题，影响阅读，请与我公司联系调换。联系电话：0451－82569074
如发现盗版图书，请向我社举报。举报电话：0451－82533087

前 言

进入后现代、后殖民时代的当代英国诗歌,准确地说是英联邦国家诗歌,跨入了一个多元共生的时代。在多元文化大发展的背景下,英联邦成员国的女性诗人有史以来,发出她们最嘹亮的声音:她们以敏锐的性别视角,给诗歌文学空间增添了另一性别所缺失的色彩。女性诗歌成为当代英联邦国家诗坛的重要组成部分。共同的女性身份使得女性诗歌在主题、题材、修辞风格及语言表达方式等诸多方面都区别于男性诗歌,同时她们各自声音也呈现出鲜明的个体性、独特性和丰富性。当今女性诗歌正以其内容多彩、寓意深刻,兼具独特风格的高品质作品在英联邦诗坛,乃至世界诗坛占据显耀位置。

在人类遭受新冠病毒戕害的当下,构建人类命运共同体、倡导多边合作成为世界人民战胜疫情、维护世界和平、促进经济发展的重要途径。各民族文化的交融和传统文化的传承是一件事情中的两面:它要求我们在保护和挖掘民族传统的同时,也尊重和借鉴其他民族的文化。本研究选取在当代英联邦国家诗坛较有影响的 20 余位女性诗人,研读她们的诗歌文本,探讨当代女性诗歌在主题阐释、表达方式以及语言风格等方面的共性元素,注重对比分析女性诗歌作品与同时代男性作品的异同,同时关注每位女性诗人的个性特质,以及在不同文化背景下,作品呈现出的丰富多元文化基调、迥异不同的文化冲突,以及这种冲突给当代人带来的心理和情感反应。

无论是否归属于女性主义作家,当代女性诗人都毋庸置疑地受到西方女性主义运动和思想的影响。她们的作品呈现出时代赋予的女性主题和当代气息。她们的诗歌探讨主题包括身份政治问题、出生国与宗主国文化关系问题、生态问题、科技发展问题、性别问题等,当然也包括家庭日常、亲情友情主题探讨。她们中有印度裔女诗人、非洲裔女诗人、亚裔女诗人,也有澳大利亚、加拿大、新西兰等英联邦国家女诗人，因此当代英联邦女性诗歌可以说是一个国际化的、多元文化融合并存的当今世界的缩影。他们的诗歌作品中既有深刻的人性思考，也有理性地哲学探讨；既有犀利激进的女权呼声，也有温婉柔情的母性展现；既有对大自然一草一木的细腻描绘，也有对未来世界充满的奇异遐想……因此探讨当代英联邦国家女性诗歌，可以使我们洞察全球女性的生存状况和情感面貌，纵览当今世界各个种族的文化基调，也可以帮助我们对当代中国诗歌文学和女性文学进行一次横向的比较与定位，为我们探讨女性问题、社会问题、民族文化问题、乃至生存环境、生态环保等问题提供参考和借鉴。本书也为高等学校外国语专业的本科生、研究生提供文学教材，为诗歌爱好者、文学研究者提供较全面的研究参考，使我们分享英联邦国家女性诗歌的成果的同时，引导我们进一步探讨女性诗歌文学，乃至世界文学传统和发展趋势及样态。

　　本书中所有诗歌翻译均由范丽娟完成。本书系黑龙江省博士后科研资助项目"当代英联邦女性诗歌研究"的成果，也是苏州科技大学人才引进项目的辅助成果。同时感谢黑龙江教育出版社的大力支持，为本书的顺利出版提供大力支持和帮助。

范丽娟

2020 年 8 于苏州

目 录

1. 英国诗歌最高奖获得者：芙勒·阿德科克（Fleur Adcock） …………… 1
2. 诗歌表演家：佩蒂丝·阿格巴比（Patience Agbabi） …………… 15
3. 富于哲思的女权主义诗人：吉莉安·奥纳特（Gillian Allnutt） …………… 31
4. 东西方文化的书写者：莫妮莎·艾尔维（Moniza Alvi） …………… 46
5. 人类命运的感伤诗人：玛格丽特·阿特伍德（Margaret Atwood） …………… 66
6. 杂糅情感的表达者：苏耶姐·巴特（Sujata Bhatt） …………… 84
7. 皇家荣誉勋章获得者：瓦莱丽·布鲁姆（Valerie Bloom） …………… 98
8. 流散族群的表演诗人：珍·宾塔·布里斯（Jean Binta Breeze） …………… 115
9. 女性内在生活的诠释者：凯特·克兰奇（Kate Clanchy） …………… 124
10. 将复杂归于本质的诗人：波丽·克拉克（Polly Clark） …………… 131
11. 威尔士语言文化的表现者：吉利安·克拉克（Gillian ClarkeI） …………… 140
12. 幽默智慧的女诗人：温迪·科佩（Wendy Cope） …………… 151
13. 激情捍卫者：茱莉亚·克泊斯（Julia Copus） …………… 161
14. 天性自然的歌者：伊泽贝尔·狄克逊（Isobel Dixon） …………… 174
15. 饱含爱尔兰记忆的歌者：莫拉·杜利（Maura Dooley） …………… 182
16. 英国历史首位女性桂冠诗人：卡洛·安·达菲（Carol Ann Duffy） …………… 193
17. 历史经验的自省者：露丝·芬莱特（Ruth Fainlight） …………… 205
18. 家庭生活的魔幻书写者：维基·菲伍尔（Vicki Feaver） …………… 215
19. "新一代"诗人代表：列奥莎·福琳（Leontia Flynn） …………… 225
20. 艾略特奖最年轻获得者：珍·海德菲尔德（Jen Hadfield） …………… 233

1. 英国诗歌最高奖获得者：芙勒·阿德科克(Fleur Adcock)

"艺术就是你选择的表达方式"，芙勒·阿德科克在她的诗歌"离开泰特美术馆"这样表述，而她选择用诗歌这种艺术方式来表达自己对世界和生活的态度。2006年4月24日英国白金汉宫宣布，当年度的"皇家诗歌金质勋章"将授予72岁的新西兰女诗人芙勒·阿德科克。"皇家诗歌金质勋章"是英国文学界的最高诗歌奖项，由英国王室负责颁发，用以表彰英国以及英联邦国家的杰出诗人。阿德科克的获奖作品是《诗集1960—2000》，她的诗作以幽默直率著称，白金汉宫在宣布阿德科克获奖时，称她的作品"受到普遍的赞誉"。获得这个奖项表明，阿德科克的名字可以同奥登、菲利普·拉金、泰德·休斯等英国诗坛大师级人物相提并论。

芙勒·阿德科克，诗人、翻译家、编辑。1934年2月10日出生于新西兰奥克兰，5岁时随父母及三个兄弟姊妹举家搬到英国，在那里度过了童年时光。1947年阿德科克回到新西兰，在惠灵顿维多利亚大学(Victoria University of Wellington)学习古典文学，最终获得硕士学位。那之后直到1962年她一直在奥塔哥大学担任助理讲师及图书管理员。大学期间，她遇到了另一位新西兰文学重要人物阿利斯泰尔·坎贝尔(Alistair Campell),并嫁给了他。然而这段婚姻并没有持续多久。十年后她又嫁给了另一个文坛熟悉的名字——巴里·克伦普。这段婚姻仅维持一年。1963 年阿德科克回到伦敦,此后一直居住在英国。她先后在伦敦外交和联邦办公室担任助理图书管理员、编辑、英国广播公司诗歌评论员等职务,后成为全职作家。

迄今为止,阿德考克创作出版了十多部诗集。她的第一本诗集《飓风眼》于 1964 年出版。在那之后的作品中——包括《老虎》(1967 年)、《花园中的高潮》(1971 年)、《内心港湾》(1979)、《事件汇集》(1986 年)、《时区》(1991 年)和《回顾》(1997 年)——阿德科克以一种慎重的、分寸得当的态度、古典的超然姿态,把握和应对情感体验中的变幻莫测。《内心港湾》(1979)通常被认为是她最成功的艺术作品。她后期的作品包括《诗歌 1960—2000》(2000)、《龙语》(2010)和《玻璃翅膀》(2013)、《土地抽签》(2014)、《藏品》(2017)等。

阿德考克也是一位著名的翻译家,曾翻译过中世纪诗歌,包括休·普利马斯(Hugh Primas),以及罗马尼亚作家格莱特·塔特勒(Grete Tartler)和丹妮拉·克拉斯纳鲁(Daniela Crasnaru)的作品。此外她还担任《牛津当代新西兰诗歌集》(1982)、《费伯 20 世纪女性诗歌集》(1987)和《牛津生物集》(合作,1995)的编辑工作。

阿德考克获得了众多荣誉和奖项,如新西兰国家图书奖、乔姆利奖等;1984 年阿德科克成为英国"皇家文学院"的院士,1996 年获大英帝国勋章(OBE),2006 年获得女王亲自颁发的英国文学界最高诗歌奖项:皇家诗歌金质勋章。2008 年,她被授予新西兰荣誉勋章。

"皇家诗歌金质勋章"是英国的乔治五世国王于 1933 年创立的,用以表彰英国最杰出的诗人,1986 年之后其颁奖范围扩大至英联邦国家。阿德科克是第 37 位获奖者,是第 7 位获得此奖的女诗人。阿德科克的获奖作品是《诗集 1960—2000》,她的诗作以幽默直率著称,白金汉宫在宣布阿德科克获奖时称她的作品"受到普遍的赞誉"。在获得这个奖项之后,阿德科克的名字将可以同奥登、菲利普·拉金、泰德·休斯等英国诗坛大师级人物相提并论。她的妹妹玛丽莲·达克沃斯(Marilyn Duckworth)生于 1935 年,也是一

1. 英国诗歌最高奖获得者:芙勒·阿德科克(Fleur Adcock)

位作家,自1959年以来出版了多部小说。

阿德科克的诗含蓄,采用对话式的表达方式,构思巧妙,涉及广泛的问题。对于一个移民诗人来说,身份、根与无根是她诗歌的重要主题,这也许并不奇怪。阿德科克也写了关于童年、社会中的女性以及男女关系的复杂性。以其宁静的家庭抒情诗闻名于世,诗中穿插着讽刺和怪诞与恐怖的描写,但她的语气从不刺耳或充满威吓。相反,她试图与读者或听众进行一场安静而亲密的对话。

一、身份与归属

身份和归属一直是阿德科克诗歌探讨的主题。诗集《内心港湾》发表于1979年,是作者移居英国13年后回到家乡新西兰,重游故里的所见所思、所感所悟。因此诗集中的大部分诗歌带有一种鲜明的地域感和无法释怀的情感错位感,以及随之深入而来的对身份的追寻,英国和新西兰之间的对话贯穿始终。其中的一首短诗"奇迹",发出这样的自问:"时隔十三年,回首往事,我是否第一次成了流亡者?"诗集中另一首小诗"物"(Things),表层看是描写关于失眠症的简单颂歌,其深层表现的是作者处于英国与新西兰两国间身份与归属问题的纠结和探索。在其六句诗行中,诗人写道,在所有最令人挥之不去,困惑不解的事情里,"还有比在公共场合表现得愚蠢至极更糟糕的事情"。那就是让诗人有所觉醒并保持清醒的,"那最微小的背叛,/被猜疑,或是忍耐猜疑"的想法。一想到夹持在两个国家的地理空间和文化归属中,诗人不禁感慨,"现在是早上5点。所有最糟糕的事情接踵而至/冷冰冰地围住床榻,看起来越来越糟,越来越糟。"诗歌中记忆和家族史不断协商。她以对个人关系——恋人和家庭成员——的冷嘲热讽而闻名,她后来对家族历史和祖先生活的兴趣很可能就源于此。

批评家埃德娜·朗利(Edna Longley)在《戴克斯20世纪诗歌选集》(Bloodaxe anthology of 20th Century Poetry,2000年出版)中指出,阿德科克"有一种'局外人'的感觉,她对古典诗歌深谙了解,对其他诗歌传统具有广泛意识"。阿德科克最初在新西兰大学学习和教授古典文学的经历,影响了她对人际关系、性和风流韵事的看法。在她早期的诗歌中,有首"普罗普提乌斯注释"的诗歌,还有一首类似卡托鲁斯的"致被抛弃的情人的忠告"诗歌中,把男性的他比作一只死鸟:"在你身上/我看到蛆虫接近表面。/你被自怜吞噬/满是不可爱的悲怆"。这种反浪漫主义的诗歌张力必然产生了她的一些最著名的诗歌,如"反对结合"一诗中:"放弃,有很多值得讨论/这已不再是新奇的做法……当/一个人感觉像利兹的女士/已经看过《音乐之声》86遍那样"。

多年的创作生涯里,她的诗歌风格已经从规矩的正式方式转变为轻松的谈话方式。与此相呼应的是一种更为温暖的氛围,尤其在书写有关家庭话题时,由于她的生活经历了两种不同的国家和文化,她的情感和思绪自然摇摆在两国之间,虽然不存在重大分歧,但无论地理空间、人文气候都令她举棋不定,难以取舍,割离不断。《事件集》(1986)收录了她一些最安静感人的诗歌。其中的"梳妆柜"(The Chiffonier)一诗,以她"亲爱的小妈妈"答应给她一件家具为叙事焦点,结果这件家具最终成为她对死亡的沉思和对母女关系重新审视的对象,触景生情引发她无尽的感慨:"趁你还在的时候,我必须现在就写这个:我想要我妈妈,而不是她的梳妆柜"。随着年龄增长,生活赋予的角色日益丰富了阿德科克的写作维度,比如她描写自己当首次当祖母的感触和经历(《小蝌蚪》),再如抒发自己对任性的侄女的同情和感慨(《蓝色头发的海蒂》)。其他的诗歌则回到了她战时在英国的童年生活,以及她的小妹妹——小说家玛丽莲·达克沃斯。只有在《挖掘》中,我们才发现了苦涩的音符。在这个讽刺的幻想中,说话者发现她生活中的前男人们被埋在洞里,用泥土覆盖。一种是"漂亮的混蛋"不爱她;在另一幅画中,"那些我不再爱的男人","被他们后来的女人拥抱着"。

在诗集《时区》(1991)中,也有很多描写家庭和家人的诗歌;比如其中有对儿子诞生时刻的回忆("你躺在那里,感激地流着血。/你已获得诺贝尔奖和维多利亚十字勋章");再如反映描写得知父亲去世的消息后,在曼彻斯特寻找父亲出生地的经历(诗歌"我的父亲")。在另一首医院的类比中,她呼吁"有洞察力的文献和文学作品"将成为"我们的诊断专家、护士和护理人员"。诗歌"罗马尼亚"其实并不是愤世嫉俗的作品,而是对1989年推翻现政权的热烈欢呼,这不禁让我们想起阿德科克对这个国家的关心和情感投入,包括她对葛蕾特·塔特勒(Grete Tartler)诗歌的喜爱和翻译。相比之下,诗歌"烟民的独身生活"(smoking for Celibacy)则无异于一篇轻松快活、愉悦观众的讽刺漫画:"如果你想避免变成身体残骸/你应该放弃的不是吸烟,而是性"。

2000年为了纪念她编辑整理《诗集1960—2000》一书(2000)的出版,在接受《卫报》采访时,她阐明自己的观点,认为:"祖先、诗歌和宗教是一样的,他们都是令人惊奇的,都充满神奇色彩。"她之前的作品集《回顾》(1997)以家族史为主题,通过对祖先生活的想象和描写,通过祖先们那来自遥远的声音,她为自己寻找归属,确立身份找到了一个合乎逻辑的通道和结论。那些祖先大部分都是从维多利亚时代的英国挖掘出来的,比如"阿米莉亚"一诗中,讲述那个叫做阿米莉亚的祖母的祖母的故事,她在不停歇地生儿育女后,靠嗜酒解脱,喝着杜松子酒的她问道:"你难道不是这样吗?/时间吞噬了我的五次轮回。"在诗歌"纠缠"中,一次与鬼魂的对话,导致其提出索求一个吻的令人不安的要求:"我想知道,这是必须的吗?/敬爱自己的祖先?"在诗歌"有得有失"中,她想象祖先们"从北方潜行而来,在高速公路一路向南,/或穿着盔甲、或戴着梅花鲈、或穿着紧身衣",最后,他们必将进入了我的生活,诗歌写道:"他们遇见我和丽兹伍德一起骑单车,那时我十二岁/他们从我身体穿过,带我们回到/那最后的审判日"。

《诗集1960—2000》以一组新诗作为结语,其灵感来自于她在肯辛顿花园的住所。最后一首诗歌是:"再见,夏天",最后一行是一句轻轻的告别语:"大门早早关闭。想说的已说完"。芙勒·阿德科克口头上对诗歌的告别,明显只是一种表面的姿态,她的诗歌充满对人类喜剧的机警、幽默和诙谐的态度,无论在英国还是新西兰,一直具有号召力和感染力。

二、性政治

作为编辑,阿德科克编辑出版的《20世纪女性诗歌》(1987)一书,清晰自然地揭示了她自己的诗歌品味。在书中,她拒绝接受这样一种观点,即认为:"一个人要真正以女性的身份写作,就必须拒绝文学传统,因为文学传统主要是由男性建构形成的。"事实上,阿德科克在到达伦敦后的第一次诗歌接触便是与"群体"中的男性诗人,如安东尼·怀特(Anthony Thwaite)、彼得·波特(Peter Porter)和乔治·麦克白(George Macbeth)等。当然书中也有女性诗人,比如西尔维娅·普拉斯(Sylvia Plath)就是这部文集中最突出的一位,但正如阿德科克在其他场合承认的那样,普拉斯并"不是我任何意义上一种榜样"。相反,阿德科克冷静、清醒的态度可能更要归功于美国诗人玛丽安·摩尔(Marianne Moore),她的风格通常被描述为冷静、观察性和机智的讽刺,并被比作玛丽安·摩尔(Marianne Moore)的风格。她在自己的文集中也特别提到了摩尔的"分析气质"。其中包括摩尔的诗《穿山甲》(The Pangolin),而阿德科克的同名诗则邀请这个生物"如果他愿意的话,可以梦到它"。她在前言中说,她并不是在"提出一个关于女性诗歌的论题或观点",而是想要纠正女性诗歌被低估的状况。她纠正了世人对摩尔进行的所谓"原始尖叫"或"神秘的极简主义者"的评价。阿德科克欣赏的是"智慧……在优秀的诗人身上,不与严肃和人性冲突"。

  阿德科克在她那首"天文学家中的前女王"一诗中,将科学、幻想、宇宙与性别融为一体,想象一群男性天文学家与一位前女王的场景,画面具有玄学派诗歌的生涩、神秘特点,描写丰富、妙趣横生。性政治话题是其焦点,诗中的男性,即便是男性科学家,被视为天体和物质宇宙的仆人,而不是主人:"他们服务于旋转的碟形眼睛。"难道是阿德科克将他们置于传统中女性的从属地位,而不是将他们呈现为专横的男性?他们"计算、调整、记录",在一幅带有性暗示的图像中,阿德科克写道,他们只不过是"容器"。与此同时,前女王在他们中间穿过。曾经她一直都顺从、服从丈夫的意愿,却落得被丈夫抛弃和驱逐的下场,"他尖刻的面容嘲笑着她的睡眠"。但请注意,在最后三个诗节中,前女王突然地,出乎意料地转变了,变得充满活力,充满强大的力量。她"寻找"、"挑选"和"吮吸";她的头发"噼啪作响",她的眼睛充满"彗星的火花"。当她在天文学家中选拔"这个或那个",施展她的权威时,她几乎变成了掠食者。

  无疑,在通过精巧设计的,刻意带有玄学派诗歌回响的诗行里,这首诗巧妙而生动地挑战了传统中性别的刻板印象,毫不掩饰地伸张性政治主题。

三、家庭日常与亲情关系

阿德科克创作的"蓝头发的海蒂"(Heidi With Blue Hair)是一首六节诗,当时正处于她开始尝试日常语言和非正式结构的创作变化时期。诗歌用动作和对话描绘了一幅文学图画,在这幅图画中几乎没有为读者提供任何物理的视觉的环境,重要的是人物的言行。从诗中细节我们了解到,一个名叫海蒂,失去母亲的小女孩,在应对失去母亲的过程中,她以一种学校不允许的方式"染了自己的头发"。作为回应,海蒂在她的父亲和朋友那里得到了支持,她评论说,有一个所爱的人的支持和在数字中发现的"团结"是多么的强大。这可以被称为诗歌的主题——那些在一个人的主要圈子之外的人可能不知道一个人生活中最复杂的部分,但那些知道的人可以通过持续的支持和团结来改变那个人的世界。

虽然诗歌开头一节没有给出诗中描述人物的身份,但提供了更多关于海蒂是谁的信息。具体来说,读者可以在第一节结束时知道,她是一个学生,"把头发染成蓝色……剪短的两边",但"顶部有一个乌黑的穗状突起"。"这种搭配肯定会引人注目,所以采取染发行动时必须知道,其他人会注意到这种变化。尽管如此,海蒂还是欣然接受了这一改变,并去了学校。然而,海蒂却因为这种不寻常的发色被"从学校送回家",因为"女校长"说"染发"不是"用学校的颜色"。然而,这个理由听起来像是在找借口,而不是具体的规则。第二节指出:"染头发没有明确禁止,"这表明"校长"根本不关心变更,但意识到她发表批评的基本原则是不够坚实的,站不住脚的,根本没有辩护防卫的陈述性支持,像指责"学校被涂了颜色"的说法,不但没起作用,反而显得微不足道。

诗歌的第三节离开了学校的背景,聚焦海蒂回家后发生在家里的场景,这一幕充满情绪和感情包括愤怒。对海蒂来说,她"在厨房里哭出泪来",那些泪水从"她的眼睛流出,也不是学校的颜色"。这种对"女校长""把海蒂遣送回家"理由解释的引用很微妙,同时它也是对学校的一种尖锐讽刺。尽管海蒂回到了家,但她的叛逆仍在继续,因为她仍然不喜欢那些"学校的色彩"。从一个更微妙的角度来看,这一评论代表了一种坚持态度,即她与学校体制的分离比改变发型的选择更为深远。没有迹象表明她戴隐形眼镜或使用任何其他化妆品来改变眼睛的颜色,所以如果问题真的是她没有接受"学校的颜色",海蒂将永远不会适合学校,因为她的自然外观打破了学校规定的"颜色"。此外,这一概念也呼应了将她头发的"颜色"选择作为问题的不合理性,指出她的眼睛的"颜色"也不符合学校的模式。如果头发的颜色需要反映"学校的颜色",本质上,为什么她的眼睛是不同的就没关系呢?在这种情况下,对于学校的争议存在着层层的注解。除了这一个细节,读者还了解到,这位父亲为了保护自己的女儿,给学校打电话,表明自己的观点:在他看来,染发并不是一种不良行为,而是"一种风格",而且改变"颜色"太过肤浅,不足以造成学校的紧张气氛。对话中,海蒂示意父亲"告诉他们这颜色不会洗掉"。读者可以充分地想象当时的场景,尽管没有提供很多细节,但已足够:父亲拿着电话与老师通话,女儿哭泣着指示父亲对学校提出请求。

  诗歌的第五节中,读者了解到海蒂发型颜色变化背后令人心碎的真相——她失去了母亲——虽然学校方面并没有询问或追问海蒂行为变化的原因。不管怎样,失去母亲的事实"在争论的背后发着微光",仿佛在这种情况下,失去母亲这个事件的重要性在不由自主地散发出来,尽管没有人费心去宣告它。有趣的是,叙述者坚持认为,用失去母亲作为解释"来提出是不公平的"。相反,读者可能认为,父亲会觉得提供这样的信息对他的女儿会"不公平",因为她可能并不希望这么多人知道她最近的创伤。这是一个同情海蒂的层面,因为她默默地承受着她所承受的痛苦。当这位父亲辩护时,学校"让步了",因为他们"没有其他理由反对(海蒂)",这进一步强调了惩罚海蒂的理由是不具体的。

  在第六节中,海蒂的一个同伴改变了她的头发,以"准确地体现学校的颜色",通过这场"诙谐的玩笑",团结的视觉效果油然而生。学校的批评只鉴于海蒂头发颜色的改变,这似乎又是一个微妙的嘲讽时刻。顺从学校的规定,但又走在学生知道所处问题之外,这是挑战学校无法反驳学生在学校自己的逻辑支持情形下的时刻,"戏弄"在技术上并不矛盾。由于与所陈述的基本原理不存在矛盾,学校无法对学生进行纪律教育,尽管存在潜在的,

1. 英国诗歌最高奖获得者:芙勒·阿德科克(Fleur Adcock) ❖

不言而喻的不安。从本质上说,"这场战争已经胜利了。"

这种情况的力量来自于海蒂生活中那些足够了解她的亲人和朋友,他们理解她的处境,懂得她的内心。由此,在这个简单的故事中,我们可以看到,了解一个人的境况可以帮助形成对这个人的理解,而力量就来自于亲人和同伴之间的真诚关怀。

诗人运用日常语言,将友谊、团结、父母的支持、家庭关系、学校生活和权威等青少年生活中的重要问题编织一起,展现在诗歌中。独立和个性对所有人都很重要,但以显示权威的方式压制它是没有帮助的。这位父亲暗中支持女儿,对于正在承受失去母亲痛苦的海蒂来说,父亲和朋友的支持是无价的。

对于阿德科克这个训练有素的古典主义者来说,她前期的诗歌在形式和结构上,一直尊崇和充分体现古典主义的特点。多年后,她的诗歌有了积极的尝试和大胆变化,如对话式的语调、口语表达等,使其摆脱了正式和刻板的形式。"蓝头发的海蒂"是这种转变最好的例子之一,不过虽然这首诗没有深刻的隐喻,但却是以隐约的讽刺和隐晦的反讽为特点的。对于小侄女的染发举动,这首诗在语气上,给予深深的同情和理解。一个坚强、叛逆又内心混乱的青春期女孩的形象跃然纸上。生活中阿德科克出生成长于新西兰,而后移居英国的经历,也许如同小侄女失去母亲后所经历的情感痛楚一样,无人相助只能自己承受。事实上诗人本人也过着标新立异的生活,不屑于顺从权威和循规蹈矩,但无比渴望亲情和友情。

诗歌选读

Leaving the Tate[1]

Coming out with your clutch[2] of postcards
In a Tate Gallery bag and another clutch
Of images packed into your head you pause
On the steps to look across the river
And there's a new one: light bright buildings,

A streak of brown water, and such a sky

You wonder who painted it – Constable[3]? No:

Too brilliant. Crome[4]? No: too ecstatic[5] –

A madly pure Pre Raphaelite[6] sky,

Perhaps, sheer[7] blue apart from the white plumes

Ruching up it (today, that is,

April. Another day would be different

But it wouldn't matter. All skies work.)

Cut to the lower right for a detail:

Seagulls pecking on mud, below

Two office blocks and a Georgian[8] terrace[9].

Now swing to the left, and take in plane trees

Bobbled with seeds, and that brick building,

And a red bus··· Cut it off just there,

By the lamp – post. Leave the scaffolding[10] in.

That's your next one. Curious how

These outdoor pictures didn't exist

Before you'd looked at the indoor pictures,

The ones on the walls. But here they are now,

Marching out of their panorama[12]

And queuing up for the viewfinder

Your eye's become. You can isolate them

By holding your optic[13] muscles still.

You can zoom in on figure studies

(that boy with the rucksack), or still lives,

Abstracts, townscapes. No one made them.

The light painted them. You're in charge

Of the hanging committee. Put what space

You like around the ones you fix on,

1. 英国诗歌最高奖获得者:芙勒·阿德科克(Fleur Adcock)

And gloat[14]. Art multiplies itself.
Art's whatever you choose to frame.

注释

1. "离开塔特美术馆"的创作背景:当时英国塔特美术馆正组织一次诗歌与艺术评比活动,参赛作品必须是油画或其他艺术品。受到塔特美术馆的委托,诗人芙勒·阿德科克成为大赛评委之一。评委则需要创作与获奖者作品主题一致的诗歌,并将一同被收录到选集中。由此,芙勒·阿德科克写下一些自己对于画廊的感受的诗歌,表达出当参观艺术作品的观众走出画廊时与刚进入画廊观看作品时截然不同的感受,这些诗歌被称为"离开塔特"。直到诗歌的结尾,作者才意识到将艺术看做是创作者要设计的事物。作者并没有特意为它准备什么,但它就在不经意间出现了,让人感到一丝惊讶。

2. clutch:hand 手

3. Constable:康斯太布尔是19世纪最伟大的风景画家之一,1776年生于英格兰的萨福克。故乡的树木、云彩、水渠总是他作画时最深的迷恋。从1799年到1829年,康斯太布尔花了近三十年的时间,才从美术院的学生成为美术院的成员。若将其绘画比拟成文字作品,康斯太布尔的作品如同田园派小品,恬淡隽永、怡然中见深意。1837年因心脏病突然去世,享年62岁。

4. Crome:克罗姆(1768—1821年)于1768年12月22日生在诺里奇,史称老克罗姆,是一位田园风光派画家。克罗姆深受荷兰画派风景画家的影响,在作品中充满着亲切感人的田园乡土气息,这很符合他的生活经历和审美追求,他对乡村的原野、沙丘、丛林、茅舍和小河等散发泥土气息的景色倾注了毕生精力。

5. ecstatic:adj. 狂喜的;n. 狂喜的人

6. Pre Raphaelite:拉斐尔前派(Pre – Raphaelite Brotherhood),又常被译为前拉斐尔派,是1848年在英国兴起的美术改革运动。拉斐尔前派最初是由三名年轻的英国画家亨特、罗塞蒂和米莱斯所发起组织的一个艺术团体,目的是为了改变当时的艺术潮流,反对那些在米开朗琪罗和拉斐尔的时代之后偏向了机械论的风格主义画家。拉斐尔前派的作品基本上以写实的传统风格为主,画风审慎而细致,用色较清新。拉斐尔前派反对院派的陈规,有的作品呈现忧郁的情调。代表人物有:伯恩·琼斯等。拉斐尔前派对后世产生了难以估量的影响,如:唯美主义、象征主义、维也纳分离派、新艺术运动和工艺美术运动等等,甚至20世纪70年代后的一些当代绘画作品亦受其影响。

7. sheer:pure,纯洁的,纯净的

8. Georgian:古典文艺复兴传统。欧洲各国文艺复兴时期的建筑风格(意大利在15世纪,法国在15世纪后叶,英国在16世纪)是形成美国文艺复兴的深刻背景,虽然各国在文艺复兴时期都渗入本国的灵气与思想,但有一点是共同的,即对古典风格的继承与创新。在别墅风格的体现上均具备对称、平衡和细部装饰精美等特点。在这一时期,西欧对美国别墅风格的影响是明显的,也是在这一时期,欧洲开始逐步成为世界上经济、政治和文化方面最强大的地区,属于这一传统的风格有乔治亚风格、亚当风格。英国别墅强调门廊的装饰性,比较"讲究门面"。乔治亚风格在英国殖民国家中整整流行了一个世纪(18世纪),它是由意大利文艺复兴风格传入英国后派生出来的,并秉承古典主义对称与和谐的原则,是对美国最有影响的一种风格。

9. terrace:平台

10. scaffolding:此处有多重意思,建筑房屋时所使用的脚手架,摄像机支架,画板支架

11. peck:eat by pecking at,like a bird 啄食

12. panorama:the visual perspective of a region 全景

13. optic:visual 视觉的

14. gloat:心满意足的注视,贪婪的盯视

1. 英国诗歌最高奖获得者：芙勒·阿德科克（Fleur Adcock）❖

诗歌翻译

离开塔特美术馆

带着你的明信片正要走出
塔特美术馆，书包和另一组形象印入你的脑海之中，
你停下脚步去观赏横跨的河流。

这里有一副新的作品：浅色调十分明亮的建筑群，
一湾棕色的流水，伴着这样的天空。
你猜想谁创作了这幅图画——康斯太布尔吗？不：
那太优秀了。克罗姆吗？不：那太令人欣喜若狂了。

上方是令人疯狂地纯洁的拉斐尔前派的天空，
或许，湛蓝色的天空正急于与一团团白雾分离。
（今天，这正是四月的天气，另一天将大不相同
但那没什么大不了，天空一直在运动着）
向下看时，描绘的更加细致，
海鸥正啄食着泥淖，下面
是两栋办公大楼和一处乔治亚风格的门廊。

现在将视线转向左边，那里种着悬铃树
轻轻摇动的树种，红砖的建筑物。
一辆红色的公交车——停在那里，
在路灯柱旁，还遗留着一个脚手架。
那是你旁边的一幅画，奇怪的是
在你欣赏门里的画作之前，那些的画作怎么呢？
在墙上的那些画作，但是，现在它们都在这里。

走出全景图,
排队等候取景器,
你的眼睛已经发生了变化。
通过调节你的视觉肌肉,
你的眼睛将它们分抽离了。

你的眼睛可以拉近图画的形象研究,
(一个男孩儿背着书包)抑或生活场景。
抽象派作品,城市景观等。没有人工的痕迹,
光线绘制了它们,你是悬挂委员会的主导者。
你将画作固定在此处,你喜欢周围的空间,
洋洋得意地,艺术体现得更加淋漓尽致,
无论你选择怎样的画框,艺术仍然是艺术。

2. 诗歌表演家：
佩蒂丝·阿格巴比（Patience Agbabi）

2014年佩蒂丝·阿格巴比接受《每日电讯报》采访时，谈到了自己诗歌创作的灵感："乔叟的原作太棒了。在我看来，这可能是英国文学中最好的作品之一。"她认为乔叟的《坎特伯雷故事集》经受住了时间的考验，它的人物具有鲜明的个性和能动性——这种特质在很大程度上使这部中世纪作品在当代仍旧保持学术界的高度关注。

"当我重读乔叟的原作时，我惊讶于他的声音和风格是如此的不同，"她说。"我想，如果我要进行诗歌创作时，我不能只是重复已经做过的事情，因为我无法希望自己能做到如此。"

因此她选择了一个有趣的角度，在诗歌创作中玩弄形式、声音和人物，把故事带到了迥然不同的维度。在与乔叟的英国相隔500年的当代英国，"存在着巨大的性别和种族差异，所以我必须更新所有这些"。她补充道。

尽管父母是尼日利亚人，佩蒂丝·阿格巴比1965年出生于伦敦，青少年时期的生活一直在威尔士北部度过。后在牛津大学接受高等教育，并在英国和国外的许多不同场合进行表演。

— 15 —

1995年,她出版了自己的处女作,第一本诗集《R. A. W.》,并获得了1997年的凯越文学奖。至今为止她的诗歌已经在许多期刊和选集上发表,包括《苦乐参半:当代黑人女性诗歌》和《英国新黑人写作的企鹅图书》。她2000年出版的诗集《变形女王》被认为是20世纪晚期英国社会的浓缩,也体现出对诗歌这种文学形式的个人赞颂。她的诗歌受到《每日电讯报》、《星期日独立报》和《诗歌评论》等媒体出版界的好评。

阿格巴比是一位游历广泛的诗人,她与阿德奥拉·阿格贝比伊和多萝西娅·斯玛特合作创作了《你是女人》,这是一首多声部的表演作品,于1996年在ICA首次展出。从1995年到1998年,她是Atomic Lip乐队的成员,这是诗歌的第一个流行乐队,该乐队最后一次巡演Quadrophonix,1998年,将视频与现场表演结合在一起。她最近参加了英国的"现代爱情"之旅,这次旅行的主题是一些口语诗人探索爱情和现代关系。2002年3月,她与诗人、剧作家马里卡·布克(Malika Booker)在瑞士进行了"现代之爱"巡演。

作为一名独唱歌手,佩蒂丝·阿格巴比曾多次参加英国重要的文学节日,包括爱丁堡图书节和莱德伯里诗歌节,以及格拉斯顿伯里音乐节和索霍爵士音乐节。她也曾在英国文化协会工作过,她的工作地点从大学演讲厅到地铁站,遍及纳米比亚(1999年)、捷克共和国(2000年)、津巴布韦和德国(2001年)、瑞士(2002年)等国家。她的作品还出现在电视和广播上。1998年,她的作品出现在第四频道的Litpop系列节目中。1999年,她受英国广播公司(BBC)委托,为蓝彼得全国儿童诗歌比赛(Blue Peter National Children's Poetry Competition)写诗。

作为一名经验丰富的工作坊主持人,佩蒂丝·阿格巴比已经完成了许多成功的实习。1999年,她被选为诗歌协会(Poetry Society)举办的"诗歌场所计划"(Poetry Places scheme)的会员。1999年至2000年,她在诗歌咖啡馆(Poetry Cafe)担任内部诗人。2001年1月至6月,她在牛津布鲁克斯大学(Oxford Brookes University)担任驻校诗人,为英国文学本科生设计、教授和评分诗歌写作模块,并在医疗学院(School of Healthcare)为实习护士和教学人员举办了一系列研讨会。2005年,她在温莎伊顿公学(Eton College,Windsor)担任驻校诗人,在那里教授一系列诗歌创作/表演工作坊,主持伊顿公学

2. 诗歌表演家：佩蒂丝·阿格巴比（Patience Agbabi）

第一次面向中下层学生的诗歌比赛,并表演自己的诗歌。媒体对此进行了大量报道,包括《泰晤士报》《卫报》《独立报》《旗帜晚报》和《纽约时报》,刊发新闻报道和评价文章。2002年,她在布莱顿的苏塞克斯大学获得了创意写作、艺术和教育硕士学位。她曾在几所大学担任创意写作讲师:格林威治大学(2002—2003);威尔士大学,加的夫(2002—2004);坎特伯雷的肯特大学(2004—2005)。

阿格巴比住在肯特郡的格雷夫森德。2004年,她被评为诗社"下一代"诗人代表之一。她的诗集《讲述故事》(Telling Tales)是她作为坎特伯雷桂冠诗人(Canterbury Poet Laureate)期间写的,2014年由Canongate出版社出版,并在同年入围诗歌协会(Poetry Society)颁发的泰德·休斯诗歌新人奖(Ted Hughes Award for New Work in Poetry)。

一、性别表达的酷儿散居特征

酷儿散居研究的出现要求人们更多地关注女性作家挑战散居主流观念中的异族中心主义的方式。近年来,酷儿研究与散居侨民和黑人研究的理论交叉,对黑人研究项目产生了重要的重新评估。在试图重新定义黑人酷儿和散居海外的黑人时,里纳尔多·沃尔科特特别强调了更广泛的地理范畴和比较框架的重要性,并对酷儿研究的空间重新定义提供了重要的见解。沃尔科特的黑人酷儿理论为我们提供了一个特别有用的框架,用以分析佩蒂丝·阿格巴比在《变形术》(2000)和《血丝》(2008)中作为酷儿诗歌实践的诗歌作品。作为一位尼日利亚血统的英国诗人,阿格巴比将她作为口语艺术家和表演者的经历,与她作为牛津大学毕业的诗人的文学背景结合起来。她的作品跨越了英国抒情传统和表演诗歌形式,探索了十四行诗的表现手法,同时揭示了性别和性的复杂性。当她超越文学传统的安全边界,在形式约束和实验的创造性相互作用下,阿格巴比打破了十四行诗的形式,颠覆了通常的同性恋、女同性恋、黑人,甚至男性和女性的典型身份特征。

"吃我吧"是一首大胆的戏剧独白诗,讲述了一对夫妻之间那种极端的、扭曲的、不健康的关系。丈夫"他"是在身体上和精神上支配控制妻子的饲养员,在他的监控下,妻子痛苦不堪,最后在床上翻滚,直至窒息而死。无疑,这首诗是对家暴丑行的一种暗喻,其主题在于揭示女性如何受到另一性别的压迫,并随着时间的推移她们甚至失去反抗的意愿和能力。此外,阿格巴比的诗歌还关注肥胖和女性身体的话题,她特别关注媒体对女性施加的无形压力,目的是反对和颠覆社会尤其是男性大众对女性施加的、理想的、苗条的身材标准。

诗歌的题目颇具意义,"吃我"这一动宾词组显示,动词的主语是食物,食物在对女人说话,在对女性发布命令,而女性是承受者,是命令的被动应答者。这个标题一开始是比较模糊的,可以提供各种各样的解释。首先,它是典型的大写字母,这可以被视为象征着女性的成长,在整首诗中,作为不断喂养的结果,女人得以"成长"。虽然可以有一种身体上的解释,也带有某种形而上学的解释,认为男人是在精神上吞噬她的灵性。同样有趣的是,叙述者可以用"我"来鼓励这种行为。阿格巴比通过这首诗,揭示了喂食者男性与被强迫进食女性之间的紧张关系和性关系的本质,探讨了性别、身份和权力的主题。

从诗歌的结构上看,这首诗由十个三行诗节组成。这种僵硬的形式也代表了男人强加的严格控制,代表了一种连说话人都无法质疑,毫无条件地接受的体制和制度。在这里,有一个巧妙的、精致的押韵设计,每一行诗都押韵。例如,在第五节"cook","food"和"fruit"有"oo"的发音。这是一个高度严格整齐的结构,适合写一首关于一致性和期望的诗,呼应了饲养者的意图。每一节的最后几行都是"end-stopped"(除了第六节),这又意味着男人的控制和女人的顺从。诗歌运用第一人称代词"我",称呼喂食她的人"他",读者可以猜想出他是她的丈夫。她的语气平淡顺从,甚至有些逆来顺受,这表明他们之间不正常的关系已经根深蒂固,她没有表达愤怒的意愿,甚至都没有想过摆脱他。直到诗的结尾,她被完全束缚和控制住。

食物作为一种控制手段的想法和作法是一个延伸的隐喻,也可以说充满现代形而上学的幻想。透过这个离奇的故事,透过字面和表象,我们可以强烈感受到,男人对这个女人的控制。

另外,食物与性的联系在文学作品中也经常出现。例如,唯美主义运动的代表人物奥斯卡·王尔德(Oscar Wilde),在他的喜剧《成为欧内斯特的重要性》(the Importance of Being Ernest)中,就将二者等同起来。在《身为艺术家的评论者》一书中,奥斯卡·王尔德用吉尔伯特(Gilbert)和欧内斯特(Ernest)这两个人物的对话表现出美学哲学意蕴。吉尔伯特告诉欧内斯特真正的艺术源于批判,而批判的思想受灵魂和美学观指引。吉尔伯特还说:"公众惊人地宽容。他们可以原谅一切,除了天才。(The public is wonderfully tolerant. It forgives everything except genius.)"艺术家是美的作品的创造者。艺术的宗旨是为了揭示艺术特质并去指导生活。因此用另一种方式或素材展现和表达思想是他/她们的本能,通过文字建立两种事物之间的联系,也变得水到渠成。

除此而外,诗人使用了多种修辞手段,比喻、对照,也包括头韵。头晕的大量使用在语音和乐感方面,有助于声音的流动和语感的强调。

性别与权力是诗歌的主题。"吃我吧"一诗中,权力的概念非常重要,它是"喂食者与进食者"关系的基础。没有这种权力,它就无法运作,物化和占有也就无法发生。而这首诗非常重要的是,它关注的男女两性间的关系:一个男人压倒一个女人,得以继续控制她。此外,关于身体意象的讨论仅仅是基于女性而不是男性,这可以被看作是对这一主题的刻板社会态度的反映。

酷儿理论强调超越平常、离经叛道和禁忌正是这首诗的另一主题:在一段关系中充当"喂哺者"的角色与性观念有很大的联系,而且一个人可以对另一个人的生活有很强的控制力。这在社会上是很少被谈论的,通常是被避免的,这种性质的事情,还有关于女性身体的讨论,都以怪异的方式在诗歌中得以深刻揭示。

二、后殖民理论框架下的杂糅特征

后殖民研究的理论框架,通过近期中世纪研究的介入来探讨跨国诗歌,提出了有关分期、接触区域和权力轴的问题。后殖民理论与中世纪主义的交叉,通过考察中世纪与现代性和当代性的跨国辩证法,揭示了跨越时空的全球联系。在追溯了跨国关系连接杰弗里·乔叟的"巴斯的妻子"时,两个当代女性诗人的作品步入人们视野:一个是非洲移民起源于尼日利亚的佩蒂丝·阿格巴比,另一个是牙买加的珍·布雷兹。布雷兹在2000年发表的这首诗,想象了"巴斯的妻子在布里克斯顿集市演说"的情景,而阿格巴比在"女人喜欢什么",这首诗来自她2014年的作品集《讲述故事》(Telling Tales)。通过揭露乔叟已经存在的跨国流动和"跨界"技能,阿格巴比和布雷兹进行了持续的学术对话,对我们理解中世纪的英格兰和当代的英国都有帮助和启发,用比尔·阿什克罗夫特的话来说,就是"跨民族"意识。

"从本质上讲,作品更多的是由观念的表达来驱动的"(同上)。阿格巴比曾讲述,仅仅一个晚上,就构想出了《致四位女性》一书的中心思想。其灵感来自妮娜·西蒙妮的《四个女人》,阿格巴比将其改编成剧本形式并赋予它新的结构,通过英国非洲裔女性的特殊声音,探索英国黑人女性的生活,特别关注和尊重那些非主流的"其他"女性,也包括美国和加勒比海地区移民英国的黑人群体。英国黑人的经历是一个杂糅文化的完美例子,来自世界各地的移民故事与当地的杂糅文化混合在一起,创造了令人兴奋的艺术内容和艺术实践的新形式。

阿格巴比同几位女性作家、艺术家组成艺术群体,她们一起带着食物,在不同的地点集合,分享彼此的想法和故事,进行艺术创作,站在麦克风前即兴唱圣歌、写作、聊天、改写作品。她们避免给性行为贴上标签,因为在她们看来,爱女人的黑人女性不会用"女同性恋"这样的词来表示她们的身份;其次她们认为不管和谁上床,她们的首要角色是作家;最后她们尊重性的表达,认为性行为是非常体面和自然的行为。为此她们创造了贝尔·胡克斯所设想的另一种风格的话语,她们避开了理论而选择了个人叙述。就像苏莱里认为的那样"毫无中介性质的本地声音可以替代任何理论议程。理论不应该仅仅体现后殖民主义、后现代主义与性别、种族等问题之间的因果关系。"(Suleri,1995:141)

在她的早期作品中,"母亲、姐妹、爱人、他人"成为创作选择的出发点。包括传统上给黑人女性的主要限制标签:如海蒂·麦克丹尼尔在电影《飘》等一系列影视作品中饰演嬷嬷的刻板印象;在社区特别是教会社区的修女形象;电影和电视剧中政客或报纸编辑对富于异国情调爱情的兴趣。事实上,这些主题在20世纪70年代和80年代女权主义文学评论家的脑海中,圣母形象与妓女形象的割裂情况,似乎从未被应用到黑人女性身上。黑人女性更像是母亲、女仆或妓女间徘徊。被称为英国黑人同性恋偶像,因其对英国黑人社区的贡献,获得 2000 年"疾风成就奖"(Windrush Achievement Award)的瓦莱丽·梅森·约翰(Valerie Mason John)曾探讨过这个主题:母亲在养育子女方面的角色。毫无疑问这种支离破碎或不和谐的关系会影响和毒戕孩子。母亲和女人之间的紧张关系,做母亲有可能会使身为"母亲"的女人失去性别特征。

阿格巴比的作品呈现出两种不平衡的文化之间的张力,即一种文化殖民另一种文化的历史,另一种是在个人叙述和对网络媒体偏爱的新形式的叙事;具体说,就是尼日利亚的旧势力与英国分而治之的殖民主义势力的碰撞和冲突主题。以上这些在阿格巴比的作品中如,《总统》《我的母亲》中都有所表现和探讨。头发作为黑人女性的重要标识,对黑人女性具有重要意义。自然光亮的头发不仅带有本质主义的天然美,更具有丰富的思想表达和身份认同的渴望。头发是黑人女性中的重要话题,把它梳理出来,把它带到阳光下,让它进入艺术范畴,阿格巴比在《致四个女性》一书中,生动描写黑人女性兴致勃勃地打理头发的场景,如诗歌"热梳蓬松卷发器",诗中这样取笑一个因打理头发而被迫坐着的坏脾气孩子,以她的角度来看,以美丽或可能的从众之名,而一动不动地坐在那里打理头发,简直就是受罪和痛苦。是要表现"自我消除:邻居/牧师/其他女孩/打字室里的女人/我男朋友/那边那个好男人/女人会怎么想?"还是相反,要表达"自我指称或是情绪化的:这会让我在世人面前有什么感觉?"头发在性行为中有一个由来已久的作用,犹如战争中的武器。在这个舞台上两种头发风格总会如经典般,压倒群雄胜出:一个是盘起的被称为朵莉·巴顿松散头型(与妓女同音),另一个是看起来自然俊俏的宛如查理少爷家天使的头型。在 20 世纪 70 年代和 80 年代,黑人女性遭遇的哀叹便是,这些最能确保成功获得优良基因的发型,在没有重大创伤和经济支出的情况下,是黑人女性无法企及的,而且完全依赖于好天气。这在朱莉·达什的卡通发型中得到了有趣的体现!(这部电影向我们解释了为什么黑人电影里没有淋浴镜头。)然而,由于我们都变成了后现代主义者,种族也变成了一个市场补缺品,一个产品。头发交易正走向巅峰:黑人女性的护发产品如雨后春笋般出现,而且越来越容易买到,也越来越便宜。英国女性护发产品市场的总价值为12亿英镑。黑人女性的护发产品包括假发、织物等,还有洗发水和化学制品。英美的黑人女性可以很容易地把收入的20%－30%花在护发上。有趣的是,大多数的黑人头发护理产品是由非黑人拥有的企业生产的。

除此而外,阿格巴比也善于通过文本及语言表达思想,文本本身就足以说明问题。在她精彩的诗歌"Ufo女人"中,阿格巴比解释说:"非洲可能有一个词叫'不明飞行物',但我从未遇到过。""Ufo"一词的使用便是运用了简单的文字游戏,这在她的诗歌创作中很常见。通过戏谑地使用文字,包括拼写、大小写等,达到提取所有可能的意义表达的目的。再如阿格巴比的第一本书,书名为《R. A. W.》(实际上是"节奏和单词"的开头字母大写组合)。所以Ufo是"不明飞行物"或者"滚开"或者两者的混合,这是一个新造的非洲术语。这首诗很好地达到了她的目的——对身份问题带有幽默感、轻松感和胜利感的探索。

杂糅性带有变化的动态性和可能性。不得不承认随着跨国公司和企业经营的世界化,国家标签随之瓦解,人们都成为相关利益的流动联盟的一部分。自由漫游,随心所欲,追求更高的理想、寻求解放和交流追逐更多权力。正如柯比娜·默瑟指出的:"在一个每个人的身份都受到质疑的世界里,不同元素的混合和融合创造了新的杂糅身份,为在危机和转型的条件下生存和繁荣指明了路径。"(1994:259)事实上,自阿格巴比等艺术家为女性写作和表演以来,英国已经出现了一系列颇具声势的、有活力的、有力量的作品,尤其是黑人和混血女性的作品。这些作品涉及英国黑人女性的声音,准确地说应该包括所有热爱女性的声音。

三、表现形式的创新:现场艺术

"给我一个舞台,我将在上面切换形式/给我一页纸张,我将在上面尽情表演/给我一个词语/ 任何一个词语"。这几句取自诗歌"词语"中的结论性诗行,精辟地阐明了佩蒂丝·阿格巴贝对诗歌艺术的看法,堪称她的诗歌宣言。

她是近年来涌现的,最具活力的英国黑人表演诗人之一,或许也是最激

2. 诗歌表演家：佩蒂丝·阿格巴比（Patience Agbabi）

进的一位。自 1995 年以来，她一直在伦敦俱乐部巡回演出，每年至少参加 100 场活动；人们会看到她出现在诗歌协会的活动中，同性恋普莱德集会上，在格拉斯顿伯里的卡巴莱帐篷里面对 4 000 名观众，在爵士音乐节和夜总会里。1996 年在伦敦国际音乐学院，阿格巴比与合作伙伴一起表演了多声部实验作品《致四位女性》(FO(U)R WOMEN)。作为一名独唱歌手，她曾多次在广播和电视上，在爱丁堡艺术节上，在大学讲堂里，甚至在法国的地铁站里，朗诵她那犀利而又相对直白的诗歌。至今，人们都可以在各种现代媒体、网站、视频以及诗歌表演等光盘上找到看到它们。她居住的地方各式各样，不同寻常：比如牛津布鲁克斯大学的诗歌咖啡馆，在那里她为医护人员开设了创意写作工作坊，甚至还在伦敦的弗莱明八号（Flamin'Eight）纹身刺眼的会客室。

其实，佩蒂斯并不是一个传统意义上的表演诗人：她是一个形式主义者，常常改编十四行诗、六节诗这种传统的形式，融入她自己的性别因素——性别政治倾向。正如夸梅道斯所说的，"阿格巴比喜欢拙劣地使用并玩弄语言，玩弄语言的韵律及声音。"这种对形式的关注使她的诗歌不同于同时代其他诗人的作品，比如杰基凯、泽娜爱德华斯和利蒙斯塞。像他们一样，她也受到了那些 20 世纪七八十年代之前英国配音诗歌的影响，比如奎西约翰逊和西番雅，他们强调种族以及社会评论问题；还有音调优美的歌曲——像是珍宾塔布里斯的诗歌。但是仅仅是受其他诗人影响这一点并不能很好地解释她作品中的活力。在创作过程中，她跨越边界，与其他的诗人合作。正如她常常使用其它的艺术形式；最明显的就是文字游戏、节奏以及说唱音乐的押运效果。（自 1995 年以来，她连续三年都是原子边缘的成员，原子边缘是由一群女性说唱者组成的，她们的表演既包括录音形式，也包括现场演出）。她的第一部作品《RAW》（1995），在本质上就是一部说唱诗集。说唱，作为一种流行音乐形式，起源于年轻的美国黑人男孩。阿格巴贝和其他的一些诗人为它的女性化作出了一定的贡献。

当《变形术》在 2000 年出现时，它因其华丽的形式多样性，以及"对现代英国现实的一个生动的评论"而受到称赞。事实上，她的作品与其说是政治性的，不如说是个人化的，她的文化身份感在不同种族、不同性别、特别是不同性别间发生了显著的转变。她的最佳诗作在紧迫的当代关注和"危险"主题(包括S&M实践)与正式诗学之间制造了一种张力。夸梅·道斯进一步指出,这些诗中有许多是"形式的张力和人物的掩蔽"。还有散文诗、"混凝土"诗(巧妙地模仿了雕刻家卡尔·安德烈(Carl Andre)的"臭名昭著的砖块"),以及包含50个押韵问题的"列表诗",还有流行歌曲歌词在诗歌中的插入。此外她的语言颇具技巧性,包括从电脑或肥皂剧中截取的词汇和表达方式。她称自己为"双文化",告诉我们"我和母亲/《古舟子咏》/《与权力抗争》一起长大。"

阿格巴比善于从诸多的英国伟大诗人那里汲取养分,并运用到自己的诗歌表达形式里。如戏剧独白这种表现方式,被她采用到很多诗歌创作中,其中的诗歌包括"高飞的女人"、"穿红衣服的魔鬼"、"七姐妹"和"倒置的母亲"等。诗歌"逍遥骑士"讲述一个年轻的女孩,那个"服用安非他命的疯狂女孩玛克辛",被囚禁在"女性羽翼潮湿的子宫里",但仍然充满挑战甚至有些肆无忌惮:"我冲击人为的规则,/加速进入日落"。诗歌中有很多文字表用以现青少年的焦虑,比如诗歌"水牛和银色高跷"中描写一个女学生嫉妒那个和与讨好他的女孩夏尔曼拍拖的男孩,诗歌"四对四之旅"(that Four Four Trip)和"阿贾克斯"(Ajax)准确地捕捉到了青少年吸毒后的内心疏离感。再如诗歌"巴法的妻子",将背景设置在一个全新的时空下,重新讲述了乔叟《坎特伯雷故事集》中的一个故事:一位结过5次婚,有过5个丈夫的尼日利亚妇女的故事:"我用我那张大牙缝的微笑/和我的力量施展了魔法。"

诗歌"泼妇"是一首押韵的四行诗,带有更加尖锐的嘲讽和幽默感。诗中以男性话语讲述其妻子婚内出轨这样不寻常事情,而他们在一个类似杰瑞·斯普林(Jerry springer)式的电视访谈节目时,"他们把他带上来。/人群尖叫。/他拉扯着皮带,她抚摸着他的头/吻他。"

阿格巴比确实写有一些相对直白的性体验诗歌,尽管细节通常是隐喻性的,比如在"69 BPM"中:"当她在一小节音乐中两次飙出最高音时,与她的联系产生了"。"汉斯"中滑稽的情节是一个"高大、黑皮肤、男性化"的女同性恋爱上了一个娇小的美甲师。但是,性隐喻在诗歌中带有总结性的精彩结尾处得到了有效的运用,这是一首结构严谨、控制有序的十四行诗,把

2. 诗歌表演家：佩蒂丝·阿格巴比（Patience Agbabi）

对性的迷恋通写作行为结合在一起。再如诗歌"变形女王"，其标题寓意把缪斯女神变成了女同性恋施虐狂的形象："一支笔悬在白纸上，我等待着/等待着夫人的命令，她严格的辅音字母……她把词语、线条捆起来，就像紧身胸衣约束肉体一样。"

诗歌"老虎"以一位女性口吻讲述其生活，她的一生都围绕着纹身展开，最终以"斑点狗克鲁拉·德·维尔（Cruella de Ville），在我紧绷的肌肉上缝贴了滚烫的黑色/墨水，随着时间的流逝/自由地流入玻璃紧身衣"作为结束句。阿格巴比在"弗拉明戈 8 号"驻点表演的 15 天期间，她的目标是创作适合纹身的诗行，包括"发表"在她朋友的胳膊上的 26 个音节的藏头诗。正如她在《诗歌评论》（Spring 2000）中描述的那样，她自己也经历纹身痛楚："在两个小时的时间里，我的整个背部都变了，除了一小块空白，只够写一首俳句。"她驻点表演创作的另一首诗歌"在隐形墨水里"，清楚地表达了纹身的情色层面："想象一下我的舌尖是一根完整的针，你的后背是我的画布……/颤动着它精致、亲密的盲文"。正如阿格巴比所表达的，"在身体上进行文字陈述是无法挽回的"。由此，纹身的使命之一就是创造一种"身体的诗歌"，与诗歌的形式和动态的表演相联系。值得注意的是，她目前正在进行的诗歌创作题名为《肢体语言》。

阿格巴比作为英国少有的几位主要诗人表演家之一，将诗歌创作和表演相结合，在这个时代，"文学诗歌"和"现场艺术"仍然可能有不同的、互不关联的观众，阿格巴比的作品已经跨越了正式的和文化的界限，并引入了新的艺术定义，挑战了武断的分类。她的作品为当代英国诗歌做出了显著而有意义的贡献，创造了页面与表现、自由与形式、传统与创新相结合的空间。通过她的教学、文学活动、现场表演和印刷文本，成功地将观众聚集在一起，通过对话和互动，围绕着政治和艺术领域出现的新身份以及身份差异性展开的斗争，对现代文学世界的主导叙事形式构成了强大的挑战。现场艺术拒绝将这些环境视为独立的或冲突的，对文学的分类和范畴限制产生了抵制，它以让人惊讶和震动的能力，影响着我们，而其影响将会是深远的，这可以说是所有具有持久影响的文学的真正目的。

诗歌选读

1. Prologue

Inspired by Nevill Coghill's[1] verse translation;

the Beeb's[2] hip multicultural adaptation[3];

by Ackroyd's prose retelling; Baba Brinkman's

dynamic rap[4]; and by the Chaucer Man

performing them in Middle English, fired

by rhythm, rhyme; but most of all inspired

by Chaucer's creativity and wit,

the way he marries Literary with lit,

heroic couplet, use of epigram[5],

creating the first storytelling slam,

his range of voice, his characters that fly

clean off the page, his famous irony;

I, Canterbury Laureate[6], intend

to write a book of poetry, a blend

of high art and pop culture. I'll adapt

a range of forms from monologue to rap,

sestina[7] to blank verse. I'll take by storm

stage – performance, page – poetic form.

For Bloodshot Monochrome and Transformatrix

display my skills, both formal and creative:

I resurrect[8] dead poets through the ages

and solve their problems in my 'Problem Pages';

from Paul Muldoon[9], George Szirtes[10], Ciaran Carson,

I learnt to play with form; from Carol Ann

Duffy[11] and Jackie Kay[12], the monologue.

Poetic form is truly back invogue.
At Oxford, 'Chaucer' was my Special Paper
whilst in my youth, I used my craft to ape a
General Prologue, all in rhyming couplets
with mods[13] and rockers, soulies, new romantics…
This celebration of the literary
will introduce The Tales, and poetry,
to audiences who are new to both,
and thrill aficionados[14]. By my troth[15],
of English verse, Geoff Chaucer is the Father.
Here's one I wrote before: 'The Wife of Bafa'

注释

1. Nevill Coghill: He is a scriptwriter, filmdirector, and actor. 剧作家, 导演和演员

2. Beeb: BBC 英国广播公司

3. adaptation: a work that has been recast in a new form 改编

4. rap: the sound made by a gentle blow(轻快的)敲击(声); 急敲(声)

5. epigram: a witty 机智的短诗; 警句; 讽刺诗

6. Canterbury Laureate: 坎特伯雷奖得主

7. sestina: 六节诗。

8. Resurrect: cause to become alive again 使复活; 使复苏

9. Paul Muldoon: He is an Irish poet. He has published over thirty collections and won a Pulitzer Prize for Poetry and the T. S. Eliot Prize.

10. George Szirtes: He is a Hungarian–born British poet, writing in English, as well as a translator from the Hungarian language into English. He has lived in the United Kingdom for most of his life. 诗人, 翻译家

11. Carol Ann Duffy: She is a Scottish poet and playwright. She is Professor of Contemporary Poetry at Manchester Metropolitan University, and was appointed

Britain's Poet Laureate. 苏格兰女诗人,剧作家,首位英国女性桂冠诗人

12. Jackie Kay：She is a Scottish poet and novelist. She is the third modern Makar, the Scottish poet laureate. 苏格兰女诗人,小说家,苏格兰桂冠诗人

13. mods：a British teenager or young adult in the 1960s; noted for their clothes consciousness and opposition to the rockers 摩登派；现代派分子

14. aficionado：a fan 狂热爱好者

15. troth：a mutual promise to sth 诚实

诗歌翻译

序言

尼维尔考格希尔诗歌的翻译；
英国广播多元文化的改编；
阿克罗伊德散文的叙述；
巴巴布林克曼富有活力的说唱；
乔叟对中古英语的运用,因节奏和韵律而名声显赫；
这些则是我灵感之泉。
但大部分是受乔叟创造力和智慧的启发,
他把文学与英雄双韵体,隽语相结合,
最先创造了讲述之声；
他声音的范围,他那飞跃出纸张的人物,他有名的讽刺手法；
我,坎特伯雷的桂冠诗人,打算写一本有关诗歌的书,
一种高雅艺术与流行文化的融合。
我将改编从独白到说唱,从六节诗到无韵体等一系列诗歌形式。
我将承受舞台——表演,页面——诗歌形式的风险。
《充血的单色画》和《女变形者》,
展示了我的写作技巧,既正规又充满创造性：
我把那些被岁月遗忘的诗歌重新复活,
在我的《问题专栏》中为他们解决问题；

2. 诗歌表演家:佩蒂丝·阿格巴比(Patience Agbabi) ❖

从保罗马尔登,乔治希尔泰什,夏兰卡尔森那里我学会了与形式游戏;

从卡罗安达菲和杰基凯那里,我又学会了使用独白。

事实上,

诗歌形式回归到了时尚。

在牛津,"乔叟"是我年轻时《特殊的一页》,

我用自己的技巧去模仿一个总序,

全部使用对偶句式,

并融合了摩登派、摇滚歌手、灵魂乐迷,新浪漫主义者……

这个文学庆典将会为那些刚涉猎这个领域

以及对它有狂热爱好的观众们介绍故事、诗歌。

事实上,

对于英国诗歌,乔叟是它的鼻祖。

这是我曾写过的一首诗——"巴法的妻子"。

2. The Sting

At twelve I learnt about The Fall,

had rough – cut daydreams based on original sin,

nightmares about the swarm of thin –

lipped, foul – mouthed, crab apple –

masticating[1] girls who'd chase me full

throttle: me, slipping on wet leaves, a heroine

in a black – and – white cliche; them, buzzing on nicotine

and the sap of French kisses. I hated big school

but even more, I hated the lurid[2] shame

of surrender, the yellow miniskirt

my mother wore the day that that man

drove my dad's car to collect me. She called my name

softly, more seductive[3] than an advert.

I heard the drone of the engine, turned and ran.

注释

1. masticate: chew 咀嚼
2. lurid: horrible in fierceness 可怕的
3. seductive: charming 有魅力的

诗歌翻译

刺

十二岁，我初学《堕落》，
它打断我那基于原罪的白日梦幻，
梦中有成群薄嘴唇，骂脏话，嚼苹果的女孩儿，
她们全力追赶着我。
而我，则是一位黑白分明，滑动在那潮湿树叶之上的英雄；
她们，却在尼古丁和法国香吻中嗡嗡叫嚣。
我厌恶大型学校，
但我更讨厌那投降的耻辱。
那天，妈妈身穿黄色迷你长裙，
又和那男人驾驶我爸爸的车来接我。
她用那轻柔且比广告还有魔力的声音呼唤我的名字。
我听到发动机的声音，转身跑开。

3. 富于哲思的女权主义诗人：
吉莉安·奥纳特（Gillian Allnutt）

作为20世纪80年代著名的女权主义诗人，吉莉安·奥纳特对哲学的研究使其作品具有了更深刻的思想和理性思辨意义。

吉莉安·奥纳特1949年1月出生于伦敦，在泰恩河畔纽卡斯尔度过了她的大部分童年时光。在剑桥大学纽汉姆学院和苏塞克斯大学完成大学教育。自1973年起奥纳特在伦敦大学和纽卡斯尔大学教授创意写作，同时兼表演家、出版商、新闻工作者和自由作家为一身。她曾是女权出版社的合伙成员。

吉莉安·奥纳特已经出版了九部诗集，其中包括《吐出来的点子》(1981)、《鳄梨萌芽》(1987)、《黑刺李》(1994)、《过梁》(2001)、《南塔基特岛和天使》(1997)、《寄居者》(2004)、《发光脚踏车：新诗选集》(2007)。《南塔基特岛和天使》和《过梁》都获得了艾略特诗歌奖提名。2018年5月，她的最新作品集《守灵》(wake)由戴克斯出版社出版。她还是《英国新诗》(1988)的联合编辑，并著有《停泊：一本诗歌手册》(1991)。从1983年到1988年，她担任伦敦上市杂志《城市界限》(City Limits)的诗歌编辑，这为她带来了更多自由撰稿的机会,她对作家和其他艺术家的作品进行评论和采访。她的主要收入来源是教书,对她来说教书就像写作一样是一种职业。

在过去的35年里,在各种各样的环境中,包括她居住的英格兰东北部的许多学校和大学里,她都曾任教,主要从事创意写作的教学工作。2001—2002学年,她获得纽卡斯尔大学皇家文学基金奖学金,2013—2014学年,她在杜伦大学教授诗歌和诗学课程。她曾担任几届社区入驻诗人,如2004年,她与来自盖茨黑德正统犹太社区的妇女一起共事,2009年10月,在纽卡斯尔和斯托克顿的庇护所,她参与救助工作,帮助受难者远离痛苦。目前她正参与英国杜伦大学(Durham University)的一个跨学科项目《倾听声音》(Hearing the Voice),为文学作品中的听觉主题创作诗歌。

奥纳特的诗歌越来越受到关注,各种奖项接踵而至。她曾两次入围T. S.艾略特奖(T. S. Eliot Prize)的候选名单,2001 - 2003年获得皇家文学基金。2005年获得北岩基金会(Northern Rock Foundation)作家奖,并于2016年获得英国诗歌大奖:女王诗歌金奖。

一、空间哲学:诗歌是我们看待生活的空间

长期以来,吉莉安·奥纳特不仅对空间和寂静感兴趣,而且也将其作为其作品整体效果的一部分。白色空间和寂静作为空间的听觉类比,结合起来意味着时间,对她来说是越来越重要的元素。她最近的许多诗都是由单行诗节组成的。《现在》是她的第八部诗集,是她最简短的诗作之一,其中有一行是"寂静的雪之旋转",很容易想象是伊恩·汉密尔顿·芬莱写在一块瓷砖上的:既完整又完全地敞开了心灵的天空。

奥尔纳特诗歌创作范围越来越广阔。另一首诗《姐妹》是由斯坦利·斯宾塞的一幅画和《圣路加福音》和《圣约翰福音》中玛丽和玛莎的独白组成的,按照奥纳特的标准,这两段独白几乎是小说式的。小玛丽想要表达她对妹妹的感情。大一点的玛莎心想:"我们第一次仲夏去哪儿了?祖母。/现在没有妈妈的女孩,玛丽,玛莎。/她对任何愿意和她一起喝茶的人说了这句话。/艾格尼丝和埃尔西在他们的针织品。/栖息着的黑色小帽子。/蒙着面纱,仿佛他们永远不会忘记这场战争。/我们以前做得很好。/没有她

3. 富于哲思的女权主义诗人：吉莉安·奥纳特（Gillian Allnutt）

一切都好。/我喜欢我长翅膀的头发。"我们已经进入了斯宾塞地区，但仍在前进。在《路加福音》（Luke）中，耶稣教导玛莎，她必须忍受苦差事，而玛丽的心思却放在了更崇高的事情上。我们也看到了家庭扮演的铁腕角色。与此同时，整件事也有一种神秘的方面，明显是英国人的那种。

走进奥纳特的诗歌，你很可能会像在上周一样遭遇中世纪后期：两者在她的想象中都是当下的。《牛津英语诗经》（Oxford Book of English Verse）的开篇就出现了《悲伤》这首优美的诗，同时出现的还有 15 世纪的《亚当·雷·伊伯丁》（Adam lay）和《基督圣体颂歌》（Corpus Christi Carol）。奥尔纳特在她那首神秘的摇篮曲中引用了最后一句——"水龙头把我的伴侣带走了"——"想想田野里的百合花/它们是如何不被诱惑的/它们是如何被消耗掉的/世界是如何扭曲的"。在写给诗人兼小说家茱莉亚达琳的挽歌"披肩"这首诗中，奥纳特的诗句"羊毛披肩"唤起人们对达琳谦和高贵气质的感受，诗中也不乏幽默的庄严，当人们在黑梅色大马拉着的玻璃灵车缓缓驶近时，禁不住赞叹："轿子，紫色，棺盖"。

尽管安德鲁·莫辛（Andrew Motion）曾提请人们注意当代诗人所面临的压力，为赢得读者只能借助和使用熟悉的语言和结构。但吉莉安·奥纳特并无此恐惧，她从不惧怕重新组合或重新创造富有想象力的联想——她从儿歌、流行的赞美诗、歌曲和圣经中汲取她所需要的灵感，并广泛使用苏格兰低地的语言。其中奥纳特从参考范围很广的中世纪基督教历史中获得启发，这些被毫无察觉地运用到他的诗歌中，读者甚至不能立即识别出来。当然奥纳特期待"读者也参与其中"。只要读者参与其中，这些诗就像拼图一样组合在一起，形成一个整体。

我们可以把奥纳特的作品称为宗教诗歌，尽管还不是严格意义或传教意义上的宗教诗歌。通过对部分基督教传统的运用，奥纳特的诗歌唤起了人们对事物神秘性的关注和兴趣。在奥纳特的诗歌里，神秘性存在于矛盾中并开花结果，《圣经·创世纪》那不可言喻的丰富宏大规模，对伊甸园里一切的一切的惊奇，在充满爱与奇迹、痛苦与记忆的简朴的居所里，在一个仅仅有家庭物品和家务劳作的普通生活里，想象力在记忆和欲望中渐渐延伸，不断扩展。基于以上这一切，奥纳特对宗教的轻微触碰却是带有惊人的效果。

这本书的封面用一串念珠再现了塞尚的《老妇人》，而诗歌的效果是让读者重新审视这幅无声而凄美的画。这似乎既不是一种总结，也不是一种评判，而是一种努力，努力展示那位弯腰驼背、双手捧着念珠的老太太，她的脸坚忍、谦卑又热切，以一种无法言表的方式，她自己的方式呈现出来，超出理解。在奥特看来：与生活相比，艺术能算得上什么呢？艺术不过是提供给我们看待生活的空间罢了。奥尔纳特的诗歌有着同样的双重视角：在展现事物的范畴尺度上，诗歌几乎不重要，但它仍然不可或缺。

奥纳特是一位极具独创性的诗人，其独创性特质在她的诗集《自行车闪耀：新诗集》（How the Bicycle, 2007）中得到了充分的体现，诗集中展现对英格兰北方风光的描摹，更充满精神关怀。

琳达·弗朗斯（Linda France）强调了女性诗人的能力，"几乎真实地存在于历史和时间的流逝中……存在于她们自己和家庭的生活中，存在于她们父母的世代和子女的世代中。"吉莉安·奥尔纳特也不例外，她用各种各样的声音来描述苦难、迫害或分离的现实。其中一些显然是自传性质的，另一些则更为隐晦，比如那位德国妇女和士兵的虐待，这几乎是可以听到的："他们的行军对我来说是多么微不足道。"他们的笑声把我的骨头都震碎了。

1983至1988年间，奥纳特在《伦敦城市》杂志做诗歌编辑。她的第一本书《吐出来的点子》，展现了这个时代的典型特征，其声音似乎也成为这个时代的整体声音，而非奥纳特个人的。正如这本书的简介所言，'尽管这个故事是自传体性质的，很多女性仍会把它看成是她们自己的故事。'作为一本诗集，这本书共有140多页，有些偏长，因为它包含了许多散文式的笔记、注释。

奥纳特研究哲学，从《鳄梨萌芽》起，她开始展示她自己的哲学观点和思想。《鳄梨萌芽》呈现出明显的充满诙谐的嘲讽格调。本质上而言，她是一位富于使命感的神圣诗人，哲学帮助她表达和发展了她的奇思妙想。《鳄梨萌芽》的开篇诗歌，是她写得最好部分，也是被收录最多的诗歌之一。这首诗以亚历山大·勃洛克的题词为开始——'为了描述一辆（自行车），你首先必须要爱上（它）'——诗歌充满奇思妙喻，通过巧妙地转动脚踏板，让人产

3. 富于哲思的女权主义诗人:吉莉安·奥纳特(Gillian Allnutt)

生一种把爱人看作自行车的错觉,最后诗歌以这样的话结尾:"我想让你知道,并不是要三位一体,而是要用我心灵的蜜汁涂抹你活动的部件"。诗歌"剑桥明媚的一天"同样充满哲学意蕴:

"……没人敢在那儿闲荡
除了一个特别的长有鸭嘴的精英
只知道嘎嘎叫,用来证明
归纳法也好演绎法也罢
他们有绝对的权力这样做。"

在这里剑桥的传统撑篙娱乐也得到了形而上的处理,也具有了一种哲学性思考的意境:

"随意指向天空——
你把灵魂交给我
就像交给我撑篙一样
我必须学会使用它,
笨拙地。

我被刺穿。
河水把我变成了傻瓜。"

("玄学派诗歌")

奥纳特来自于英格兰东北地区,在伦敦生活多年后,于1988年搬回那里。英格兰东北地区的空间景观成为她创作的灵感源泉和意象宝藏。随着她诗歌创作的发展,直接从诺森伯兰郡的荒野中提取出来的自然意象与一种同样简单的精神追求相结合。正如约翰绿化所说,后盖:"Allnutt 是属于倾向于精神范畴的诗人,一定意义上的'被遗忘的旧式传统感'推动英语神秘的自然诗歌向下一个千禧年迈进。尽管意识到,这片依然脏旧的英格兰,

'满是飞扬的塑料袋的地方',仍然给她那闪电般迅疾的思维带来一个安稳的土地"。在诗歌"顿悟"(Epiphany)中,这中格调已经开始出现:"当黑刺李木(blackthorn)把思想暴露到骨子里的时候。"《黑刺李木》是她所选择的景观象征,后来成为她的一本书的标题。

二、将女权主义诉求置于寂静的呐喊

吉莉安·奥纳特是一名女性主义诗人,在20世纪80年代,与米歇尔·罗伯茨、艾莉森·费尔和米歇尔尼·万德一起共同为女性主义发声,并居于显著地位。

随着时间的流逝,城镇生活和诗歌占用了她更多的时间。诗歌中的女性自杀事件是"为什么不"中的主题:"也许我该继续变得像香烟一样,望着我增长的灰烬,和我的小簇火舌渐渐变弱甚至熄灭。"

《黑刺李》标志着她回到了东北地区,写了许多关于那片地域的诗歌。诗人兼批评家肖恩·奥布莱恩(住在纽卡斯尔)提及这本书说:"真正的地区是班维尔,并不是因其胆小懦弱,而是奥纳特给它增添了稍有神秘的抒情色彩"(诗歌回顾,冬季1994年5月)。她的描述是晦涩而又苍白的。在"克拉拉大街"中,"许多的小石子是海边的防波板"。但是神秘的记录就在她从"颂歌"开始的诗歌中,均衡发展:"你穿鞋的双脚是那样美丽,他们应该进入我最私密的思想里。"

奥布莱恩将她与史蒂夫·史密斯进行对比,并说到:"奥纳特故意打破常规,但与此同时,风景、气候和存在于他们之中的固体物质提供了一个比史密斯更为锋利而又惜字如金的世界,这与奥纳特的精神关怀密不可分,从中可以戏剧性的看到他们理论的彼此对立性。"

《南塔基特岛和天使》(1997)这本书中到处都是强壮的老妇人形象,例如,坐在"阅读椅"上的好争吵的奶奶:"她是一个暴乱分子,且极为推崇思想,表面上的/安静的,浓咖啡,咖啡壶"。"雨"是她选出的最出色的抒情诗之一:现在神秘的记录有时会让我们想起克里斯多夫·斯马特:"她张开翅膀像是蝴蝶,又像是双翼飞机一样飞出丛林,她打开装面包的抽屉。她所有的过错都展现在面前。自由的紧身上衣,鳞翅目昆虫。"

3. 富于哲思的女权主义诗人：吉莉安·奥纳特(Gillian Allnutt)

《过梁》(2001)中有许多诗歌是以相似的语气所作，通常带有未经加工的想象："空骨的思想"，"你的四颗裸露不齐的牙齿。"主题诗歌，"塔比瑟和林特尔"，是一首寓言诗，它似乎是穿越了圣经，并与勃朗特的意象结合在一起。这里有时，她所蕴含的意象达到了一个新的强度："马伊达内克，一个集中营，一座山峰，被鞋子包围，与世隔绝。"马伊达内克是纳粹德国的灭绝集中营之一。她是很慷慨激昂的，就像在"annaghmakwerring 中一样"：燕子阴差阳错的飞驰过我的房间，就像麻雀在黑暗中急速飞行，穿过会议厅。会议厅中的麻雀，当然，是彼得中的一个著名形象，是伟大的诺森伯兰郡人之一，是奥纳特经常引用的要点。对同时期精神和艺术生活所消失部分的无情安慰是过梁中关注的重点："上帝，整个岛都充斥着训练有素的步伐和蹒跚的步履。上帝，我们猛唱赞歌，为了那些有学习障碍的人…"（"大教堂里的基督降临"）

吉莉安·奥纳特是一名安静而传统的诗人，在永不妥协的道路上前进。在它的内心深处，有对自然景物的象征性使用，也有强烈的精神诉求，她的诗歌与霍普金和杰弗里·希尔的诗歌相一致。她的语调及诉说的音乐美有她自己的风格。

奥尔纳特的第六部诗集在很多方面反映了当代英国女性诗歌的主题和风格。和卡罗尔·鲁门斯一样，奥纳特也将一些诗歌置于战后东欧的背景下，在那里，我们听到的声音主要是妇女和年轻女孩试图接受痛苦和失去。在这部诗集的第四部分，诗人还想象了德国表现主义画家葆拉·摩登·贝克尔(Paula Modersohn–Becker)对坐在她身边的女人和女孩的反思，将她们的孤独和焦虑具体化："我想她内心是孤独的，/一半以上是孤独的。/她问我是否觉得她很漂亮。"

苏格兰边境的女牧羊人珍妮·阿姆斯特朗(Jenny Armstrong)不仅成为苏格兰艺术家维吉尼亚·克罗(Virginia Crowe)的绘画题材，其生平也构成奥纳特第一部分诗歌的主题：关于时间以及意识升华的即逝瞬间。奥纳特非常清楚生命是多么短暂："她在室内读书/文字变得越来越小/小凳上的水壶陪伴她度过冬天。"奥纳特在诗歌中追问："珍妮·阿姆斯特朗给我们留下的启示是什么？，'我们所度过的日子'将给我们留下些什么呢？"诗人重新组织安排了珍妮·阿姆斯特朗那些饱含深情的信件、装饰物和衣服,因为在她离开很久之后,许多物品都落满了灰尘:"长柄瓶是孤独的,在与她交往很久之后。"因为我们都只是过客,正如这本集子的题词所提醒我们的:"我们都是旅居者,我们在世间的日子就像影子而已。"

诗歌"旅居者"开启了诗集的最后部分,它既是对生与死的反思,也是对为黑人妇女争取权利的非裔美国传教士索杰纳·特鲁斯的回顾。在她那著名的宣言中:"我不是女人吗? 我犁地,我播种,我把庄稼收进谷仓⋯⋯"从上述诗行中我们读到了与珍妮·阿姆斯特朗之间的相互关系,读到了对苏格兰民族诗人罗伯特·彭斯的回想和与庄稼收割的赞美诗之间的呼应。吉莉安·奥纳特这样描述她:"我的老妇人是地球上的一个旅居者;在它里面,流亡至此⋯⋯流亡"。流亡的主题贯穿全书始终。最为明显的是诗集第二部分,以第一次和第二次世界大战为背景。在"幼发拉底河 1949"(Euphemia In 1949)中,诗人唤起了她母亲流亡伦敦的记忆,在那里,她渴望回到诺森伯兰郡(Northumbrian)的家,渴望听到父亲的歌声:"现在,听到父亲布罗迪(Brodie)拨动苏格兰短裙亮片的和弦,她的心都碎了。"诗中还以在罗瑞酒店看到的一幅油画作品,引发的感慨为主题:一位退伍军人的孤独在无名的人群中凸显出来,那画面中的孤独戏剧化地表达了军人的流亡感和疏离感:"1959 年⋯⋯/人们忘记了我。/像夏日的街灯。"

丹妮丝·莱维托夫将奥布莱恩的诗描述为"既坚硬又精致,像铸铁一样"。《永驻》是吉莉安·奥尔纳特自《狼之光》(2007)之后的又一本新诗集。诗集《永驻》(英文书名一律采用小写)严肃而又轻松,人文而又深刻,探索了精神的表现形式,追溯到了熟悉的基督教世界,追根溯源到萨满教。这段精神探索旅程"迂回曲折":同时穿梭于过去和现在两个时空;探寻男性化和女性化的两性结合。圣经中的女性角色再次出现,莫大拉的马利亚和"撒玛利亚的女人",其中以基督教中加利利莫大拉的马利亚为代表,这个曾被基督驱走了身上七个恶魔的女子,在《路加福音》中被认为是罪妇,在基督教传统中被认为是娼妓的人物,在奥纳特诗歌中有了新的阐释。此外还有《大草原》或《亚美尼亚》中几乎幽灵般的母子形象为代表。这些诗的语言同样具有吸引人的魅力,读罢使人处于沉思的状态,处于沉思的内部——"那一

3. 富于哲思的女权主义诗人：吉莉安·奥纳特（Gillian Allnutt）

巢稀薄的空气——停泊着既不在这里也不在那里的东西。"也许最值得注意的是对她父亲和母亲的一系列追思，对他们的生活、死亡和婚姻的沉思。2004年，在达勒姆大教堂举行的"所有灵魂的安魂曲"中，这首曲子被感人地封装起来。这让人想起"母亲，无处不在"，她的身体"已化为灰烬"，而"男人，像木神，像战争，仍在继续"。奥纳特的诗歌以奇特幻象，丰富的音乐感，和强烈的心理震撼，吸引着我们。

卡罗尔·安·达菲爵士（桂冠诗人）代表英国女王诗歌奖金质奖章委员会，宣读授予奥纳特英国女王诗歌金奖的颁奖词。"从20世纪80年代初出版的第一个作品集开始，奥纳特的作品就一直聚焦在与自然世界和精神生活对话的主题。她的作品跨越了几个世纪，跨越了不同的历史和生活，毫无借口地，甚至毫无理由地将跨越国家、阶级、文化和时间及空间并置在一起。在她的作品中，北方一直是一块试金石；它的山和海岸，它的古老历史和它的生于斯长于斯的人民，成为她诗歌书写的对象。多年来，她的诗歌发展成一种文字游戏和冥想的结合。在她的作品中，给予和保留之间的空间和言说的内容一样重要。她的文字有能力让人感到舒适，也有能力让人感到震惊。在她的观点，她的想象力，她的关注和她的抒情的声音，她是独特的。"乔纳森·杜林这样评价奥纳特的诗歌，"读她的诗，你会被她那些原始的、沧桑的、灵活的智慧所打动"。诗人、剧作家、小说家亚当·索普（Adam Thorpe）在《泰晤士报文学副刊》称赞奥纳特的诗歌，有一种"半透的神秘感……她令人震惊的、美丽的、神话般的作品，给人们带来了更多的宁静，书页上留给读者的是双重空间：句句诗行以及她诗歌意象，都带有一种沉思力量。"

奥纳特是一位极富独创性的北方风景诗人，她的作品《自行车如何闪耀》(How the Bicycle)是2007年出版的诗歌选集，此部诗集中的诗歌尤以神秘倾向著称。如果说英格兰北方独特的景观构成其诗歌的空间意象，其语言则是表现和表达神秘感最为契合的形式，语言简洁而富有音乐感，语调严肃而又充满人类同情心。在滑稽的家庭画面和短语中，除了道德的严肃性，还有一种史蒂夫·史密斯式的幽默。例如，那首小诗"我的十字架"，让人想起"伟大的阿格尼斯阿姨，她那圣洁的名字/很少会押韵"，以及她在受洗时赠送的一个"异教徒的、奇怪的、实际上是埃及的"十字架。《简明牛津词典》继续写道:"T形十字章就是生命的意思,我不知道为什么至今还没有一家保险公司的名字这么好听。"/也许我会开一家。早在1994年出版的诗集《黑刺克顿》(Blackthorn)一书中,就出现了这样一部不同寻常的作品,它源于更为严肃的问题。例如,她父亲经历的帮助解放贝尔森集中营的战争经验;他回家的时候,"皮肤下有一些肉,手里捧着碗状的心脏……还有,他口袋里,骄傲地,装着的汤匙纪念品"("万字汤匙")。在回顾这辆自行车的闪光之处时,肖恩·奥布莱恩(Sean O'Brien)指出,"奥纳特安静的记录和催人冥想的无声的聆听","同样属于宗教探索和诗歌的传统"。奥布莱恩继而称赞她"一丝不苟地努力平衡理解失去与接受失去的情绪和感情"。最后,他把她的诗称为"保持信仰,保持开明"(《星期日泰晤士报》,2007年7月22日)。我们几乎可以在奥纳特的著作《吐出含混》(1981)一开始就看出这些特征。在"母亲,你从未告诉我如何修补"一诗中,她将莎士比亚的一个比喻改写成了传统的女性作品:"整个世界就像一张纸,当它被撕裂时,这里所有的女人都要转向中间。"然后行文与西尔维娅·普拉斯(Sylvia Plath)著名的小诗"爸爸"(Daddy)开场白相呼应:"整天坐着缝衣服没有用,没有用。"它的本质与灵魂("因好奇而消瘦")和"另一个世界的光如何透过/这些光秃秃的线"构成类比。

诗集《开始的牛油果》(1987)中包含了一首令人愉快的小诗"颂歌",尽管它带有一丝不典型的情色,却是她最著名的诗歌之一。这是一首写给她的自行车的小情诗,"哦,我值得信赖的骏马/我生锈的三速车",她坦白道,"我花了无数个不眠之夜/思考你的部件–那些隐私//和那些所有走在街上的人/可能会看的部分"。骏马的比喻并不新奇,但把自行车比作令人倾心的尤物,甚至夜不能寐,魂牵梦绕则是奥奈特诗歌清新奇妙之处。诗集中的其他诗歌,不论是诗歌"广岛1945"、"南非困境",或是哀悼弗吉尼亚·伍尔夫、普拉斯和玛丽娜·茨维塔耶娃自杀的诗句,悲剧与悲观情绪侵袭浸透着私人空间:"我不能说是爱终断了/绳索/或是河流/在无人注意的无爱的冬日/煤气静静的呵护爱抚"。在另一首诗中,"石头/记得//牢牢地/我在另一个时空里",然后"诗歌本身崩裂/打开,让//死亡/进入"。女性人物与女性

3. 富于哲思的女权主义诗人：吉莉安·奥纳特（Gillian Allnutt）

命运是奥纳特诗歌创作的焦点之一，在奥纳特看来，简洁隽永的诗行文字竟与这些女性悲剧和命运天然地吻合。

奥纳特在伦敦生活和工作了 20 年，期间担任《城市界限》杂志的诗歌编辑。1988 年，她回到了英格兰北部的家乡泰恩赛德，虽然受到了北方严酷气候的影响，她创作的诗歌像"关于本维尔"和"布莱登赛跑之后"中，对这些荒芜破败的地方和"带有失信面孔的人"仍有着相当乐观的看法。诗歌中，"太阳的大黄巴士也疯狂地冲向本维尔"，秋日的阳光确实令人愉悦："十月，那辆老旧的黄色公共汽车停下，让我们沉浸在微微的麦芽酒、铺在粗糙的草地上的金色野餐之中，好吗？"风景以一种沉思的、半宗教的方式渗透到她的作品中："关于泰恩河和群山的形而上的水/我会想到，//我的椭圆形的心，月光/说着方言"。在"克拉拉街"一诗中，"这条河是一种共同的语言//是院子里闪闪发光的石头/体贴专注"。

在 1997 年出版的诗集《楠塔基特与天使》入围了 T.S. 艾略特奖后，奥纳特的作品获得了更高的认可。这个系列再次穿插了严肃主题与家庭生活的日常场景，用偶尔异想天开的笔记唤起精神上的渴望。诗歌"歌唱的塔桥"中"在黑暗的夏天喃喃自语/"，"哦，他们整夜唱着/孤独的歌，像鲸鱼不受干扰地唱着/朝着埃斯－温宁流去/如果可以，他们会坐下来/在威尔河边哭泣"。另一首诗告诉我们，埃斯－温宁是诗人拥有花园的地方："谁把紫色的耧斗菜/从仲夏不太黑的午夜拔出来？"在"充满异象"的屋子里，《圣经》"像一只胳膊肘撑在里面的熨斗板上"。这些带有家庭日常景观的幻象，颇具威廉·布莱克诗歌风格，是"天使的小小撞响"和"石榴的味道"。她坐在摇椅上，可以听到天使们"在水壶和炉火之间来来去去"（"早餐后"）。其他的诗歌例如"天使报喜"、"顿悟"等，同样将幻想与生活日常结合在一起，在诗歌"花园"中，"你爱上了这个词的瑰丽/玫瑰木。/现在，玫瑰为你哭泣。"

三、物欲极简：将遁世生活变为真实的日常

奥纳特对物质的欲望极尽简朴，她希望可以用尽量少的词语去应对一切。她越是清心寡欲用词至简，越是表明她诗歌内涵的范畴就越大。奥纳特通过诗歌传递给我们这样的启示：永恒存在于短暂，神圣存在于多恩所说

的"时间碎片",我们需好好沉思那些看似平凡的时刻。奥纳特曾说,这些哲思来源于葆拉·莫德索恩－贝克尔和格温·约翰等人的油画和素描作品;她说一首未标明出处的三行小诗'画'也给她带来启发,诗歌这样写道:"一个小煮锅/很特别,像心脏,布满疑云的婚礼/研究研究它"。奥纳特诗歌创作甚至标点符号的使用在这里也是定量的。起初,缺少一个主要的动词可能会使这首诗看起来像一个大纲草图,但谨慎的结尾押韵,第二行延伸的音乐,给了这首诗的完整性,似乎脱离了诗歌所指的世俗生活。另一篇稍长一点的小诗"宁静的巴黎人",源自她观赏格温·约翰《巴黎艺术家房间的一角》的画面后的感受:油画"就像必需品/就像意志的力量/就像桌上果酱罐里的夏天"。

在奥纳特看来,人们"似乎迷失在这个过度物质化的世界"。理解的关键在于灵性,而答案必须在宗教、历史和自然中寻找。在第三部分中,她集中论述了唯物主义和唯心论之间的对立,用一幅具有讽刺意味的图画描绘了一幅通过大众媒介传播的"周日清晨的"静止"和一系列唤起早期凯尔特圣徒的诗歌,"古老的好诗"在传统的诺森伯兰郡晚间祷告时被人们铭记"。然而:"我们在抱怨时是多么尴尬/我们没有习惯。""很明显,缺少的不是圣方济会的服装,而是常规的祈祷,将注意焦点转回上帝身上的祷告。"

一直过着遁世生活的吉莉安·奥纳特,获得了英国奖金最高的文学奖——北岩基金会作家奖(Northern Rock Foundation Writ－er's Award),北岩基金会作家奖专门奖励英格兰东北部地区的作家。为她赢得此奖的,是她描写自己母亲生活的诗集。评委会认为,她是"英国当代最具原创性的诗人之一"。56岁的奥纳特在达勒姆任教时,始终住在一栋矿工棚屋里,在获得6万英镑奖金时,她说,"我发现用手洗衣服具有惊人的疗效。如果我写不出,我就去洗衣服。"奥娜特在她真实的生活中,身体力行着她对简朴的物质生活的别样看法。她的屋子里没有电视机,因为电视里"没有什么可看的";也没有洗衣机,因为手洗衣服具有"治疗作用",能够唤起她的灵感。据称,她之所以选择这种生活方式,是为了专心于写作,至今她已出版了六部诗集。不过,在得到6万英镑奖金后,她已决定翻新屋顶,并买台电脑,从此全职写作。"说实话,我会用这笔钱过日子。我想生活得更文明些。"她说。北

3. 富于哲思的女权主义诗人：吉莉安·奥纳特（Gillian Allnutt）

岩基金会主席费奥娜·埃利斯（Fiona Ellis）则表示："如果这笔奖金能帮她专心写作，文学世界便将更为富有。"

卡罗尔·鲁曼斯在《每周卫报》诗歌栏目这样评价："奥尔纳特的写作带有强烈的个人历史感。她有时被描述为一个'精神'诗人，属于沉思的传统，她是学者，在处理宗教主题方面很熟练。但她的诗也爱世界。它们有一种宝石般的质感，上面明亮地点缀着名字、地点、小场景和日常生活中珍贵的物品……《自行车如何闪耀》是一本非常有凝聚力的书，展示了奥纳特对她想象力的忠实。这些诗歌往往是相互关联的，甚至跨越几十年，其中很多诗集最好作为一个延伸的序列来阅读……要想充分领略当今最值得信赖的诗人之一的写作技巧，你需要阅读这本书。"

当吉莉安·奥尔纳特被授予英国女王诗歌金奖时，卡罗尔·安·达菲（Carol Ann Duffy）写道，她的作品"一直与自然世界和精神生活对话"。她最新的系列作品《觉醒》（wake）展示了两者开始融合为一体：为对方说话，甚至为对方说话。正如她的标题所示，这些诗是关于回顾的，关注旧世界的死亡和死亡以及在旧世界中作为人类的方式；但也要向前看，等待新的世界，并准备好在它到来时觉醒。

和往常一样，她的作品中有很多颠沛流离的人。在这个世界上，没有人是完全自在的。这是一个动荡的时代，无论是个人的还是集体的，她的诗歌都反映了这一点。然而，这些诗歌与其说是关于"人"的，不如说是置于"人"的：从一群人，一团人说出整个人类。

马丁·哈尔萨尔在《教堂时报》中这样评论诗集《觉醒》："吉莉安·奥纳特简洁的挽歌诗就像骨上的如尼文；来自另一个世界的信息……在这些诗歌中，蕴含着丰富的思想，其中，精神的力量更能说明问题，因为它具有无声的出其不意的能力。"

内尔·奥斯本在《指南针》上写道"奥尔纳特的诗歌揭示了精神世界，它一直都是自然世界的一部分。他们试图在信仰和人类之间开辟新的联系渠道，超越历史或地理的限制。这些音乐诗的功能就像祈祷，为那些流离失所和被遗忘的人。"

《觉醒》是吉莉安·奥纳特的新诗歌系列，被誉为是当代朝圣者的进步之作,从现在和历史的角度直面了世界上的疑惑和残酷。她穿越了这个世界和精神世界的边界,把这两者结合在了她的诗中。对人类语言经验的深刻考察,既有灼人的,也有宁静。冥想是过滤器,文学的主题、互文文本和语言通过它得以发展。这为诗歌提供了一个个人的、多层次的维度,指向对更大意义和更深刻的生活意义的探索。然而,对一般普通读者来说,奥纳特的诗歌并不是抽象的;相反,它们根植于平凡的生活,读者可以在文字、书写对象和故事中看到生活的日常。这是一幅引人注目的原创的思想拼贴画,画中有对话和意象的片断,有"发现"的诗歌,有明显展开了的留白空间,承载着无声的、意味深长的凝视力量。

作为一名原创诗人,吉莉安·奥纳特的诗歌有对自然景物的象征性使用,也有强烈的精神诉求。在永不妥协的创作道路上,她用自己的方式表达她内心深处深邃而赋予洞见的哲思。

诗歌选读

Puppet[1]

There are many like me.

I was made in a world of wood and old wives' tales.

I was made, with rings in my head and heels, to hold only the strings that hold me.

Vaclav made me with his several knives.

His middle daughter made me with her milk and silver needle.

I lost my sword at sea with the captain ran off with me in the play

and Sundays by the Vltava[2].

I was laid aside, like Czechoslovakia[3].

My strings were made of raw silk, red, and rotted at sea and knotted themselves around me.

注释

1. puppet: a doll that you can move, either by pulling strings that are atta-

3. 富于哲思的女权主义诗人：吉莉安·奥纳特（Gillian Allnutt）

ched to it or by putting your hands inside its body and moving your fingers. 木偶

2. Vltava: is the longestriver within the Czech Republic. 伏尔塔瓦河
3. Czechoslovakia: a country in Central Europe that existed. 捷克斯洛伐克

诗歌翻译

木 偶

这里有许多像我这样的人。

我在木头世界和老妇人的故事中诞生。

我被制造出来，头部和脚踝有圆环，只要控制住绳线，就是控制着我。

瓦茨拉夫用几把刀雕刻出我的模样。

他的二女儿用她的牛奶和银针润色我。

在戏剧里，当船长和我在海边逃跑时，我丢失了我的剑。

而且每周日我都会在伏尔塔瓦河边散步。

我被搁置一旁，像前捷克斯洛伐克一样。

我的绳线是由红色的生丝构成，在海边逐渐腐烂，在我的身上纠缠打结。

4. 东西方文化的书写者：
莫妮莎·艾尔维（Moniza Alvi）

作为从巴基斯坦移民到英国的"混合种族"的一员，艾尔维把自己称作是"被转换成的英国女孩"。她的作品注重对不同地域、不同文化的融合。莫妮莎·艾尔维出生在巴基斯坦的拉合尔，几个月大的时候来到英国，在赫特福德郡长大，后在约克大学和伦敦大学学习。莫妮莎·艾尔维先后在中学担任很长一段时间的教师工作，现在是诗歌学校的教师。

艾尔维诗歌创作成果丰实，多次入围艾略特奖。1991 年，莫妮莎·艾尔维和彼得·丹尼尔斯（Peter Daniels）共同获得"诗歌商业奖"（Poetry Business Prize），《孔雀行李》（Peacock Luggage）一书由此出版。艾尔维后来又写了五部诗集：《在我肩上的国家》（The Country at My Shoulder,1993 年），它入围了 T.S.艾略特奖和惠特布莱德诗歌奖（Whitbread poetry Award），并被选为诗社新一代诗人促进奖（The poetry Society's New Generation Poets promotion）；她的诗集《一碗热空气》（1996），成为《独立报》年度最佳书籍之一；诗集《携妻》（2000）入选诗社推荐诗集；她从吉卜林的作品《只是这样的故事》（Just So Stories）汲取灵感和启发，写就两本诗集《灵魂》（2002）以及《石头是如何发声的》(2005)。她最终于 2002 年,获得乔姆利诗歌奖。

她的作品集《分裂的世界:1990—2005 年的诗歌》(Split World: Poems 1990-2005),其中收录了这五部早期作品的素材,2008 年出版一本新作品集《欧罗巴》(Europa),入围当年 T.S. 艾略特奖。2011 年,她的诗集《思乡大地》出版,2013 年,埃尔维的诗集《分割之时》(At the Time of Partition)被英国诗歌协会选中,入围 2013 年 T.S. 艾略特奖。

一、个人与历史书写:魔幻现实主义

艾尔维是混血儿,很小时从巴基斯坦来到英国,在最初没有固定国籍的日子里,感到自己被"转化成了一个英国女孩"的焦虑一直萦绕着她。她的诗歌聚焦那些与历史事件、人物、文化遗产等密切关联的地方,因此赢得高度关注。她的一些诗歌作品成为学校课程中的讲授文本,其实她本人也曾是一名教师。尽管她与当代其他诗人有一些相似之处,比如苏嘉塔·巴特(Sujata Bhatt)和米米·哈瓦蒂(Mimi Khalvati),人们可能还会想到她与史蒂夫·史密斯(Stevie Smith),以及——或许最重要的是——许多南亚次大陆有关的作品中丰富的魔幻现实主义传统的诸多联系。

在《噢!土帮主之妻》(1996)中,莫妮莎·艾尔维想象自己置身于一幅微型画中("我的衣服在骆驼的眉毛下抖动")。一块有图案的地毯,"它改变了风景//当你走在上面时,/起初是印度//融入了英国"。她对她的皇室赞助人说:"我更愿意像那个在宣纸、丝绸和骆驼骨上作画的小画家一样,用石头来打磨一幅画。"这部梦幻般的作品不仅展示了艾尔维独特细腻的绘画般描写功底,亦是艾尔维丰富想象力和跨文化视角的象征。这也让人想起艾尔维另一首著名的诗歌:"我想成为米罗画作上的一个点"。充满幻想的标题足以使她受到广泛瞩目,这首诗也让她在 1994 年成为新一代诗人,在推广活动中备受推崇。从那时起,艾尔维通常被描述为"一个大胆的超现实主义者"(露丝·帕德尔)。但她已经成为一个真正的多元文化作家,关注跨越东西方的问题,表达对东西方之间某些关系的令人担忧看法。最初的天马行空的幻想逐渐让位于阴沉黑暗的寓言意象,这一点在她的新书《欧罗巴》(2008)中表现得尤为明显。这本书的核心长诗部分来自对希腊神话、罗马神话,也包含古老传说、童话故事等的改编,其中有讲述朱庇特伪装成一头公牛强奸欧罗巴的故事,有美人鱼为爱情献身的故事等等。对比安徒生童话中的美人鱼故事,艾尔维的"美人鱼"诗篇中,更突出人类(男性)的残忍与绝情:"他举起刀/用最锋利的刀尖/刺向她(美人鱼)祖母绿色的鱼尾。"

艾尔维的早期作品倾向于采用儿童视角,利用与童年有关的幻想、梦想和童话故事进行创作,如诗歌"红色森林计划"等。这些作品富于画面感,充满神奇的、富于变化的描写,犹如夏加尔或超现实主义画家的画作。当然,这种对艺术的特殊亲近的最好例子当属诗歌"我想成为米罗绘画中的一个点",诗歌中,叙述者发现自己竟不由自主地处于画中,疑惑是否要"把我的曲线/推到它的边缘,以获得我自己/一点额外的关注?"她满足于"在动画的边缘/一个梦想,一个舞蹈,一个奇妙的建筑,/一个孩子的冒险"。这首诗被收录在她的第一个诗集《我肩上的国家》(1993)中。今天看来,这本书最重要的部分可以说是"来自我在巴基斯坦姑姑们的礼物"这首诗。诗中那些在英国被视为异域风情的服装,比如"一件莎瓦卡米兹/孔雀蓝",都承载着一套与文化身份和性别有关的含义。这些服装暗示着文化和个人层面,"从拉合尔延伸到海德拉巴"。"最终/他们将我包裹其中/低语你的身体就是你的国家"(《莎丽》)。诗歌中她与出生地巴基斯坦的联系有些模棱两可,"在那里,混乱和迷人/像亲戚一样挤在一起"。在这首诗的标题中,巴基斯坦本身被认为是"变得越来越大,很快它就会爆发,/河流会流出来,流过我的胸膛"。然而,"我用英语浇灌这个国家,/用英语词汇覆盖它"。诗集《一碗温暖的空气》探讨她第一次回到巴基斯坦的记忆以及产生的影响:"我收集了所有的气味和声音/就像我周围的披肩"。在家庭和社会生活的细节中,文化的差异和相似之处比比皆是。例如作品中包含对"德里圣诞节"的观察,也有对婚礼宾客的描摹,语言轻松又充满震撼:"当他们打开行李箱时/英国人都散开了"。在《笑月》中,"一个未知的国度从我的脚趾间爬过/在我的每只眼睛后面都是一片海洋……我向翠鸟和老虎伸出了我的手臂/我每一刻都像在啜饮一种语言"。《抱着我的妻子》(2000)标志着她的作品中一个富有想象力的新方向,其中大部分诗歌采用了丈夫试图理解——有时甚至难以描述——妻子的声音。两性关系的转变,尤其是在怀孕期间,在幻想和现实中都给出了一个非常矛盾的观点。例如，在《我的妻子和作曲家》中，他看到她和武光在一起，"喝茶、聊天、接吻"，却意识到她真正喜欢的是"音乐/花园、距离和孤独"。在标题诗中，他妻子的怀孕对他来说既是一种负担也是一种魅力："医院为我们而分离/像红海一样强烈。/我哄着她通过摇摆门//风来来回回//就像我们的过去和未来"然后他想象自己怀孕了（"一个充满光明和黑暗的男人"），直到"最后我醒来，腹部是玻璃的"。最后，"如果我被迫"把妻子比作"某物"，他走进厨房，拿着一个茄子。"没有什么比它柔软、黝黑、光滑的皮肤更美丽/暂时没有任何颜色/更难以定义"。

在诗集《石头是如何发声的》（2005）中，艾尔维又一次发挥和运用想象力，将诗歌创作进行了不同寻常的尝试。诗集中各首诗歌的标题都充满寓言式的表达，其灵感大多来自创世神话。例如诗歌《要多久才能升起》，它以描写儿童的故事作为开头：

"树倒着长，房子里里外外都被翻了个底朝天"，诗歌结尾的脉络和意思带有明显的隐喻，例如："和世界一分为二，/一只胳膊，一只手在另一边，一边一个想法/和一个安静//和发光撕裂/进行的甲虫/回去和前锋/从一边到另一边"。

反映了当前全球冲突：在其他诗歌中，她又回到了自己熟悉的超现实主义倾向，描写了一位年迈的父亲在果酱罐里挣扎，"他用棍子把粗糙的琥珀碎片推到一边"。我们还再次听到丈夫谈论妻子的声音："她不是我遇到的那个女人。/她从来没有。/……我觉得是这样的"（《埃舍尔之后》）。法国诗人儒勒·斯伯维尔（Jules Superveille）的诗歌版本也丰富了诗集的内容。在《致我的女儿》中，人们的理解是"也许我们都是移民/在这些城镇和村庄里，//和我们自己都是陌生人"。她的新诗集《分裂的世界》（2008）的书名表明了莫妮莎·艾尔维的多元文化主义如何既能娱乐大众，又可能表达警示意义。

《黑鸟，再见》是莫妮莎·艾尔维（Moniza Alvi）继 2013 年出版的诗集《分隔之时》获得 T. S. 艾略特奖（T. S. Eliot prize）后的又一本诗集。莫妮莎·艾尔维的新书通过鸟类主题统一为整体。她的诗歌"母鸟"和"父鸟"的灵感来自于她的父母，尤其她父亲的去世和他从巴基斯坦移民英国的经历，同鸟类一样,迁徙构成艾尔维一家与鸟类拥有相同特征,也引发两者相通的感受:来自不同地域的人们移民聚居英国,宛若不同地域的鸟儿飞到同一栖息地。

"她有一种超自然的智慧,既非常简洁,又非常狂野;用大量的空间创造出非凡的混凝土图像的能力;而超现实的想象就是我们的起点。我们才逐渐意识到,她是在用超现实主义作为镜头,通过这种镜头,她的诗歌惊叹于所谓的现实生活。它是如此流畅和自然地呈现,带着微笑和微妙的幽默,你立即接受它。"露丝·帕德尔在《诗歌与旅程》中这样评论。

《分隔之时》是一部真正非凡的作品,它成功地做到了简洁、引人注目和永恒。此外,对于次大陆的读者来说,它捕捉到了时间的瞬间,一种记忆,如此发自肺腑,具有一种非凡的力量。她的诗描写了那些我们可以想象却无法触及,无法捕捉的东西,精美细腻如同真实一般。英国广播公司的公告这样评价,"莫妮莎·艾尔维的世界充满了狂野的能量……艾尔维的声音达到了一种轻松自然的效果,一种流畅的效果,这使得她能够将这些美妙非凡的诗歌轻松地呈现出来。"

这首等同于书本长度的长诗,以1947年印度和巴基斯坦分治的历史事件为背景,当时数千人在内乱中丧生,数百万人流离失所,结果两个国家的数千万家庭也因此分离。受国家和家族历史的启发,莫妮莎·艾尔维在这部包含20个章节的力作中编织了一个关于刚毅和勇气的故事,一个饱含悲剧性代价的,寓意深刻的个人故事。

2008年与它同时出版的还有诗集《分裂的世界:诗歌1990－2005》(Split World:Poems 1990－2005)。"艾尔维……以一个历史的旅程作为这首叙事诗的结构。"那是1947年——分治之年——一个家庭被迫离开他们在卢迪亚纳的家前往拉合尔……艾尔维捕捉到了一个国家的创伤,在这个充满脆弱、敏感的悲伤故事中,离居、移民,定居在一个新的国家时,那种不确定的感觉尽显无疑。这本诗集由20首诗组成,它们交织在一起,创造了一个令人难忘的抒情叙事,融合个人和群体的情感为一体。最后证明这是一个惊人的,愈发显示出作者熟练创作技巧和把控能力的巨大宏伟作品。它的非凡之处,在于它成功地做到了简洁、引人注目,因此而具有了恒久魅力。此外,对于欧亚次大陆的读者,尤其是巴基斯坦的读者来说,诗歌捕捉到了时间的瞬间,记录了历史的记忆,如此发自肺腑,具有一种非凡的力量。

也因此艾尔维是目前为数不多的作品可以被称为"必读"的几位英国诗人之一,尤其有助于我们了解不同文化,理解东西方文化多样性,探讨文化差异的裂痕可能导致的一系列社会问题。

诗集《想念地球》是艾尔维用英语-法语写就的双语作品。当年《诗歌伦敦》这样评论,"在法国诗人朱尔斯·舒贝维尔(Jules Supervielle)以战时法国为背景创作的引人注目的诗歌版本中,莫妮莎·艾尔维找到了灵魂伴侣,诗人伴侣"。

朱利斯·舒贝维尔(1884—1960)出生于蒙得维的亚,父母都是法国人,然而出生不到一年他就成了孤儿,先在乌拉圭,后到法国长大。二战期间,他被流放到乌拉圭,饱受疾病和经济危机的折磨。他的诗歌像梦一般,常常是温柔的幻想,充满了一种吸引人的,可见的清晰度:

> 总有一天,我们会说:太阳当道。
> 你不记得它是如何照在树枝上的吗?
> 照在老人和睁大眼睛的年轻人身上?
> 落在他们身上的那刻,
> 它便知道如何使所有的事情变得生动
>
> 它可以像赛马一样奔跑。
> 我们怎能忘记在地球上的时间呢?

舒贝维尔的作品与许多20世纪的法国诗人的诗歌不同,也因此他被描述为巴斯克血统的作家,尽管用法语写作,但采用的是西班牙传统,对南美童年的叙事中,在开放的空间里饱含着强烈的亲近感,表达出对宇宙间的兄弟友谊的怀念之情。在许多方面,他似乎是我们的同时代人,在反映与战争和环境有关的诗歌中,带有高度个人化的诗歌作家。

艾尔维被舒贝维尔的诗歌风格吸引,同时相似的移民成长经历使他们在诗歌中找到了共鸣。她写道:"几年来,我一直在创作舒贝维尔的诗歌版本,强烈地被他的写作风格所吸引,同时也发现了与我自己的生活的巧合相似之处,比如他出生在另一个大陆的'其他地方'。我的目标是保留法国诗歌的精神,表达尽可能多的含义,同时创作出有英语语言生命力的诗歌。我认为他是一位迷人的、鼓舞人心的诗人,理应在这个国家享有更高的知名度。"

莫妮莎·艾尔维的《欧罗巴》中的许多诗歌都与发生在古代和现代的创伤有关,包括被迫流放、人性异化、女性被强奸以及为保存家族荣誉而实施的"荣誉谋杀"等等。作品的中心部分是围绕欧罗巴遭受朱庇特公牛强奸的故事而进行的再次想象和重新书写。她最新的诗集还包括一系列探讨创伤后应激障碍的诗歌,以及法国诗人朱尔斯·斯波维尔(Jules Supervielle)有关二战背景的其他版本。《欧罗巴》是一本揭示人性黑暗的书,是一本描写族裔从分裂走向统一的书,也是一本展现艾尔维诗歌走向复兴的书。《现代女性诗人》杂志的德琳·里斯-琼斯认为,"艾尔维的大部分作品都与一个超现实的奇幻世界有关,在这个世界里,她的身份支离破碎,幸好部分得以恢复。"

二、两种文化身份的迷茫:《来自巴基斯坦姑姑的礼物》

艾尔维本人早期的移民经历,以及她敏锐的感受力和观察力,使得她成长的过程一直感觉自己被夹在了两种文化之间,而遭受东西方文化的困扰,这在她的作品中显露无遗。在当代英国诗坛中,她已经成为一个真正的多元文化作家,关注跨越东西方问题,并在诗歌创作中表达对东西方之间某些令人担忧的关系的看法。《来自巴基斯坦姑姑的礼物》回顾了一个特定的时间点,一个现居住在英国的十几岁女孩收到来自她出生地巴基斯坦的礼物。诗中有很多细节描写,带来丰富的视觉感受。礼物包括巴基斯坦的传统服装,精细的叙事者注意到衣服的绚丽色彩和精心设计。字里行间渗透着巴基斯坦文化的力量,也表现了叙事者与巴基斯坦出生地及其家庭的不可分割的联系。

一看到那种颜色鲜艳的服装,叙事者感到内心受到急剧冲击,诗中这是

4.东西方文化的书写者:莫妮莎·艾尔维(Moniza Alvi)

一个"像裂开的橘子一样闪闪发光"的恰当比喻,加深了情绪的兴奋感,也开启了对出生地封存已久的记忆大门,"闪闪发光"更寓意作者对出生地人民和文化的留恋和推崇,对那里乡民的善良淳朴的怀恋。十几岁的时候,她注意到了时尚的变化——西方和东方都是如此——但重点是她的身份被混淆了。读者收到的关于礼物的细节越多,叙事者的身份就越受到挑战。

她对巴基斯坦出生地以及那里的文化异乎寻常地感兴趣,但同时又不知所措。典型的例子就是那件巴基斯坦特色的民族服装,看到色彩绚丽,带有很多装饰的裙子时,她表现出惊讶和无比的渴望,但是穿上后,却没有自由和自信的感觉。这是怎样的矛盾、困惑又似乎并不意外的结果。作为很小就移民到英国,成长在英国,接受西方教育后的大半个英国人,她感到拘谨和不自在。毫无疑问,那服饰已经不仅仅是一种外在物件,它更包含和渗透着它所代表的风俗、习惯以及文化观念、性别观念,包括对女性的束缚和要求。尽管她感到困惑,但巴基斯坦和它的异国传统还是吸引着她,她儿时对出生地的记忆已深入记忆,无法抹掉。再如诗中对骆驼皮制作的灯笼的描写,她喜欢那些颜色,那些奇妙的设计和形状,但是同时又不免产生残酷的联想,对动物骆驼的残杀景象,使她在被吸引的同时又充满不解和困顿。

这种矛盾情绪也突出反映在语言的使用上。诗歌中这些修饰性的词汇杂糅在一起,给读者的冲击是不言而喻的:那些"闪闪发光的"、"可爱的"、"光芒四射的"与"冲突的"、"破碎的"、"悸动的"……一系列词汇把叙述者的欢喜心情与失落情绪并置,不仅仅达到语言上的矛盾修辞效果,更是情感冲突、态度矛盾的外显。与此相吻合的还有她对颜色和材料的感受:那些色彩的灿烂和材料的光辉,令她着迷和迷恋,但这些都遭受到了一个事实的挑战,那就是巴基斯坦已经成为一个充满分裂和暴力的"破碎的土地"……在这里语言的外显和内容的突降无疑。

这首诗的结构增加了一个不安定的人的概念。线条呈锯齿状,出现白色间隙;破折号增加了不确定性。读这首诗是一项挑战,因为诗中的行与行之间存在着令人不安的间隙,会引起长与短的停顿。

诗歌中重视对个人的强调。注意以 I 开头的诗歌行数。"我试过"、"我永远也做不到"、"我渴望"、"我做不到"、"我想"等等。由此来表达这是一个人生命中有意义的时刻。

她的英国朋友对刺绣纱丽宽松裤(salwar kameez)印象不太好,这是巴基斯坦和英国文化之间裂痕的另一个例子,这个十几岁的女孩深深感到了这一点,她一方面只想要灯芯绒和牛仔布,但同时也被这种美妙的服装所吸引。读者可以感觉到叙事者的内心在进行一场战斗:支持或反对这种或那种文化;在新旧、过去和未来之间摇摆不定;有内疚、好奇、压抑、好奇、不安、疏远等复杂心绪混在一起。

所以,这是一个困惑的少女寻找明确的身份答案的历程,伴随这一历程的是无根的不确定感和游离在两种文化间的困惑与迷失。她对巴基斯坦的记忆是复杂的;她回忆起巴基斯坦街头的乞丐,尤其是那些必须与男性隔离,与社会隔离的巴基斯坦妇女,她们处处受限的事实就是社会的标志。作为叙事者的少女觉得自己像个局外人。一直以来,人们都在问这样一个问题:她最终会穿上这个漂亮的刺绣纱丽宽松裤吗?在她敢把它拿出来在公众面前炫耀之前,它会在她的衣柜里躺多久呢?在选择或不选择衣服的背后没有言说的,也是无法言说的纠结又矛盾的复杂心理,静静地却是清晰地呈现出来。

《来自巴基斯坦姨妈的礼物》是一首自由诗,从结构上看共有7节68行。用自由诗写成,呼应了她的随意性思考。在长短不一的诗行中,没有固定的韵律或规则的格律。从结构形式来看,这是一首在书页上显得焦躁不安的诗,从右向左移动,行变得缩进,变短,交错,变长。台词的长度也不一样,把所有的东西加在一起,反映出说话人缺乏稳定性和摇摆不定的情绪。

艾尔维(Moniza Alvi)说:"姨妈的礼物……是我最早创作的诗歌之一。当我写这首诗的时候,我实际上还没有回到巴基斯坦。诗中的女孩应该是13岁的我。这些衣服似乎以一种不舒服的方式粘在她身上,有一种假皮肤的感觉。尽管是懵懂的少女,她认为事情对她来说并不简单。我认为写巴基斯坦题材的诗使我接触和触摸到我的家族背景的重要机缘,这对我很重要。也许这些诗背后是我经历过的一些事情的某种信息流露,如果可能的话,我想打开几扇门。"

这些来自巴基斯坦亲戚的衣服确实具有象征意义。艳丽的色彩显示了

4. 东西方文化的书写者：莫妮莎·艾尔维(Moniza Alvi)

巴基斯塔民族传统的色彩美学。其间首屈一指的是"孔雀蓝"，孔雀作为国家的象征，用孔雀标识这种色彩，即"孔雀蓝"的使用，不知不觉中，渗透出对统一国家的渴望。这在艾尔维的其他诗歌中，如"一个陌生的女孩"，"我肩膀上的国家"等，多次使用。她提到另一种引人注目的颜色来自"像裂开的橙子一样闪闪发光"，光艳的橙色与"孔雀蓝"都是夺目的色彩，而"裂开的橙子"增添了成熟丰盈的基调，象征这种文化已经开花、开放、成熟。除此而外，富丽堂皇的建筑以及带有精细装饰的、鞋尖处弯曲的鞋子，将巴基斯坦的民族风情描摹得历历在目。这种卷曲的鞋子也是东方文化中卑微谦逊的概念代表——认为女人的女性魅力在于她们的卑微谦恭。再有"糖果条纹"的手镯，"糖果条纹"这个词透露着对童年的回忆，意味着孩子的天真。如诗人所暗示，正是这种天真让他们变得脆弱，并使得极端主义在他们的心中很容易滋生（这就解释了为什么破碎的手镯会流血）。

> 就像在学校，时尚变了
> 在巴基斯坦，
> 沙洲的底部又宽又硬，
> 那么狭窄。

对这位巴基斯坦裔英国诗人来说，"学校"代表着她在英国接受的教育。艾尔维声称时尚（或原则）随着时间和空间而变化。沙洲的底部起初很宽，后来变得很硬。这意味着思维的狭隘，或者说迷信，现在已经成为文化的一个固有部分。她的阿姨选择了一种不那么花哨的带银色边框的"苹果绿"颜色来中和两种文化的影响。

当她试穿那件绸缎上衣时，她觉得自己在自己的客厅里像个外星人。自己的起居室应该让人感到舒适，而在这里她却感到格格不入。虽然她渴望她的牛仔布和灯芯绒的西装，但她不能像她的贾米拉姨妈那样轻易地从这些充满激情的颜色中站起来。注意，她没有用"hold on to"，而是用"cling on to"，表示一种绝望的感觉。她的爱也延伸到了非人类的世界，例如那盏骆驼皮制成的灯，当她一想到从"骆驼到阴影"的转变时，她考虑到的词汇是残忍。她怀着复杂的感情看着这盏灯,而她的另一面却也禁不住赞叹它"像彩色玻璃"一样的色彩。

她的母亲珍爱自己的珠宝,因为它们通常是精心雕琢修饰而成,"印度黄金,挂件,金银丝细工饰物",她珍爱这些也许因为它们不菲的价值。另一种可能就是艾尔维在暗示它们的价值被降级为传家宝。其他阿姨的情况也差不多。尽管艾尔维的东方服装在衣橱里闪闪发光,闲置没穿,但姑妈们还是向她要了英国著名商场马克斯和斯宾塞羊毛衫。

萨尔瓦·卡米兹也没有打动她的英语学校朋友,他更喜欢看她的周末西方休闲装。然而,这位女诗人确实很欣赏这种微型的玻璃制品。她在小镜子里想象自己,看到自己的"破碎图像"唤起了她的身份危机,反映出她的个性缺乏连贯性。她回忆起她第一次航行到英国时,她是如何忍受那刺痛的炎热的。这种痛苦象征着迁移的痛苦,包括身体上的和精神上的。她最终"独自"住进了英国祖母的餐厅。因此,起初她发现自己与英国的环境格格不入。她唯一的同伴就是那只没有生命的锡船。

从语言的运用来看,在混血儿诗人所创作的诗歌中,关于文化认同的主题是常见的。因此体现两种文化的词汇,包括外来词语都因其文化所指而倍受青睐。第一行是巴基斯坦的沙瓦-卡米兹:刺绣宽松裤子与长衫(salwar kameez(印度-巴基斯坦的传统服装),与之形成对比的是英国零售公司玛莎百货商店(Marks and Spencers)。在这里沙瓦-卡米兹构成了一个隐喻,代表着巴基斯坦的国家与人民与巴基斯坦有关的词和与英国有关的词以及其他与特定物体或物品有关的词之间存在着强烈的对比。例如:

可爱的/外星人

残酷/奇迹

珍惜/偷来的

辐射/没有打动/欣赏

尖叫/打

闪闪发光的辐射/冲突/断裂

4. 东西方文化的书写者:莫妮莎·艾尔维(Moniza Alvi)

除此而外,诗中运用了具有鲜明异国情调的意象,如第三行——像裂开的橘子一样闪闪发光——将一个多汁的水果与鲜艳的服装相比较。一方面凸显与英国不同的服饰与色彩,另一方面也成为对美好的事情,激动人心的事情,值得期待的事情的隐喻。在第三节的结尾,将彩色玻璃与骆驼皮灯,包括颜色进行比较,相比之下,巴基斯坦独有的半透明驼灯更加丰富、深沉,也更具有神秘色彩。

《来自巴基斯坦姨妈的礼物》聚焦于一个十几岁的女孩的感受,她被夹在两种文化之间,父亲来自巴基斯坦,母亲是英国人。故事发生在过去,叙事者回忆她收到礼物的瞬间感受。本质上这首诗是在众多细节上突出了一个特定的时间和礼物本身,并使用独特的隐喻和明喻来探索身份问题,在一系列记忆叙事中对文化身份进行探索。她收到的礼物,色彩鲜艳的巴基斯坦传统服装、手镯和鞋子,既让她高兴又让她困惑。它们引发了一连串的思绪、情感和记忆,把叙事者从英国带到了巴基斯坦,又带回来,不平静的能量反映在诗的结构上,尤其是断行。最重要的是,这是一首以人为中心的自传体诗歌。正如诗人自己所说:

"诗里的女孩大概是我十三岁的时候。衣服似乎以一种不舒服的方式粘在她身上,有点像一种假皮肤,她认为事情对她来说并不简单。"

所以这首诗是对真实身份的反思,是一个持续的过程的一部分,只有那些有双重传统的人才能理解和感同身受。当你考虑到我们穿的衣服会影响我们思考、行动和看待自己的方式时,困惑几乎是不可避免的。

莫妮莎·艾尔维的很多诗歌都涉及文化身份的问题。出生在巴基斯坦的她在很小的时候就迁移到英国,在她高度敏感的时候经历了一个完全陌生的文化。这种疏离感强烈地体现在她的作品中,尤其是在这首诗中。诗歌"一个不知名的女孩"描写一个女孩在集市上,花几个印度卢比,让人在她手上画彩绘图案的过程,诗的基本主题是身份的转变,被困在两种不同文化之间,在这里就是印度和西方,从而来强调个人身份和归属感。诗歌共48行,从视觉上看,这首诗已然是诗行自己在纸上,不知道该向左还是向右移动的一系列文字,连续的短行,瞬间变宽,时而又变窄,像随时可能倒塌的一堆堆文字。

心理上的不确定性在文中得到了反映。集市上,不知名的女孩手捏指甲花,一种棕色的植物染料,从塑料喷嘴中挤出,用以涂抹手掌,这在印度很常见。透过第一人称的叙事视角,观察发生在集市上那个不知名的女孩给她绘制手绘,勾勒出一幅印度普通阶层的生活场景和周围环境的图画。

诗歌开头几行,叙事者"我"从第一人称视角观察和亲历彩绘手掌这种古老的印度习俗。集市上灯火通明,霓虹闪烁,各种彩灯"点缀"着集市。其中一个动词"钉"的使用很是突出,增加了"固定"的意思,同时带有明显的刺痛感:身份的漂游不定,使"我"一直倍感刺痛。再有标题重复使用……一个未知的女孩……一个匿名的人,一个没有名字的人……这个女孩可以是任何女孩,无名无姓,不被人知,就像叙事者一样。无意中带给读者一个重要信息——不确定性,也因此强化了"无身份"的概念。在接下来几行中,对动作进行了描述。女孩用塑料瓶挤出湿的指甲花染料,很快就会干的。"粉我的手"这个词语的使用兼顾中西方两种文化………就好像手是蛋糕,指甲花是甜蜜的装饰。包含对西方世界的一种暗示,这是来自西方世界的叙事者所熟悉的,冰蛋糕制作的图景不禁将东方集市的手掌彩绘与西方文化链接在一起,时空的穿越更加剧了文化身份不确定带来的困扰。在西方也有一种说法……锦上添花……这意味着一个好的情况已经变得更好,得到了改善。那么,说话者是在暗示她的情况可以通过这种糖衣得到改善吗?女孩的绸缎桃色膝盖是一个强有力的形象,皮肤光滑和柔和的颜色。

紧接着,诗歌直接重复第一句——"在夜市"——这种地点的再次重复,是叙事者对自己空间位置的进一步确认,因为叙事者对自己身置何处、周遭发生事情仍然恍惚和迷茫。一个不知名的女孩向她推销手掌彩绘,而且价格便宜,只有几个卢比(市场汇率1美元=71卢比或1英镑=93卢比)。微风吹进有顶棚的集市,吹动了叙事者的纱笼(印度西北部和巴基斯坦东部的妇女穿的传统服装),坐在那里,看着手掌上一道道线条"缝合"连接起来——缝合一词与当地妇女的服饰手工劳作动作关联起来,这些都向读者呈现了巴基斯坦妇女的传统习俗与文化印记。

叙事者已经陶醉于小女孩的手掌彩绘设计图案中,用印度的国鸟孔雀来装饰她的手掌,这在叙事者看来更增添了非凡的意义。孔雀图案变得越

4. 东西方文化的书写者:莫妮莎·艾尔维(Moniza Alvi)

来越重要。它不仅是印度的国鸟,出现在印度神话和民间传说中,它还代表着叙事者皮肤上"新的棕色血管"。叙事者有了"新的棕色血管",这表明彩绘图案已经成为她身体构成的组成部分,寓意文化的新鲜血液注入叙事者身体,诗人用隐喻来表达叙事者对于身份的新感受和新发现。

街道外面的色彩像气球一样飘浮起来,增强了空间延展的感觉,画面也渐渐清晰。这里是商业区,商店橱窗里摆放有假人……她们以某种角度站立着,眼睛目不转睛地盯着,仿佛是活生生的……更重要的是,她们戴着西方人的假发,卷曲的烫发。街上的广播正播放印度小姐选举的新闻(1993年,当时像印度小姐这样的比赛正流行),在那里,女人的外貌与个性开始成为人们欣赏和选择的对象。由不同色彩的布料形成的屋顶,给读者一种感觉:穿着传统服装的叙事者正处在一个极富新鲜感的环境中,一个不认识的当地女孩正在为她做手掌彩绘。诗歌中像念咒语一样,再次重复第一句,更多的是提醒叙事者,她在这里,被一个手艺熟练的女孩创造了一个全新的身份。

然而,她对自己的处境并不满意。她感到不安全,几乎绝望,就像那些坐火车的人,挤到极限,必须坚持,因为如果放手,他们就会掉下来,被压垮。这奇怪的场景表明叙事者正在经历的困惑……她真的觉得孔雀的设计就像火车一样,要带她去一个新的,不同的地方。

接下来场面安静下来,读者被带离了市集——已经进入深夜,叙事者回到了她的旅馆房间,开始内心的思考与追问。她觉得有必要把图案刮掉?还是露出下面浅橙色的孔雀图案?让线条看起来像蜗牛留下的痕迹?……一连串的疑问显示出叙事者的举棋不定,复杂困惑的内心,她对手绘的装饰图案满意吗?她为什么要把它刮掉呢?她对自己的新身份是否明确了呢?

在最后一段中,通过"7 天内就会消失:孔雀,指甲花和印度"一句,突出时间短暂而文化痕迹也随之被人们遗忘。或者它会重新出现……通过叙事者在全国各地演讲来重拾传统印记。最后她的手是她打开了的一张地图……或者这一切都是她自己幻想出来的?

不管怎样,说话的人又一次渴望在集市上看到一个不知名的女孩开始设计的那一刻,她感到自己有了一个有效的新身份,尽管这种感觉转瞬

— 59 —

即逝。

诗中引发困惑和歧义的是,第一人称叙事者并没有明确的身份来源,没有明确标识确定其出身。叙事者她自己是印度人吗？诗中的她似乎也困惑在传统和现代文明中,并通过一系列事件的强烈对比,比如1993年的印度小姐竞选事件,在印度传统文化中,女性的地位非常低下,社会普遍重男轻女,女性常常沦为生育机器;20世纪80年代后,在西方现代进程的推动下,印度女性走出家门,在公众面前,女性模特展示她们的美丽和优雅。

诗歌的结尾,第一人称的叙事人对自己的身份并不满意,渴望这个不知名的女孩的存在,或者希望成为她。这与莫妮莎·艾尔维的现实生活正好吻合,正如她所说:"在英国,我从来没有感到完全自在的感觉,当然,我根本就不是亚洲社区的一员。"

诗人和评论家德恩·里斯·琼斯强调了这一点,他写道:"艾尔维的很多作品都致力于描绘一个超现实或奇幻的世界,这个世界充满了身份的断裂,尽管存在有部分恢复的可能。"

总之《一个不知名的女孩》通过个人叙事、重复和文化典故来探索归属感和身份的概念。模棱两可的结局,不确定身份的叙事者,不知名的手绘女孩都加强了这些主题。

莫妮莎·艾尔维也因其对身份和异化本质的独特见解而闻名。出生在巴基斯坦的拉合尔,在几个月大的时候就来到了英格兰,在赫特福德郡长大,曾就读于约克大学和伦敦大学。《荣耀旅行箱》是由莫妮莎·艾尔维和皮特·丹尼尔共同出版的,并以两位作家联合的名义获得了1991的诗歌商务奖。莫妮莎·艾尔维随即又出版了五部诗集:《肩负着的故乡》(1993),获得了艾略特奖和维特布莱德奖提名,也是这部诗集使她晋升成为诗歌界的新一代诗人;《一碗暖空气》(1996),获年度周日独立书籍,《带上我的妻子》(2000),一部被诗歌界推荐的诗歌集;《灵魂》(2002),《宝石的发言权》(2005)受到"吉卜林好故事"的影响。

莫妮莎·艾尔维最近的一部诗集《分裂的世界:1990—2005诗歌精选》,包含了之前五部诗集和一部新诗集《欧罗巴》,出版于2008年。《欧罗巴》获得了2008年艾略特奖提名。在做了很长时间的中学教师的之后,莫妮莎·

4. 东西方文化的书写者：莫妮莎·艾尔维（Moniza Alvi）

艾尔维现居住在伦敦，在艺术学院做导师。2002年，她的诗歌获得了乔姆利奖。

作为从巴基斯坦过渡到英国的"混合种族"，艾尔维把自己比作"被转换成的英国女孩"。她的作品注重于对不同地域不同文化的融合。在莫妮莎·艾尔维的诗集《一碗暖空气》中的"哦，土邦主之妻"这一章节中，她想象着自己身处在一幅袖珍画中："我的衣服摇摆着，来自于骆驼的眉毛的线条"。然后她找到了一个有图案的地毯"它改变了风景，当你走在它上面时，首先是在印度，融合到英格兰"。最后，她向她的皇家赞助人致辞："我宁愿像微雕艺术家那样独自工作，在宣纸、丝绸和骆驼骨头上作画，用石头把肖像抛光。这个梦幻般的作品似乎象征着艾尔维特色的富有想象力的微妙的感触以及她的跨文化视角。这部作品也可能使人想起艾尔维的最著名的一首诗，""我愿是米罗画上的一点"。她在1994年被提名为具有影响力新生代诗人之一，这首诗给她带来了很多的赞赏。从那时起，艾尔维经常被描述为"一个大胆的超现实主义者"（露丝·帕德尔）。但是她已经变成了一位处理横跨西方和东方的问题的真正的多元文化的作家，并且有时也因它们之间的关系而焦虑。异想天开的幻想已经逐渐转化为黑暗的讽喻的意向，这在她的新书《欧罗巴》中（2008）得到体现，诗歌中冗长的核心部分是关于欧罗巴被伪装成公牛的朱庇特所强奸。

作为一名在幼年时期被从巴基斯坦带到了英国的混血儿，艾尔维有时因内心住着一个"转换成一个英国女孩"，或者甚至是没有固定国籍的角色而感到不安。她的诗歌保留着高度的人文、地理和文化遗产的意识，只能部分地联系起来。在优美表达这一困境的过程中，也许因为明显的孩子气——就像是想象，她的作品在学校中被广泛学习（艾尔维自己曾经是学校教师）。同时她也和其他同时代的诗人关系密切，例如苏耶姐·巴特和咪咪·科尔瓦蒂。人们也许同样也想到史蒂夫·史密斯和——也许最为重要的是——在大量与次大陆相关的作品中的大量魔幻现实主义传统。

在早期，她的作品趋向于采用一个儿童的视角，也利用关于童年的幻想，梦境和童话故事（明确地说，在《小红帽的计划》中）。她的作品中神奇的转化已经被比作夏加尔或是超现实主义者的画作。当然，关于这种特别对艺术亲近的最好例子是"我愿是米罗画上的一点,它的叙述者发现自己身处这幅画中,好奇是否去"扭动我的曲线来对抗它的边缘,使我自己得到额外关注?她满足于"在兴奋地边缘,一个梦境,一个舞蹈,一个神奇的建筑,一个儿童的冒险"。这包含于她的第一部作品集《肩负着的故乡》(1993)中。事后回头看,存有争议的是最为重要的部分"来自在巴基斯坦姑姑的礼物"。这些衣服,在英格兰被视为异国情调的,例如"宽松裤克米兹,孔雀蓝色",带来了一系列关于文化认同和性别的意义。服装是文化和个人层次的影射,是从拉合尔到海得拉巴的延伸。"最终,它们包裹着我,低声细语道你的身体就是你的国家(《纱丽》)。她和她故乡的关系是模棱两可的,"在那里混沌和魅力如亲人般拥挤在一起"。在这首诗中,巴基斯坦本身被认知为"变得更加广阔,很快它将会燃烧,河流将会流出,从我的胸膛奔流而下"。然而,"我用英国的雨水浇灌,用英语词汇覆盖了国家"。

《一碗暖空气》探索了她记忆中第一次回到巴基斯坦的印象:"我收集了所有的微笑和声音,就像是围在我身旁的围巾"。身处在家庭琐事和社会生活中,文化的不同和相似点大量存在着。有关于"德里圣诞节"和婚礼宾客的观察:"当他们打开他们的箱子,英格兰突然涌出"。在《欢笑的月亮》之中,"一个不为人所知的国家在我的脚趾之间匍匐前进,把海洋抛到每只眼睛之后";"我向翠鸟和老虎们伸开双臂,我将会如同品味一种语言一般品味着每一个时刻"。《带上我的妻子》(2000)标志在她作品的具有创造力的新方向,其中大多数的诗歌来自于一个丈夫尝试着去理解——有时甚至是挣扎着去描述——他的妻子。这种关系本质上的转变,尤其是当借用怀孕的时候,它的幻想和现实都带来了大量矛盾的观点。例如,在《我的妻子和作曲家》中,他看见她和武满彻在一起,"喝茶,聊天和接吻",却去意识到她真正的风流韵事是"和音乐在一起,关于花园,距离和孤独"。在这首诗中,他妻子怀孕对他来说既是负担又是充满魔力的:"医院如同红海一般猛烈,将我们分开。我通过破败的弹簧门哄诱她,就像是我们的过去和未来一样来来回回"。之后他想象他自己怀孕了,(一个男人浸透在光明与黑暗之中)直到"最终我醒来带有一个透明的腹部"。最终,如果非要我去把妻子比喻成"什么东西",他进入厨房握着一个茄子。"没有什么比这更美丽了,它柔软,

4. 东西方文化的书写者：莫妮莎·艾尔维（Moniza Alvi）

黝黑，皮肤光滑，一会儿没有颜色，很难去定义"。

在《宝石的发言权》中（2005），富有想象力的方法再一次变得不同，寓言的题目顺序——就像是诗歌被创作的神话所启发。"有很长的路需要自己到达"作为一个儿童故事的开端："树木的生长是颠倒的，还有房子，似乎已经被翻了个底朝天"，"世界是如何一分为二的呢？"反映了当前的全球冲突："有一只手臂在一侧，一只手在另一侧，一种思想在这一侧，一种安静在另一侧，一滴发光的泪水，附在一只甲壳虫的背上，前后移动，从一侧到另一侧"。在其他的诗歌中在人际关系方面她返回到她所熟悉的超现实主义观点中来，作为一名上了年纪的父亲挣扎在一罐果酱之中，在他的坚持下他把粗糙的琥珀碎片推向一面。我们也再次听到一个丈夫谈论他的妻子的声音："她不是我认识的那个女人，她从来都不是……她吸引我的正是如此"（《埃舍尔之后》）。法国诗人朱尔斯·苏佩维埃尔的诗歌版本同样也使诗集变得多样化。在《致我的女儿》中，知觉就是"我们也许都是移民者，在这些城镇和村庄中，对我们自己来说所有的都是陌生人"。她的新诗选，《分裂的世界》（2008），展示了莫妮莎·艾尔维的多元文化既能娱乐的同时，也能越来越多地警醒着我们。

诗歌选读

Mermaid

About human love,

she knew nothing.

I'll show you he promised.

But first you need legs.

And he held up

a knife

With the sharpest of tips

To the ripeness of heremerald[1] tail.

She danced on involuntary dance,

captive

twitching with fear.

Swiftly

he slit

down the muscular length

exposing the bone in its red canal

She played dead on the rock

dead by the blue lagoon

dead to the ends f her divided tail

He fell on her, sunk himself deep

into the apex.

Then he fled

on his human legs.

Human love cried the sea,

the sea in her head

注释

1. Emerald: Something that is emerald is bright green in colour. 翠绿色的.

诗歌翻译

美人鱼

关于人类爱情,

她一无所知。

我将会给你展示他的承诺。

但是首先你得需要一双腿。

然后他举起一把刀

带有最锋利的刀尖

4. 东西方文化的书写者:莫妮莎·艾尔维(Moniza Alvi) ❖

对准她那成熟的翠绿色的尾巴。
她不知不觉地翩翩起舞,
被俘虏,
惊恐地抽搐。
很快地,他撕下了肌肉
揭露了它红色血肉中的骨头。
她死在了岩石上,
死在了蓝色环礁湖的岸边
死在了她那分叉的尾巴的末尾处
他落到了她身上,使自己深深地下沉
直到顶点。
之后他逃走了,
用他那人类的双腿。
人类的爱情让大海哭泣,
她脑海中的大海。

5. 人类命运的感伤诗人：
玛格丽特·阿特伍德（Margaret Atwood）

玛格丽特·阿特伍德,1939年生于加拿大首都渥太华,早年大部分时间在安大略和魁北克省北部以及多伦多等地度过。1961年毕业于多伦多大学维多利亚学院,1962年获剑桥大学拉德克利夫学院文科硕士学位;1962—1963年、1965—1967年两次就读于美国哈佛大学;写作生涯的早期曾执教于温哥华不列颠哥伦比亚大学、蒙特利尔乔治·威廉姆斯爵士大学、埃德蒙顿阿尔伯特大学和多伦多约克大学;曾先后在多伦多大学、澳大利亚麦奎利亚大学和美国得克萨斯三一大学任驻校作家;1985年和1986年分别被美国亚拉巴马大学和纽约大学聘为名誉教授;1981—1982年任加拿大作家联合会主席,1984—1986年任加拿大笔会中心主席。

阿特伍德一生广游天下,曾先后在英国、澳大利亚、美国、德国、法国和意大利等地学习、生活和工作过。至今已发表作品二十余部,其中主要为诗歌和小说,也有少量的评论、儿童读物和电视及广播剧本。1969年发表第一部长篇小说《秀色可餐》,之后,《浮现》(1972)、《奥拉克尔夫人》(1976)、《有男人以前的生活》(1979)、《肉体伤害》(1981)、《女仆的故事》(1985)、《猫

5. 人类命运的感伤诗人：玛格丽特·阿特伍德（Margaret Atwood）

眼》(1988)、《强盗新娘》(1993)、《别名格雷斯》(1996)和《盲刺客》(2000)先后问世。其中《女仆的故事》为阿特伍德赢得了广泛的国际声誉，而《猫眼》则被许多评论家公认为是阿特伍德最优秀的小说之一。阿特伍德至今所获得的各种奖项和荣誉不计其数，其中包括加拿大总督奖(1981)、古根海姆研究基金奖(1981)、《洛杉矶时报》小说奖(1986)、联邦文学奖(1987、1994)、布克奖(2000)、哈佛大学百年勋章(1990)、法国文学艺术骑士勋章(1994)、纽约全国艺术俱乐部荣誉勋章(1997)等。阿特伍德已获得世界各地十多所大学授予的名誉学位，并于1988年当选美国艺术与科学学院外籍名誉院士，其作品至今已被译成三十多种文字，是当今加拿大最重要的小说家和诗人之一。

一、女性和人类命运的感伤叙事者

第一次接触玛格丽特·阿特伍德小说的人，也许会被其中的惊悚、恐怖的情节所吓到。她是引领世界文坛的女性小说家之一，甚至对于一些人来讲，她是首屈一指、无人匹敌的。她精心于诗歌、小说、文学评论和短篇小说的创作。她还为人权以及环境问题而奋斗。她的作品也涉及这些领域。而且多年之后，这些主题、文学所关注的问题会不断的升华。阿特伍德也涉猎艺术、灵感创造、空论的危机和性政治这些领域。她为读者解读神话、童话以及古典文学。她的作品通常是哥特风，即恐怖、超自然等元素萦绕其中。这正是她作品被广为传颂的原因之一。

《侍女的故事》是阿特伍德最著名的小说。小说的女主角奥弗雷德被关在吉里德共和国的一个旧体育馆里，这是对美国未来的近乎噩梦般场景的设想。小说蕴含了许多典型小说应有的因素。具有明显的政治性。它描述了新社会对于个人权利的束缚。男性权利凌驾于女性之上，对女性施以压迫。通过自述的方式，向读者展示了一个在苦难压迫下的女人重获自我的历程。可以说这是奥弗雷德自己的书。更重要的是它是一部极具价值的书，她的情节引人入胜。既是一部科幻小说又是一部文学小说，并且拥有大量的读者群。对于阿特伍德来说，一个理想的读者是一气呵成的读遍全书来寻求故事发展过程的人。对于她而言，与其说是一部科幻小说倒不如说是一部推理小说。正如书中所描述"外星人已经取代了天使的位置"。这样写既可以探索未知的自然界、打破在此之前关于人类的定义；又会探求社会组织的不断进步。（卫报 2005—17）然而，最令人念念不忘的是这个小说的结局。奥弗雷德最终获得自由了么？我们也许永远都不会知道确切的真相，她的这部小说已经被很多学者续写。它也许单单就是阿特伍德小说世界的虚构的故事。结局扑朔迷离，引人深思。后现代主义的建构跃然纸上，给我们留下了悬念。这是作者为打破常规写作手法而有意为之的。

《侍女的故事》与阿特伍德的其它作品有着千丝万缕的联系。她的女性意识见之于她的第一部出版的小说《秀色可餐》，这是一部阿特伍德称之为"典型女性意识"的小说。它先于女权运动而存在，小说的笔调轻松，语言优美，在很多方面不乏喜剧色彩，但是它的主题却是十分严肃。《浮现》是一部让阿特伍德一夜成名的作品。讲述了一个女人从常态逐渐成为一个近乎疯癫女人的故事。故事的背景是在加拿大和美国的边境，这正暗示着理性与叙述者幻想之间的徘徊不定。此外，这部小说大多以第一人称叙述来探寻女性主体意识。正如《侍女的故事》第一人称的使用将读者拉近主人公的生活。对于许多加拿大人来说《浮现》是结合了她评论作品的主题，幸存：加拿大主题文学指南，一部贯穿阿特伍德创作的永恒不变主题—反抗与生存的作品。

《侍女的故事》之后的小说的题材形式大多是与其相似的。阿特伍德倾心于小说题材类的创作，她的小说在那些耳熟能详的故事基础上，不断的探求它们其中蕴含着的深意。这便是《又名格蕾丝》小说的由来，彼得·坎普认为作者"由此来奠定她作为我们这个年代最杰出的小说家地位的一部小说"。（《星期日泰晤士报》1996 年 9 月 8 日）它是以 19 世纪的一个真实的案例为蓝本的，格蕾丝·麦克斯，因谋杀罪而被监禁，一度寻求政治避难。这部小说结合了大众熟悉的监禁领域、神秘的女性形象。尽管这是一部犯罪小说，可是到底是不是她所为呢？结果并不明朗。这便是小说吊人胃口之处。这是一部后现代小说，对过去景致的近乎无声的，寂寥的刻画、回忆。这种题材上的混搭，在她的《盲刺客》—布克文学奖获奖小说中体现得淋漓尽致。艾莱克斯·克拉克认为这部小说具有"所有戏剧和哥特式恐怖小说的紧张气氛"。并评论道:"阿特伍德经常描写一些瓦解和颠覆不同体裁的作品,因此她的一系列的传说都围绕大量的科幻小说、侦探小说、新闻报道以及带有些许忏悔意味的浪漫爱情小说。这不足为奇。"(卫报2000年9月30日)。接下来的便是《羚羊与秧鸡》正如《侍女的故事》一样,错位的科幻小说;借此,她展现了她自己对于科学发展的热衷,对未来科学发展可能性的探索,以及对未来科学发展危险性的担忧。这正是文坛上少有的作家。

如果说到阿特伍德最好的小说,那一定是《猫眼》。她用娓娓道来的口吻叙述了一个似乎每个人都会经历的童年、少年、青年时期的生活故事。主人公伊莱恩·瑞斯丽因为一次重要的画展,只身回到阔别已久的家乡多伦多。漂泊多年之后她故地重游,往事历历在目。我们也许会说女主人公的冷情、麻木。可是谁又能忘却年少时所经受的欺侮呢?正如书中最后一句话所述:这便是我失去的,考迪莉娅:它不是消逝不见,而是我从未拥有,两个老妇人,喝着茶咯咯地笑道。生活态度的转变使她备受斥责,可是这又是谁的错呢?

阿特伍德不仅在作品中表达她对女性生活和遭遇的关注,也对人类命运给予急切的关心和担忧。她曾经在《羚羊与秧鸡》(Oryx and Crake,2003)和《洪疫之年》(The Year of the Flood,2009)两部作品中,描绘了一个人造病毒导致人类大灭绝的未来时代。尽管阿特伍德近期的小说赢得了诸多奖项同时也吸引了许多批评的眼光,然而《盲刺客》和《羚羊与秧鸡》被大众评说不是她付诸感情最强烈的作品。与她近期的短篇小说和故事相比,这也许是真的。《道德混乱》是一部系列小说,看似独立的故事整合成为一个自传体小说,也许是玛格丽特·阿特伍德的自传。故事是以一对年迈夫妇为开始,继而回归到女人的孩提时代,直到镜头又推回到了一个女人去看她年迈双亲的这一幕。谁是其中的"我"呢?模糊的主语暗示着一个人的人生轨迹,从出生到走向衰亡。这部小说的结尾,是阿特伍德有史以来最棒的,叙述者运用丰富的想象力,将其一生锁定在一张古老的照片里。《珀涅罗珀:珀涅罗珀和奥德赛神话》(2005)是一个精彩绝伦的神话故事,阿特伍德用诙谐幽默的口吻,用珀涅罗珀的视角来重新讲述这个神话。当她为小说以及真实社会中的女性的境遇所呐喊时,她的脸上洋溢的是快乐。现今社会需要一个新的珀涅罗珀:"我一直压抑着一个愿望那便是海伦应当被锁在地下室的树干上,因为她的腿有毒;她会轻而易举地把为她痴迷的男人变成猪。"这一诙谐的话引自希腊副歌。与她积极的看待生活相对立的是她的无助。《帐篷》(2006)主要讲述的是这个冰冰冷世界里残存的避难之所,然而,对全世界崇拜她的人而言,阿特伍德的文学并不仅仅是逃避世界的避难所那么简单。

二、原始主题的简约诗人

虽然阿特伍德最出名的是她的小说,但她也是一位著名的诗人,而且从本质上讲她是个地道的诗人。从 1961 年的处女作《双面佩瑟芬》(Double Persephone)到 2007 年的《门》(The Door),四十多年间陆续出版了近二十本诗集。她所写下的最好的小说是诗人的小说,最漂亮的散文是诗人的散文,而她最灵丽诡谲的一部分诗情则要去她的叙事小品中寻找。

她的许多诗都受到神话和童话的启发,这是她从小就感兴趣的。阿特伍德简单朴素的写作风格,使她拥有广泛的读者。这在她的诗歌中也有所体现。如果阿特伍德是因其小说而不是诗歌而著名的,那一定是因为小说占据了主要市场。

早在 20 世纪 60 年代的加拿大,作家是不能算作职业的。为了实现养活自己的写作梦,阿特伍德做好了包括长期打零工在内种种迫不得已的打算。在多伦多大学就读时,阿特伍德开始在一些公开场合朗诵自己写的诗。在老师诺思罗普·弗(Northrop Frye)的鼓励和启发之下,她更加确定了将写作和当作家作为自己一生的职业选择和理想追求的想法。21 岁时,阿特伍德自行"出版"了自己的第一本诗歌集,当时一共印制了 200 本,阿特伍德以每本 50 美分的价格出售这本小册子。现在,在北美的各种书展上,这本诗集的售价以大约 1 800 美元起跳。然而,年轻的阿特伍德最终还是得面对那个问题——做一名诗人是没法养活自己的,坚持写作梦有可能会使她饿死在自己居住的小阁楼里。好在诺思罗普·弗伸出了援手,她得到了去哈佛深造的机会。虽然,离开加拿大和去到哈佛带给阿特伍德的影响不那么符合人们通常会有的想象,但是她却从未忘怀自己收到录取通知书时的激动心情。

5. 人类命运的感伤诗人：玛格丽特·阿特伍德（Margaret Atwood）

整个20世纪60年代，阿特伍德都在不知疲倦地写着，她的诗歌是成功的。1961年，阿特伍德当时的男友帮她编辑并正式出版了诗集《双面珀尔塞福涅》（Double Persephone），1966年她的诗集《圆圈游戏》（The Circle Game）出版，并一举获得当年的加拿大总督奖——这是加拿大本土颁发的最高的文学奖项。得知获奖消息时，阿特伍德人在哈佛，她的衣柜里连件适合应付颁奖的衣服都没有，于是和她同住的姑娘们只好这个帮她弄头发，那个帮她借裙子，最后她们还逼着她买了一双新鞋，当时正值双十年华的阿特伍德，居然只有一双休闲鞋——后来好心的姑娘们趁她不在帮她烧了。

1967年，CBC电视台制作了一档介绍加拿大新诗人的节目，作为节目介绍的六名代表加拿大新一代诗人中唯一的女性，28岁的阿特伍德别别扭扭的在多伦多国会街图书馆为现场观众朗诵了自己的诗《绿人》（The Green man）和《看报纸是危险的》（It Is Dangerous to Read Newspapers）。她头顶黑布帽，戴着一副镜腿上缠着透明塑料胶带的黑框眼镜，这般尴尬的衣着，就此和她的诗歌一起以影音的方式留存下来。

彼时的阿特伍德尚未满三十，在诗歌方面获得了不小的成绩，是加拿大诗歌界举足轻重的领军人物。换成别人，这些可能已经是很大的成功了；但对阿特伍德来说，这只能算是一个还不错的开头。到了20世纪80年代初，阿特伍德已成为加拿大最著名的小说家和诗人了。1982年，她主编了《牛津加拿大英语诗歌选》（The New Oxford Book of Canadian Verse）。

她的许多诗歌同样传达了她简洁的风格，和最原始的写作主题。在诗中，她不喜铺排的描摹或想象，而着力于句子中节奏灵敏的探索，在整体的叙述中蕴藏了多样的情绪切换，富有戏剧性。正如她早期的一首诗歌《这便是我的相片》一样，抒发的是一个死亡女性的心声。这首诗与《别名格蕾丝》这部小说有着微妙的联系。因为阿特伍德开启了这片迷失和未知之地的大门：

"我溺死之后的那天，相片被拍摄了／
我在相片中央的湖里，仅仅在那表面之下。"

阿特伍德的散文具有诗歌一样律动和美感。《好骨头》就是这样一本散文美文集。其中《天使》和《坏消息》将"生命不能承受之轻"描摹的细致入微,丝丝入扣。

"天使以两种形象现身:坠落型和非坠落型。自杀天使属于坠落型,她穿越大气,堕及地表……不管怎么说,这是一场漫长的坠落。在空气的摩擦下,她的脸熔化着,如流星的肌肤。这就是自杀天使如此安详的缘故。她没有一张堪作谈资的脸,她的脸是一枚灰色的卵。她没有义务,尽管坠落之光常驻。"

(——《天使》)

"失血使她坠入梦境。她栖息在屋顶上,弯折起一对黄铜翅膀,戴着优美的蛇形头饰的脑袋缩在左翅膀下,她像一只正午的鸽子那样打着盹儿,除了脚趾甲外,全身上下无懈可击。阳光渗动着流经天空,微风如温暖的长丝袜,波浪般拂过她的肌肤,她的心脏一张一舒,犹如防浪堤上的水涛。倦怠如藤蔓般爬过她的全身。"

(——《坏消息》)

上述两段文字是阿特伍德文字具有轻之美德的典型代表。"像鸟儿那样轻,"保罗·瓦莱里也这样说:"而不是像羽毛。"古埃及人的狼首神阿努比斯调整天平,左托盘盛着死者的心脏,右托盘盛着鸵鸟羽毛,以此决定死者灵魂的归宿。羽毛的重量等同于无负荷的良心,纯粹的公义,羽毛之轻是苛刻的,单一的,或者几乎——是无趣的。瓦莱里自然明白鸟儿正是由无数的羽毛组成,然而鸟儿并不仅仅倚仗风的浮力。每个黄昏擦过淡橘色、褐色和玫瑰紫色云块的那些鸟儿啊,它们在苍穹中绝非无所作为。

阿特伍德之轻便是这样一种忙碌的、充满变数的轻。她热衷于描绘那些具有轻盈形体的,在空间中不具有恒定位置的事物:天使、消息、蝙蝠、蜘蛛、冷血蛾、外星人、麻风病人的舞蹈。那些悬在半空中的亮闪闪的刺绣看似吹弹可破,了无重心,其实却互相依附,彼此攀援,确凿而稳固地通往每个方向。然而她的轻并不仅仅在于这些具有象征性价值的视觉形象。她的轻

5. 人类命运的感伤诗人：玛格丽特·阿特伍德（Margaret Atwood）

首先在于留白。留白意味着意外的空间，这是一种邀请读者加入的写作风格。《好骨头》几乎没有讲述任何一个完整的故事，有的只是丰满的情境。

阿特伍德之轻还在于点染。她从来不是一位工笔画大师，她所擅长的是暗示：把语言变得轻逸，通过似乎是失了重的文字肌理来传达意义，让被遮住的色彩缓慢而曲折地浮现。她因此也是宏大叙事的能手，她的羽笔没有被宏大叙事的美杜莎之眼石化，在处理高度抽象而意义非凡的主题时，她自有举重若轻的从容。比如《历险记》中对人类终极追求的描写：

"此时在他们前方，那颗人人向往爱慕的、硕大的、通体晶莹的行星泳动着扑入了眼帘，像一枚月亮、一颗太阳、一幅上帝的肖像，圆满、完美。那是目标……胜利者进入了行星的巨大圆周，被天堂柔软的粉红色大气吞没了。他下沉、深入、蜕去了那层束缚人的'自我'之壳，融化、消失……世界缓慢地爆炸着、成倍增加着、旋转着、永不停息地变幻着。就在那里，在那沙漠天堂中，一颗新孵出的恒星闪耀着，既是流亡所，又是希望之乡；是新秩序、新生的预告者；或许还是神圣的——而动物们则将重新被命名。"

阿特伍德之轻还在于速度。诗歌倚靠分行和韵律获得节奏，散文和小说亦有自己获得节奏的秘诀。精神速度是高度主观和抽象之物——沙漏和座钟无法记录它，小手鼓和三角铁无法为它打拍子——但对之敏感的人可以在时间的维度上获得逐渐加强的快乐。它就像跳房子游戏，或是银指环套着银指环，第五个连着金指环。这方面的范例可见《好骨头》中的《猎树桩》。事实上宜人的节奏离不开重复，像策马轻驰过卵石广场，或是夜晚火车轧过铁轨与铁轨的结点。但不是单纯的重复，更像变奏曲，呼应之中有异样之处。《猎树桩》以"枯树桩是野生动物最青睐的伪装术"开始，以"躺在溪底的鹅卵石是鱼类最青睐的伪装术"收尾，沿途你乘坐摩托艇、划起小木舟、射击、操锯子、开车招摇过市、剁肉、冷藏、接受挖苦、烤肉——你太过忙碌和专注，以至于没有察觉到时光流逝。有人说：不知所云。当然，当然。然而艺术本没有球门，传球的妙处即是一切，阿特伍德固有攻不破的从容和轻快——正如那句古老的拉丁文格言:"慢慢地赶路"。

阿特伍德的诗歌也可以把她称为是形式主义作家,在语言陌生化方面她表现得尤为出色。正如俄国形式主义老祖之一什克洛夫斯基所言,陌生化就是特殊运用日常语言的表现。在今天这个一切都太多的世界里,再没有什么令我们感到惊奇,我们对事物的感受力变钝了,变自动了——"感"(feel)变成了"受"(be impressed),被动态取代了主动态。如何恢复并保护我们的惊奇?如何恢复万事万物的质感,"让石头石头起来"?形式主义者们认为陌生化这一技巧可以恢复人们对事物本来面目的印象,使人们以全新的眼光去看待习以为常的一切。《返乡》中的这样一小段文字可以窥探她语言的精巧和陌生化的处理:

"在一些比较私人的集会上,我们会礼貌地忽略一些人缺少叉子或缺少洞穴的事实,一如我们礼貌地对畸形足或目盲症视而不见。但有时,叉子和洞穴会携手合作,一起跳舞或一起制造幻象——同时起用镜子和水,这对表演者本人极具吸引力,对旁观者而言则不堪入目。我注意到你们也有相似的习俗。"

阿特伍德在《在指令下——我是如何成为一个诗人的》这样描写道:"我成为诗人的那天阳光灿烂,毫无预兆。我正穿过球场,不是因为崇尚运动,或筹谋躲在更衣室后抽一口烟——去此处的另一个理由,也是唯一的——这是我从学校回家的平常小道。我急匆匆地沿途小跑,若有所思一如往常,无病无痛,这时,一只巨大的拇指无形地从天空降下来,压在我的头顶。一首诗诞生了。那是一首很忧郁的诗;常见的年少之作。作为一个礼物,这首诗——来自于一位匿名恩赐者的礼物,既令人兴奋又险恶不祥。"由此我们看到,她本质上是一位自觉自知的诗人,她的美文散文亦是高度诗化的小品。细细读来可以体会到她在语言上的锱铢必较:耐心地寻找最贴切的字眼,仿佛每个词语都不可替代。

阿特伍德曾这样评论加拿大诗歌状况:"加拿大确实有诗人存在,东一撮西一撮的,甚至还有派别——有'都会派',有'本土派'。他们否认自己属于任何一派,然后攻击其他诗人,说他们是那些派别;他们也攻击评论家,评论家大部分也是诗人。他们相互辱骂,相互吹捧,替彼此的作品写书评,赞美朋友,抨击敌人,就像18世纪文学史里说的那样;他们神气活现,发表宣言;他们被生命的芒刺穿透,他们流血。"毫无疑问,阿特伍德的诗歌为加拿大诗坛创立了一个新高度,她的诗歌风格在后来的小说创作中显露无遗,这也是她小说成就不可或缺的元素。

诗歌选读

Sor Juana Works in the Garden

Time for gardening again; for poetry; for arms

Up to the elbows in leftover

Deluge, hands in the dirt, groping around

Among the rootlets, bulbs, lost marbles, blind

Snouts of worms, cat droppings, your own future

Bones, whatever's down there

Supercharged, a dim glint in the darkness.

When you stand on bare earth in your bare feet

And the lightning whips through you, two ways

At once, they say you are grounded,

And that's what poetry is: a hot wire.

You might as well stick a fork

In a wall socket So don't think it's just about flowers.

Though it is, in a way.

You spent this morning among the bloodsucking

Perennials[1], the billowing peonies,

The lilies building to outburst,

The leaves of the foxgloves gleaming like hammered

Copper, the static crackling among the spiny columbines[2].

Scissors, portentous[3] trowel, the wheelbarrow

Yellow and inert, the grassblades

Whispering like ions. You think it wasn't all working

Up to something? You ought to have worn rubber

Gloves. Thunder budding in the spires of lupins[4],

Their clumps and updraughts, pollen and resurrection

Unfolding from each restless nest

Of petals. Your arms hum[5], the hair

Stands up on them; just one touch and you're struck.

It's too late now, the earth splits open,

The dead rise, purblind[6] and stumbling

In the clashing of last – day daily

Sunlight, furred angels crawl

All over you like swarming bees, the maple

Trees above you shed their deafening keys

To heaven, your exploding

Syllables litter the lawn.

注释

1. Perennials:长久的,终年的

2. Columbines:耧斗菜

3. portentous:凶兆的,预兆的

4. Lupin:羽扇豆

5. Hum:忙碌

6. purblind:半盲的

5. 人类命运的感伤诗人：玛格丽特·阿特伍德(Margaret Atwood) ❖

诗歌翻译

索尔·胡安娜在花园劳作

因为诗歌　又到了园艺时间

伸到肘部的手臂

洪水泛滥　污泥里的双手四处摸索

在细根　鳞茎和大理石中

蠕虫的鼻子　降落的小猫　你为未来专心致志

无论什么落下

你都有无穷的动力　黑暗中微弱的光亮

当你赤脚站在空旷的土地

闪电从你面前劈过

路面立刻变成两半　他们说你被搁浅

这就是诗歌：一条炙热的电线

你也许会将叉子

伸入墙壁上的插座　所以不要以为那只是花朵

尽管在某种程度上　它的确如此

一整个早上你都在这样的场景中度过

吸血的多年生植物　如波浪翻涌的牡丹

茂盛的百合

叶子如铜钱般闪亮的毛地黄

安静而多刺的耧斗菜

见到　让人惊讶的泥铲

泛黄而迟缓的手推车　像离子一样的草原

你认为没有一直忙于工作　你应带着橡胶手套

雷电在羽扇豆的尖顶蠢蠢欲动

一丛丛上升的气流　传播花粉并逐渐复苏

在不安的花瓣中呈现

你的手臂发出低沉的哼声

玛法立在上面　仅仅一次触碰你就被击倒

如今为时已晚　地面被分离

死亡渐渐逼近

最后一天在撞击中半盲的日光

被毛皮覆盖的天使匍匐行进

就像成群的蜜蜂

你头上的枫树朝天空发出震耳欲聋的声音

爆发的声音弄乱了草坪

诗歌选读

My Mother Dwindles

My mother dwindles and dwindles[1]

And lives and lives.

Her strong heart drives her

As heedless as an engine

Through one night after another.

Everyone says This can't go on,

But it does.

It's like watching somebody drown.

If she were boat, you'd say

The moon shines through her ribs

And no-one's steering,

Yet she can't be said to be drifting;

Somebody's in there.

Her blind eyes light her way.

Outside, in her derelict[2] garden,

The weeds grow almost audibly[3]:

5. 人类命运的感伤诗人:玛格丽特·阿特伍德(Margaret Atwood)

Nightshade[4], goldenrod[5], thistle[6].

Each time I hack them down

Another wave spills forward,

Up toward her window.

They batter the brick wall slowly,

Muffle[7] border and walkway,

Slurring[8] her edges.

Her old order of words

Collapses in on itself.

Today, after weeks of silence,

She made a sentence:

I don't think so.

I hold her hand, I whisper,

Hello, hello.

If I said Goodbye instead,

If I said, Let go,

What would she do?

But I can't say it.

I promised to see this through,

Whatever that may mean.

What can I possibly tell her?

I'm here.

I'm here.

注释

1. dwindles:衰落,消瘦
2. derelict:被抛弃了的
3. audibly:可听见地
4. Nightshade:龙葵

5. Goldenrod:麒麟草

6. Thistle:蓟

7. muffle:restrain 抑制,挡住

8. Slur:诽谤;含糊地发出…声 Slur her edges:这里的界限指生命能力的界限

诗歌翻译

消瘦的母亲

日子一天天过去

母亲渐渐消瘦

坚强的内心

让她像发动机一般

日复一日　不曾休息

人人都说无法继续

但它依旧如此

如同看着某人被渐渐淹没

如果她是一艘船　你会说

月光找过她一排排肋骨

却无人掌舵

然而又不能说她在飘荡

有人在船上

她使命的双目为她照亮道路

在室外那荒废的花园中

甚至能听到野草在生长

龙葵　秋麒麟　蓟花

每一次我将它们砍倒

就会涌现新的一波

一直蔓延到她的窗口

5. 人类命运的感伤诗人：玛格丽特·阿特伍德（Margaret Atwood）

它们慢慢击打砖墙

挡住通道

含糊地说着

她一贯的话语

终于坍塌了下来

如今 几周的沉默之后

她说只说道

我并不这样认为

我握住她的手 轻声说

喂 喂

如果我说 放手

她该怎么办？

但我不能说

我发誓坚持到底

无论这意味着什么

我该如何告诉她？

我在这

我在这

诗歌选读

Heart

Some people sell their blood. You sell your heart.
It was either that or the soul.
The hard part is getting the damn thing out.
A kind of twisting motion, like shucking[1] an oyster,
Your spine a wrist,
And then, hup! It's in your mouth.
You turn yourself partially inside out

Like a sea anemone[2] coughing a pebble.

There's a broken plop[3], the racket[4]

Of fish guts into a pail,

And there it is, a hug glistening deep – red clot

Of the still – alive past, whole on the plate.

It gets passed around. It's slippery[5]. It gets dropped,

But also tasted. Too coarse[6], says one. Too salty.

Too sour, says another, making a face.

Each one is an instant gourmet[7],

And you stand listening to all this

In the corner, like a newly hired waiter[8],

Your diffident[4], skilful[5] hand on the wound hidden

Deep in your shirt and chest,

Shyly, heartless.

注释

1. shuck: remove from the shell 剥去

2. Anemone: 海葵

3. Plop: 啪嗒声

4. racket: a loud and disturbing noise 拍打声

5. slippery: causing or tending to cause things to slip or slide 滑的

6. Coarse: 粗鄙的, 粗野的, 粗鲁的

7. Gourmet: 美食家

8. And you stand listening to all this in the corner, like a newly hired waiter: 表现的是新作家接受大众批评的局促心情

诗歌翻译

心

有人出卖血液 你出卖心灵

5. 人类命运的感伤诗人：玛格丽特·阿特伍德（Margaret Atwood）

或许是心灵或许是灵魂

最难的部分是吐露可怕的诅咒

一种扭曲的动作　就像剥牡蛎

你脊柱上的关节

随后，呼！它进了你的嘴里

你翻出一部分自己

像一只海葵咳出一块卵石

有一阵断断续续的扑通声

鱼儿在桶里翻来覆去　引来阵阵吵闹

的确　一块巨大闪耀的深红色凝块

放在盘中　仍有往事历历在目

它被分发传送　它灵活光滑　它慢慢脱落

但依旧保持自己的本质　有人说它太粗糙

还有人边做鬼脸边说它又咸又酸

此时此刻　每个人都是美食家

你站在角落里聆听

就像一名刚刚上任的服务员

你很羞怯　灵巧的双手放在

深藏在衬衫下胸前的伤口上

腼腆而又没有勇气

6. 杂糅情感的表达者：
苏耶妲·巴特（Sujata Bhatt）

苏耶妲·巴特1956年出生与印度的艾哈迈达巴德。她曾在印度的普那和美国两地生活。她获得了美国爱荷华大学的作家工作坊的美术硕士，现和她的丈夫与女儿在德国居住。她获得多项文学奖，包括联邦诗歌奖和乔姆利诗歌奖。

一、多元文化视角

巴特的长诗《探寻我的语言》被达克莎·谢恩编排成舞蹈表演，并于1994年在英格兰和苏格兰的九个城市表演，基于南亚洲舞蹈青年公司，公演的名字为《解放的语言》。达克莎谢恩舞蹈公司把《寻找我的舌头》带到1998年的香港艺术节。

她已经出版了六部诗集，包括《猴子影子》（1991）和《奥古特拉》（2000），都是诗歌协会推荐的；《独居的颜色》（2002）主要讲述的是德国画家宝拉·贝克的生活和作品。她最近的诗集《纯粹的蜥蜴》于2008年出版，并且出现在2008年诗歌奖的备选名单上。

6. 杂糅情感的表达者：苏耶妲·巴特(Sujata Bhatt)

她已经为企鹅选集的当代印度女性诗歌，并把古吉拉特语诗歌翻译成英语。她为诗歌做了很大的贡献并把德语诗歌翻译成英语。

苏耶妲·巴特曾在维多利亚大学，英国哥伦比亚、加拿大宾夕法尼亚大学的狄更斯学院做访问作者。近来，她被记录在伦敦诗歌档案的在职诗人，其中有更多关于她的信息。她的作品被广泛收录，播报在电视电台，也被翻译成20种语言。这使她得以做客世界各地的诸多文学节。

她的生活经历使得她在语言、文学、艺术、历史等诸多方面都具有多元文化视角。苏耶妲·巴特在语言、文学、艺术和历史方面的多元文化视角来源于她个人的生活经历。她出生在印度，母语是古吉拉特语。曾在英国和美国学习，(在著名的洛瓦作家工作坊)，也曾在加拿大从事教学。在此期间她四处旅行，目前在德国生活和工作。她是一个爱冥想的哲学诗人：大声朗读她的作品时你可以感受到她斟酌的陈述，柔和的口吻——这正是她一贯坚持的原则。在对"艰难的经验和真理"的探索中，尽管对印度保留着"必要的迷恋"，但她还是将作品从本土转移到了欧洲和美国。实际上，先入为主的文化身份始终贯穿在她的诗歌之中。其中包括地域、记忆、绘画、科学、政治和性欲(绘画方面她尤其对乔治亚欧姬芙和保拉莫德松——贝克尔感兴趣)。作为一名诗人、作为把"吉拉古特语"译成"英语"的译者，她关心语言，又不只局限于语言："当古吉拉特语、马拉地语和北印度语/我所说的/为英语词汇腾地方时，将会发生什么？"她在《马拉地语》(2000)中问道，在她的作品中充满了这种修辞性疑问。如果这使得她的作品听起来太过诚挚，我们可以再想一想：巴特虚构出的世界是"色彩明亮，芳香遍布"的。(《莫拉杜丽》)，她从一个女人的生活和爱情中，淋漓尽致的和读者分享情感动人的场景。

二、杂糅情感的表达

巴特的第一部诗集《黑土》(1988)，尽管当时是怀着杂糅的情感再次回到她阔别十年的家乡——艾哈迈达巴德市，但是一半篇幅的诗歌仍以印度为创作背景。在诗歌中，她回忆家庭以及乡村生活中的景象，声音和味道："遍布的牛粪、满是尘埃的道路以及带着雨露的美人蕉百合；猴子呼吸的味道以及洗净的衣服"。诗歌中运用了印度神话、神灵,尤其是动物等意象:"在这,诸神自由漫步,伪装成蛇和猴子。"山羊、孔雀、狮子、蜥蜴、蛇、大象也常常被运用到诗歌中。一个年轻寡妇的梦境"懒洋洋的鞭打它们的尾巴,在她的脑海里像水牛,打瞌睡";在德里动物园"犀牛的残骸"象征着"对柏拉图来说具有重要意义的东西"中有关灵魂和身体的哲学难题。她的诗歌中包括许多令人兴奋的色情诗歌。例如在《爱经新编》中,她引用叶芝著名的天鹅去戏剧化17岁少女第一次爱的行为;另外一首诗歌写道:"我学习到方法,去吃甘蔗……对我的牙齿来说太硬了,按压,汁水溅出"(《雪地》)。巴特的暗喻把性爱游戏转化成语言,尽管她对其带有政治性的成见。"哪种语言不是压迫者的语言?……它是如何发生的呢?……(那)……子孙们,开始去爱这种奇怪的语言"(《不同的历史》)。她在那首最令人难忘的诗歌《探寻我的语言》中,将英语和古吉拉特语变得一致。它的开场白:"你会怎么做呢?如果你的口中有两个舌头"来自于聆听她的母亲从印度发给身在美国马里兰州的她的磁带。它的曲折漫长的发展使古吉拉特语的使用变得广泛,词汇被译入诗歌之中,结尾简单运用手鼓的节奏,以及短语"我不会忘记"。

谈到诗集《猴子影子》(1991)时,巴特在《诗歌公告》中这样写道:她的女儿是她诗歌中的缪斯女神,大多数的诗歌都是在她女儿不到两岁时所写下的。在这之中,一种全新的父母的保护焦虑,通过更加广泛影响着欧洲和美国的事件为背景表现的。然而,在她最具有吸引力的诗歌之中,《凝视》一诗仍以印度为创作背景。观察小孩子们和同样小的动物们之间相互影响:以不同的方式产生意识,并非常温柔的互相吸引着。《来自波尔多的酒》暗指影响欧洲的新危机,一直以来遭受着1985年切尔诺贝利原子灾难的原子尘的影响。《鱼的帽子》采用在阿姆斯特丹看到的一幅毕加索的画作去描述一位女性外科手术的经历。《1990年7月,走过布鲁克林大桥》她将其称为一名移民者所写的诗歌;关于美国的暴力。"当世界开始消失的时候一个人会写些什么呢?"表达了对于第一次海湾战争的观点。诗歌中写道:地球,像一个女人,吸引着印度的创造和破坏之神——希瓦。以"奥古特拉"命名的诗歌以一段古高地德语为开篇:windoge,vindauga,风之眼——/洞穴,打开,走出来/进入风中,洞穴。/大风吹进了房屋",对于德班、里加、新奥尔良、阿姆斯特丹、耶路撒冷以及巴塞罗那的真实或虚幻的风景来说,是很恰当的意象。著名诗歌《风之洞》是BBC委托诗人制作的;诗歌描绘了德国北海海岸的一座岛屿——于斯特岛,一个发生过海难的地方。在那她召集了溺水士兵的亡魂。

三、女艺术家的自画像

"我是一位艺术家,了解你皮肤上的光芒"出自《孤居的颜色》(2002)。在《黑土》和《刺鼻的玫瑰》中,出现了一位德国艺术家——保拉莫德索思·贝克尔。在这些诗歌中,巴特寻找着她的墓穴,想象着画家和她朋友——雕刻家克拉拉·韦斯特霍夫和里尔克(早期对巴特有影响)之间的谈话;甚至和保拉争论是否把大蒜放入汤中。自从巴特第一次在不莱梅美术馆中看到她的画作,就一直对其进行追求,在她住过的地方流连忘返。在虚构的同情中一次美妙的操纵,书的序列中充满了鲜花、水果、雕塑、鸟儿、人物和光。故事发生在普斯韦德的艺术家殖民地;换一种视角让保拉和克拉拉发声,回应彼此的作品。她们之间的关系在她们的艺术家发展生涯中一直持续着,克拉拉的丈夫经常来到她们的中间:"两个女孩,两个姐妹":"里尔克这样称呼我们/……。我们的爱无需选择"。有一些诗歌是巴特作为一名现代妻子和母亲对内心的表露。自画像是居于主导地位的模式:不仅仅是为了画家而是为了巴特自己。保拉对其艺术、婚姻、女性友谊以及想要一个孩子的想法的不确定性也同样清楚的折射出了巴特的关注点。(出自《一个柠檬的自画像》中的一句诗写到"蓝色的衣边,在她纱丽的末端"。)对读者来说,故事发展的顺序具有一条高度情绪化的轨线,从保拉生孩子时不幸死亡,到进入20世纪,采用了巴特自己与保拉女儿的见面作为感人至深的结尾——一个老女人被她母亲的作品所包围,她死后的礼物是一张珍贵的照片。

苏耶妲的另一部诗集《没意义的点子》(1997),吸取前三本书的经验,吸引着每一个想要进入非同寻常的虚拟世界的人。她展现出了对跨文化移情的巨大天赋;进入到艺术家的内心世界,使语言的经验以及多种文化的含义变得戏剧化。她尤为成功的是用英语写诗歌的同时仍保持着印度文化的丰富性,"我从未离开家,我把它一起带走"。在她十足的国际主义中,她给予我们那些带有吸引力的,引人深思的,具有人道主义的观点。

诗歌选读

1. A different history[1]

Great pan[2] is not dead;

He simply emigrated to India

Here, the gods roam freely,

Disguised as snakes or monkeys;

Every tree is sacred

And it is a sin

To be rude to a book.

It is a sin to shove a book aside with you foot,

a sin to slam books down hard on a table,

a sin to toss one carelessly across a room.

You must learn how to turn the pages gently

without disturbing Sarasvati,[3]

Without offending the tree

From whose wood the paper was made.

Which language

has not been the oppressor's tongue?

Which language

truly meant to murder someone?

And how does it happen

that after the torture,

after the soul has been cropped

with a long scythe[4] swooping out

of the conqueror's face

the unborn grandchildren

Grow to love that strange language.

注释

1. 一部揭露了人类的恶习以及罪恶,并予以嘲笑或轻蔑的诗歌作品。运用尖锐的智慧,反语或讽刺去揭露恶习或质疑愚蠢的身份。选择了批评和嘲讽双重身份。

2. Great pan:潘神,专门照顾牧人和猎人、以及农人和住在乡野的人。他有人的身体,头上长角,长耳朵,下半身及脚长得像是羊的脚。Pan 也是森林之神,性好女色,放纵情欲,是午后的沉欢。有时候被诗人们看作精灵(仙女)的统管者。潘神爱好音乐,最擅长吹笛子、排箫(潘神箫),能创造出非常好听的音乐,据说他的笛声有魔力,容易教人(包括希腊众神)陶醉、忘我。常带领山林女妖(一类地位较低的自然女神)舞蹈嬉戏。

3. Sarasvati:萨拉斯瓦蒂,Hindu goddess of learning and the arts:(印度教学问与艺术女神)

4. scythe:n. 长柄大镰刀;钐刀 vt. 用大镰刀割

诗歌翻译

1. 不同的历史

伟大的潘神并没有死;

他仅仅是移民去了印度。

在这,诸神自由漫步,

伪装成蛇和猴子;

每一棵树都是神圣的

这是一种罪过

对书粗鲁无礼

用你的脚撞击书是一种罪过,

把书砰的一声摔到桌子上是一种罪过,

把书在房间里乱扔是一种罪过。

你一定要学会如何轻柔的翻书,

不要打扰萨拉斯瓦蒂,

不要冒犯树木

纸张是用它们的木头制作而成的。

哪种语言不是压迫者的语言?

哪种语言真正意味着去杀人?

在拷问之后它是如何发生的呢?

在灵魂被长柄镰刀修剪之后

突然出现侵略者的脸庞

未出生的孙辈们

逐渐开始喜欢上那奇怪的语言。

2. The Stinking Rose[1]

Everything I want to say is

in that name

for these cloves of garlic – they shine

like pearls still warm from a woman's neck

My fingernail nudges and nicks

the smell open, a round smell

that spirals up. Are you hungry?

Does it burn through your ears?

Did you know some cloves were planted

near the coral – coloured roses

to provoke the petals

into giving stronger perfume...

Everything is in that name

for garlic:

Roses and smells

6. 杂糅情感的表达者:苏耶妲·巴特(Sujata Bhatt)

and the art of naming...

What's in a name? that which we call a rose,

By any other name would smell as sweet...

But that which we call garlic

Smells sweeter, more

Vulnerable, even delicate

If we call it The stinking Rose[2].

The roses on the table, the garlic in the salad

and the salt teases our ritual

tasting to last longer.

You who dined with us tonight,

This garlic will sing to your heart

to your slippery muscles – will keep

Your nipples and your legs from sleeping.

Fragrant blood full of garlic –

yes, they noted it reeked[4] under the microscope.

His fingers tried after peeling and crushing

the stinking rose, the sticky cloves –

Still, in the middle of the night his fingernail

nudges and nicks her very own smell

her prism[5] open.

注释

1. 刺鼻的玫瑰是一种诗人产生强烈感觉的植物,大蒜。没有人对此表示中立。苏耶妲·巴特探索了大蒜的不同的神话和魔力以及其实用性,用了一系列的二十五个部分,反复出现了一些地方,尤其是温哥华岛(在那里作者居住和工作了六个月),还有他的本土印度。欧洲也同样在列,是一个优势令人不情愿的住处。有一个新世界和旧世界的对话,诗集的结尾用一些试验性的诗歌加以增强,建立在早期使吉吉拉特语和英语相结合的双鱼诗歌的经验基础之上。

2. Stinking rose：One of the names for a plant that arouses strong feelings：garlic 大蒜

3. 古吉拉特语：属于印欧语系印度语族，为印度22种官方语言与14种地区性语言之一，同时也是巴基斯坦少数民族语言。全球有大约4 600万人讲这种语言，为世界上第23大语言。从使用的人群主要分布来看，印度4 550万，乌干达15万，巴基斯坦10万，肯尼亚5万。古吉拉特语为印度古吉拉特邦、联邦属地达德拉－纳加尔哈维利和达曼－第乌的主要语言，同时也是孟买古吉拉特人社区的语言，在北美和英国有众多讲古吉拉特语的居民。古吉拉特语也是印度国父圣雄甘地、巴基斯坦国父穆罕默德·阿里·真纳和沙达·瓦拉汗·佩帖尔(被誉为铁人的印度首位内政大臣)的第一语言。

4. reek：放出臭气

5. prism：刻花玻璃物体

诗歌翻译

2. 刺鼻的玫瑰

所有我想说的就是
以它为名
因为这些瓣闪闪发光的大蒜
像女人的脖子上的珍珠依然温暖

我的手指甲轻轻揉搓，剥开
气味弥漫，浓郁的气味
螺旋上升，你饿了吗？
它在你的双耳内燃烧吗？
你知道一些丁香曾被种植吗？
在珊瑚色玫瑰的旁边

6. 杂糅情感的表达者：苏耶妲·巴特（Sujata Bhatt）

去煽动花瓣

释放更多的香味

一切都以它为名

以大蒜的名义；

玫瑰和味道

命名的艺术……

名称代表什么？我们称之为玫瑰

叫其他的名字也会依然芬芳

但是我们称之为大蒜

闻起来香甜，

更加脆弱，甚至易碎

如果我们称之为刺鼻的玫瑰。

桌子上的玫瑰，沙漠中的大蒜

以及食盐都会取笑我们的礼仪

品尝的味道持续的更久

今晚和我们一起进餐的人们，

大蒜将会唱进你的内心

你狡猾的肌肉将会阻止你的乳头和你的腿沉睡

芳香的血液充满了大蒜

是的，他们指出它在显微镜下散发出臭气

他的手指在脱皮和粉碎后尝试

刺鼻的玫瑰，粘性的丁香——

依旧，在午夜，他的手指

揉搓并剥开它独特的气味

她如刻花玻璃般开放。

3. Pure Lizard[1]

She is

part lizard, part woman,

and one of her ancestors

Must have been a monkey.

Her skin is pure lizard.

Perhaps she's also part chameleon.

Her eyes are tiny. Her face is narrow, angular.

I am four in this memory,

four when I see her standing on a wall –

There's a crowd listening to her.

She can even speak Marathi[2].

She's just as tall as I am –

but so old, and her skin hangs

everywhere from the bones in her body.

I think she is a hairless money –

and I want to go closer to listen, to speak to her.

I want her to tell me everything about monkey hood

I want to see if she actually has a tail.

I want to play hide – and – seek with her.

Now, what is she telling the people?

She is shrill, crying out to them.

There is so much urgency

Ripping across her skin –

Such desperation in her voice.

And yet, some people are laughing.

I want to know why –

but I am pulled away,

told that it's time to go home.

I thought of her again today,

still certain of my memory.

Could she have been the Sibyl[3]?

6. 杂糅情感的表达者:苏耶妲·巴特(Sujata Bhatt)

Then, I wonder,
Why did she leave her cave?
And where is she now?

注释

1."变形"是苏耶妲·巴特新诗集的潜在的主题,题目源于"纯种的蜥蜴"的神奇变色皮肤。自然世界在这些诗歌中得以展现;猴子,蟋蟀还有蝙蝠以新的化身出现。宾夕法尼亚有机的太阳花和切尔诺贝利有毒的土壤中长出的太阳花并存。《纯种的蜥蜴》以多种形式用文件证明了艺术的交流:席勒的桌子在二战期间带到了布痕瓦尔德,《简·爱》的鬼魂常出没于巴尔的摩的实验室。一些作曲家利用诗歌对音乐作出回应,正如泰勒曼、鲍勃齐耶夫、菲利普格拉斯一样,形式多变。与威尔士作家吉莉安克拉克一样,对于家或某一地方的感觉是一样的,曾被英国广播公司的戏剧频道播出。

2. Marathi:A kind of language belong to Indian:马拉地语是印度的22种规定语言之一,在马哈拉施特拉邦大约有9000万使用者。马拉地语有悠久的历史,据报可在8世纪的碑文中找到。马拉地语的文法和语法,主要基于梵语。

3. Sibyl:希贝尔,古罗马帝国有名的神谕者,被认为是神的化身。预言了耶稣的降临,康斯坦丁大帝的崛起等等。Sibyl预言人类将在第十世纪灭亡,大地震造成大地晃动,海水淹没城市,战争爆发,大火从天而降,许多城市被烧为灰烬,黑色的尘埃布满天空,由此知道这是神之怒。而巧合的是第十世纪起始于2000年,与玛雅人的预言相似。

诗歌翻译

3.纯钟的蜥蜴

她是
一半蜥蜴,一半女人
她的一位祖先

一定是一只猴子
她的皮肤是纯色的蜥蜴
也许它的一部分也是变色龙
她的眼睛微小,她的面庞
狭窄而又瘦削
在这段记忆中我只有四岁
在我四岁时我见到她
站在墙上
有一群人在听她说话。
她甚至可以说马拉地语。
她只有我那么高,
但是非常衰老,她的皮肤挂在她的骨骼的每一处。
我认为她是一只无毛的猴子
我想走近一些去聆听她
去和她交谈。
我想让她告诉我每一件
关于猴子时期的故事。
我想去看她是否真的拥有一条尾巴。
我想和她玩捉迷藏。
现在,她正在向人们诉说着什么?
她尖叫着,对他们大声呼喊
有太多紧急的事情,
撕扯她的皮肤——
她的声音是如此的绝望。
然而,一些人们在欢笑。
我想知道为什么,
但是我被叫走了,
被告知回家的时间到了。
我今天再次想到了她,

6. 杂糅情感的表达者:苏耶妲·巴特(Sujata Bhatt) ❖

仍然记忆犹新。
她难道是女巫吗?
之后,我好奇,
她为什么要离开她的洞穴呢?
她现在又身在何处呢?

7. 皇家荣誉勋章获得者：
瓦莱丽·布鲁姆(Valerie Bloom)

瓦莱丽·布鲁姆出生在牙买加，1979年，她移民到英国。在和非洲人接触中，瓦莱丽学习掌握了英语，并在坎特伯雷的肯特大学从事加勒比(学术)方面的研究。

瓦莱丽创作了用英语和牙买加方言写成的适合各个年龄段读者阅读的诗歌，通过亮相于许多电视和电台，将她的作品传播于世界各地。她的诗作被收录于许多诗歌选集中而且经常被当做学校和学院课程的教材。她的著作包括牙买加诗集《触摸我！告诉我！》(1983)；和《妖灵会和其他牙买加诗》(1991)；一系列用英语和牙买加方言写成的诗集《热情似火》(2002)；以及近年出版的《呐喊》(2003)。

1956年，瓦莱丽·布鲁姆出生在牙买加的克拉伦登一个大家庭中，她有八个兄弟姐妹。瓦莱丽还是个孩童的时候便写出了很多故事，在青少年时期，她就着手进行诗歌创作。仅仅18岁的年纪，她就出版了属于她的第一首诗作。她在1979年移居英国并且就读于坎特伯雷的肯特大学。在那里，瓦莱丽被授予荣誉硕士学位，从此居住在肯特。她最新的两部著作是在2008

年出版的《部落》和《安静生活》。她曾主编一些诗歌集,例如《骑着骆驼去月球和其他关于旅行的诗》(2001)和《一条河流,许多小溪:来自世界各地的诗》(2003)。瓦莱丽不仅仅写诗歌,而且她还创作小说。在2003年,她出版了她的第一部小说是儿童小说《惊讶的乔伊》。

一、儿童视角

瓦莱丽还出版了很多她的诗歌合集。《水果》这首为小孩子创作的计数诗是她最喜欢的作品之一,在这首诗中,包含了许多加勒比水果的名称。而且大部分瓦莱丽的诗歌都受到了她自身加勒比血统的影响。她虽然用英语创作诗歌,但是牙买加的方言也经常穿插其中。在创作中,瓦莱丽经常会很快地把她诗歌的第一稿手写完成。然后编辑和修改这些诗作最终在电脑上打出他们的最终版本。在2008年,她被授予英国皇家荣誉会员勋章。

现如今瓦莱丽·布鲁姆也许最因她的儿童书籍和诗集而广受欢迎。在书籍中如《世界是甜的》《热情似火》和《荔枝、面包果、卡拉萝:能吃的字母》,布鲁姆娴熟地将修改后的加勒比土语与标准英语相结合以增加韵律和韵脚,这样一来作品立即变得充满感性、生机勃勃并富有活力。她的诗歌解决了一系列与孩子相关的重大问题:上学、对幽灵的恐惧、游戏、学游泳,当然还有针对语言自身的工作。经常设置谜题的形式,这种形式被西印度群岛的读者所熟知。同样运用牙买加口语和文化习俗,她的作品面向英国的加勒比社区同时具有更多世界性的诉求。

她的首部小说《惊讶的乔伊》(2003),从一个孩子的视角讲述了从加勒比向英国移民的故事。乔伊早些年在牙买加同祖母生活在一起并且渴望去英国同母亲在一起。当她的母亲最终写信邀请乔伊与她同住的时候,女儿的梦想成真了,然而她发现到来的并非她所期许。《惊讶的乔伊》为移民小说提供了一个全新的视角,整部小说十分典型地减少了成人的观点。同样的,在《部落》(2008)布鲁姆处理了复杂的殖民主义主题,她通过年轻人麦卢卡年轻的双眼来探究这一主题。正如《惊讶的乔伊》一样,《部落》将笔墨着重落在了主角同母亲的疏远上,同时强调个体的团聚和公共的联合在战胜社会压迫时的双重意义。

二、公众政治

有些主题重新收录了一些布鲁姆的早期诗歌,这些诗歌经常聚焦20世纪70年代末期和80年代在英国国内关于成人政治——黑人的斗争。在这一期间布鲁姆编纂一些关于时代且意义深远的选集,包括《被告知》(1987)和《巴比伦的新闻》(1984)。因为她是四大女诗人之一(这四个女诗人在男性主导的诗集中作代表),所以后期她创作的内容尤其有冲击性。与此同时,在20世纪80年代也能看到她首批大量诗歌的出版,例如《触摸我!告诉我!》(1983)。包括经典名著《你听到的》《触摸我!告诉我!》(1983)这些代表了对语言最大胆和别出心裁的实验之一,无论在英国还是加勒比,在那十年间:

"你听说人民起义了

所以就烧掉了亚洲人的房子?

你听说警察被锁起来了

所以就没有理由地殴打一个黑人男孩?

你听说议员被解雇了因为我

拒绝帮助

在黑人选民中在斗争中

反对驱逐出境?

你没听说过?

我的昵称。"

轻松的是布鲁姆最大胆的诗歌,《你听到的》聚集于20世纪80年代早期在英国人们所说的和所听的社会紧张关系。讽刺的是,这些我们在媒体中并没有听到,布鲁姆巧妙地证实了当时种族歧视的存在。此外,她的诗歌表达了亚洲人和非洲加勒比人的联合,这种窘境在英国是十分典型的。

在创作过程中当看到这些印刷出来的诗歌而注意到口头表达与表演的重要性是十分重要的。布鲁姆创作的大量诗歌,不但是用克里奥尔语书面

7. 皇家荣誉勋章获得者:瓦莱丽·布鲁姆(Valerie Bloom) ❖

或口头表达出来的,而且它们也被创作出来用于舞台表演和书面表演。正如她在《被告知》中描述的情况:

"口头表达的传统似乎被忽视或丢失了。我的诗旨在提醒人们关注这一点。尤其是当我像'社区听众'用口头表达诗歌而非用书面形式传达给读者的时候。我经常发现许多人,尤其是老人,他们令人吃惊地满足。很明确这不仅仅是对我作品的如此反应,而且也因某种东西使他们回想起他们认为已经被遗忘的事情。"

同它的回忆作用一样,布鲁姆的诗歌在语言层面上更直接的干预政治。在80年代英格兰,布鲁姆创作出一个积极,正面的角色,用主流文化来表达对消极或毁损的术语的看法。在这篇文章里,布鲁姆的诗歌通过提出发言人/诗人和读者/观众之间的隐喻,完成了一个重要的公众作用。正如《丹尼斯·笛卡尔斯·纳润》所说那样:

"布鲁姆营造了一种潮流,这种思潮表明表演者和观众形成一个共同体,来共享政治观点,以巩固诗人自己的政治平台。在诗歌《你听说》中,布鲁姆对英国种族歧视做了不为夸张的评论,他敏锐并简练地使用了短语'你听说',它承诺的美味多汁的绯闻即将到来。话者在缺乏公平正义的那些隐蔽评论之前提出了一系列问题预期了对种族歧视的反响。"

布鲁姆的流行且持久的诗歌诉求深植于她的能力之中,与她从不劝诫的崇高政治理想相结合。她的笔触保留着鲜明的幽默色彩,尽管如此,普通的人文主义很少切断或削弱她诗歌中抗议和反对声音的表达。

诗歌选读

1. Time

Time's a bird, which leaves its footprints
At the corner of your eyes.
Time's a jockey[1], racing horses,
The sun and moon across the skies.
Time's a thief, stealing your beauty,

Leaving you with tears and sighs.

But if you waste time trying to catch him,

Time's a bird and time just flies.

注释

1. jockey:the man who rides a horse 骑师

诗歌翻译

1. 时间

时间是一只鸟,一只离开它足迹的鸟

在你的眼角。

时间是一个骑师,一个赛马的骑师,

太阳和月亮跨过天空。

时间是一个盗贼,偷走你的美丽,

只留下你的泪水和叹息。

但如果你浪费时间试图抓住他,

时间是一只鸟它飞走了。

2. Sandwich

We goin' on a school trip today,

De whole class goin' to Whitney Bay,

Ah teckin' me ball an' bat with me

To play beach cricket[1], an' let me see,

Ah mustn't forget me mew Frisbee,

An teacher say to bring a sandwich.

She say to bring a waterproof mac,

An' a change o' clothes in a knapsack[2]

For it bound to rain, she guarantee,

7. 皇家荣誉勋章获得者:瓦莱丽·布鲁姆(Valerie Bloom)

An' half o' we gwine end up in the sea,
An' we mustn't forget, any o'we,
Teacher say, to bring a sandwich.
She say we can bring a can o' drink,
Ah will bring some fizzy orange, ah think,
Some gobstoppers ah can share with Lee,
(An' everybody else, probably)
An apple or orange, an', ah definitely
Won't forget to bring a sandwich.
Ah ask me mother for some bread,
Some butter, lettuce, an' some ched –
Dar cheese, don't need nothing more,
An' ah just headin' for the door
When ah bump into me Granny Lenore,
An' she teck away me sandwich.
She say, don't know what you mother thinkin' 'bout,
How she could let a growin' child go out
With one little sandwich alone to eat,
But don't you worry, chile, in this basket,
I have corn pone, chicken an' jerk meat,
You don't need to teck a sandwich.
Ah say to her, you don't understan',
Ah cannot teck all of dem things, Gran,
De whole o' de class will laugh at me,
She say, I do you favourite fricassee,
Ah tell her, Gran, teacher specifickly
Say dat we must bring a sandwich.
But she not listening to a thing
Me say. She waltz pass me an' den she bring

Out a bowl o' rice an' peas,

A whole hardo bread, if you please,

Ah was down on the floor, pon me hands an' knees

Beggin', give me back me sandwich.

Den Gran teck out a thermos³ flask⁴

Ah shut me yeye, ah fraid to ask,

But ah wonder what next she woulda produce,

She say, look, some nice soursop juice,

So gimme dat fizzy⁵ nonsense, dat's no use,

And she teck it, jus like me sandwich.

Gran, yuh have enough to feed de whole class dere,

She say, dat is right, yuh must learn to share,

Ah put something in for you teacher too,

And she pull out a bowl o' callaoo,

Ah ax meself, what ah going to do?

Ah only want to teck a snadwicch.

No matter how me beg an' plead,

She was like a mad bull on stampede,

So wid chicken, rice an' hardo bread,

Me heart an' foot dem heavy like lead,

Ah wave goodbye to me street cred,

An lef' without me sandwich.

All day ah try to pretend

Ah didn't know dat basket, but in the end

Lunch time come an' we all gather roun',

Spread some blanket on the groun'

An' everybody settle down,

To open up dem sandwich.

Teacher say, 'What have you got there?'

7. 皇家荣誉勋章获得者：瓦莱丽・布鲁姆（Valerie Bloom）

Ah pretend ah didn' hear,

But dat basket wouldn' go away,

So ah open it an' start to pray

Dat they wouldn' laugh too loud when ah display

What ah bring instead o' sandwich.

Well everybody yeye dem near pop out,

My friend Lee start to lick him mout'

So ah ask dem if dey all want some.

Dey look pon me like ah really dumb,

In no time we finish every crumb,

An' dem all feget dem sandwich.

When teacher say, 'Thank your grandmother for us',

Ah feel so proud, ah nearly bus',

She say, 'That was a really super meal',

Everybody say, 'Yeah, that was well cool, Neil',

An' yuh don' know how glad ah feel

Dat ah didn' bring – a sandwich.

注释

1. cricket：a game played with a ball and bat by two teams of 11 players 板球

2. knapsack：a bag carried by a strap on your back or shoulder 背包

3. thermos：hot 热的

4. flask：wine bottle 酒瓶

5. fizzy：hissing and bubbling 起泡沫的

诗歌翻译

2. 三明治

我们学校今天要组织春游，

整个班级要去惠特尼湾，
我带了球和球拍，
来玩沙滩板球，让我想想，
不能忘了我的新飞盘，
老师说要带三明治。

她说带防水电脑，
把换洗衣服装进背包，
因为一定会下雨，她保证，
我们一半沉浸在海里，
我们不能忘记，任何人都不能，
老师说，要带三明治。

她说我们可以带一听饮料，
要带碳酸橘汁，想一想，
一些硬糖可以与李分享，
（每个人都是，也许）
苹果或橘子，啊当然啦
不要忘记带三明治。

向我母亲要些面包，
一些黄油、生菜，和一些切达
干酪，就需要这些东西了，
就要出门了
当我撞见了丽诺尔奶奶，
她拿走了我的三明治。

她说，真不知道你母亲在想什么，
她怎可以让一个正在长大的孩子独自出门

7. 皇家荣誉勋章获得者:瓦莱丽·布鲁姆(Valerie Bloom) ❖

只带了一小块三明治来吃,
但是别担心,孩子,在这篮子里,
我有玉米饼、鸡肉和肘子肉,
你不用带三明治。

我对她说,你不明白,
我不能带那些东西,奶奶,
全班同学会嘲笑我,
她说,我知道你喜欢炖原汁肉,
我告诉她,奶奶,老师特意地
说我们必须带三明治。

但是她什么都听不进去
我说。她把篮子递给我,她拿出
一碗米饭和豆子,
一整个硬面包,如果你可以,
我跌坐在地上,我的手放在膝盖上
求求你,还给我三明治。

丽诺尔奶奶拿出了热水瓶,
我闭上了我的眼睛,不敢去问,
但是我好奇接下来她会拿出什么,
她说,看,番荔果汁,
所以给我那个碳酸饮料,它没有用,
她拿走了它,同我的三明治一样。

奶奶,你有足够全班吃的食物,
她说,那就对了,你必须学会分享,
带一些给你的老师,

然后她拿出了一碗卡拉萝,
我问我自己,我去干什么去了?
我只想带一个三明治。

无论我怎样央求和请求,
她向只奔跑的发疯的公牛,
太多的鸡肉、米饭和硬面包,
我的心和食物都如铅块般沉重,
她在街道旁同我挥手告别,
她拿走了我的三明治。

一整天我都在假装
假装不知道那个篮子,但是最后
午饭时间到了我们聚到一起,
将毯子铺在地上,
所有人都安定下来,
打开了他们的三明治。

老师说,'你带了什么?'
我装作没有听到,
但是那篮子不会消失,
所以我打开它开始祈祷
希望当我打开他们不会笑得太大声
我带了什么来代替三明治。

所有人的眼睛几乎掉了出来,
我朋友李开始舔嘴唇,
所以他问他们是不是都想尝尝,
他们无声地看着我,

7. 皇家荣誉勋章获得者:瓦莱丽·布鲁姆(Valerie Bloom)

我们立即吃完所有的面包,
然而你们都忘了你们的三明治。

当老师说,"替我们谢谢你祖母"时,
我感到如此自豪,快来公交车啦,
她说,"那真是一顿盛宴",
所有人说,"是的,那是一顿美餐,尼尔",
你不知道我们有多开心
你没有带——三明治。

3. Two Seasons

We don't have a Springtime like some folk
Who live in dem colder place,
But we have a time when de soft rain come,
An' tease open de seedcase[1]
O'de poincianna and de trumpet tree,
An'whisper to de young cane[2] to wake
When de guangu blossom is pink an' white
Powder – puff, prettying up de earth face.
But not Spring like in dem colder place.
We no have no Summer when Springtime done,
No change o' season as such,
But we have a time when de asphalt[3] bubble
In de hot sun, when yuh dare not touch
De tarma wid yuh bare foot; when de heat is
A dancin' derivish who wi' grab yuh
An' spin yuh till de sweat is a river flowin' down,
An' yuh too tired fe de anyghing much.
But we don' have a summer as such.

We no have an Autumn like Europe,
We don' have de American Fall,
But dere is a time when de flame tree in the Forest
Light de woodland like a fireball,
When de blue nahoe leaf dem turn bright bronze,
De almond look like it wearing henna,
When de nightfall flicker wid penni – wallie,
An' grasshopper an' tree – frog call
To de moon. But we don' have Autumn nor Fall.
We dno' have no winter wid snow an' sleet,
An ice like a carpet pon de grung,
But we have a time when de fee – fee twist
Purple an' white up de road bank, an' young
Tangerine an' ugli fruit smell an' yellow in
De gentle sun' when de cool breeze finger
Draw de sweater round de shoulder,
An de sorrel tas'e tart pon de tongue.
But no ice like a carpet pon de grung.
We don't have de four season dem,
Summer, Winter, Autumn an' Spring,
But de dry season wid the noisy bees
An'de shrill call o' de cling – cling
An'de un turnin' de sea into a hot bath,
An'de grass bake so dat it crackle like parchment
Under yuh foot; when de beach de crowded
With folk cooling off; de season when mango is king.
But not Summer, Winter, Autumn an' Spring.
No, we don't have four different season,
Just two, de wet an' de dry,

An' in de rainy season de storm cloud dem

Cover over de face o'de dry,

De road an'de river dem lose dem bank,

An'de hurricane dem sometimes come callin'

Fe borrow de roof an' fe tear up de tree dem

Like paper. But de earth always revive by an' by,

In de two season, de wet and' de dry.

注释

1. seedcase: pericarp 果皮

2. cane: a strong slender often flexible stem as of bamboos, reeds or sugar cane 藤条

3. asphalt: mixed asphalt and crushed gravel or sand 沥青

诗歌翻译

3. 两个季节

我们不拥有一些童话里的春天

谁活在那更冷的地方,

但我们有细雨降临的时期,

嘲弄地拨开种子

有毒树和喇叭树,

轻声细语地唤醒嫩甘蔗

当关谷开花粉白相间

粉末—泡芙,装点起地球的面孔。

但春天在更冷的地方不是这样。

当春天结束我们没有夏日,

不像这样季节的转换,

但我们有一个时期沥青沸腾

在炙热的太阳下,你不敢触碰
你在板油路上光着脚;当热浪像一个跳舞的狂魔抓住你
带着你旋转直到你汗流浃背,
你累得不能再感知任何东西。
但是我们没有像这样的夏天。

我们没有像欧洲一样的秋天,
我们没有美国的秋天,
但是我们有一个时节树林里的枫树
像一团火球一样点亮森林,
当蓝色的灌木叶变成亮青铜色,
整座山像披上了棕红色,
当夜幕降临闪耀得像一便士硬币,
蚱蜢和树蛙在叫
向着月亮。但我们没有秋天或秋日。

我们没有冬天的大雪,
冰像地毯铺满大地,
但是我们有一个时节当 fefe 转起
紫色和白色在路面起伏,嫩
橘子和丑果散着气味
在温和的阳光下是黄色的;当寒冷轻抚手指
在肩膀上穿上毛衣,
酢浆覆盖在舌头上。
但是没有冰像地毯一样盖在大地上。

我们没有四季,
酷夏、寒冬、金秋和暖春,
但是季节带来了吵嚷的蜜蜂

7.皇家荣誉勋章获得者:瓦莱丽·布鲁姆(Valerie Bloom) ❖

尖利地叫着抓住—抓住

将大海倒进了热水池中,

草地被炙烤的像羊皮纸上的裂痕

在你的脚下;当人们在沙滩上聚集

当传说冷静下来;季节把芒果成为国王。

但是没有酷夏、寒冬、金秋和暖春。

不,我们没有不同的四季,

只有两个,湿季和旱季,

在雨季暴风可能来临

把天空的脸遮蔽,

马路失去了路面,河流失去了河滩。

飓风有时来访

它借走了屋顶又撕毁了树木

像纸一般。但是地球一次又一次地恢复,

在两个季节里,湿季和旱季。

4. Outdooring

Done baby, done cry, yuh madda gone a fountain[1]

Done baby, done cry, yuh madda gone a fountain

Listen to the drums, child, hear what they say

There's going to be a celebration here today

The dancers are going to leap through the air,

Your grandfather going jump like a young ram from his chair

The smell of ackee[2], rice and peas,

Fried chicken and plantain going sweeten the breeze

We will touch you with cola nut, ginger[3], sugar and oil,

To help you taste the world, me child.

So hush, me baby, no need to cry,

Let me wipe the eye – water from out you eye.
Sweetie water never dry, yuh get I' dung a fountain
Sweetie water never dry, yuh get I' dung a fountain

注释

1. fountain: spring 喷泉

2. ackee: red pear – shaped tropical fruit with poisonous seeds 西非荔枝果

3. ginger: perennial plants having thick branching aromatic rhizomes and leafy reed – like stems 姜

诗歌翻译

4. 户外

好了宝贝,哭吧,你的泪眼已成喷泉
好了宝贝,哭吧,你的泪眼已成喷泉
听听鼓声,孩子,听他们说什么
今天这儿将举办一个庆典
舞者将会飞跃天空,
你的祖父会像年轻的公羊从他的椅子上跳起
荔枝、米饭和豆子的香气,
炸鸡和车前草会让微风变得甘甜
我们会用可可豆、姜、糖和油触摸你,
来帮助你品尝这个世界,我的孩子。
如此安静,我的宝贝,没必要哭泣,
让我拂去你流下的泪水。
甘露不会干涸,你让它像喷泉一样流淌
甘露不会干涸,你让它像喷泉一样流淌

8. 流散族群的表演诗人：
珍·宾塔·布里斯(Jean Binta Breeze)

珍·宾塔·布里斯1957年出生于牙买加，后与迈克尔·史密斯和奥库·奥努拉(Oku Onuora)在牙买加戏剧学校一同学习。作为一个牙买加风格诗人，她在创作中关注日常琐事，表现拉丁风情，她20世纪70年代开始写诗，先在金斯顿表演录音然后去伦敦发展。她曾经为戏剧、电视、电影做过导演和剧作家。现在在伦敦担任批评周刊联合撰稿人，也是讲师和表演诗人。她的表演已经在全世界范围内扩展开来，在加勒比海、北美、欧洲、东南亚和非洲做过巡回表演。

她的诗歌集包括《胡言乱语》(1988)、《清清泉水》(1992)、《明眸的降临》还有其他诗(2000)。她作品中的一些记录很有利用价值，包括传言(1994)和飞跃流言(1996)。她还为在1990年伦敦电影节上放映的电影哈利路亚写了剧本。《第五代人》(2006)是她最近的一本书，是一部集诗歌和散文，讲述了加勒比海和黑人英国混血女人五代人生活的混合序列展开历代记。

一、诗歌表演者

珍·宾塔·布里斯是近年来最为重要、最具影响力的表演诗人之一。事实上,布里斯被认为是当下第一位创作并表演配音诗歌的女性。她也是一位在传统角度上被视为男性题材的先驱人物。从牙买加的米奇·史密斯到英国的林顿·奎西约翰逊(他的记录标注了布里斯已经发表过的作品)。由于在20世纪80到90年代的显著成就,珍·宾塔布里斯影响了相当一部分配音诗人,比如简·金(她在1988年出版了《城市间的配音——致珍》)。

尽管配音诗歌的起源可以追溯到瑞格舞表演以及牙买加的流行文化,它在英国的大环境下,也有着一段特殊的历史。20世纪七八十年代,在英国政治化的年岁中,配音诗歌也拥有一批为之着迷的听众。自那时起,布里斯将它的形式扩展到了不同的方向,甚至把人们的注意吸引到它在诗歌中的局限。在《抹掉》这首诗中,她努力表达这样一种句法:"不会/被/击打/破碎"。从自我意识的角度来看,布里斯的作品不同于传统意义上的配音诗歌(常常由于即时性或自发性被错误地理解)。这些诗歌更多地关注了加勒比和英国黑人的"经历"。

珍·宾塔·布里斯的作品就像她的事业一样丰富(她做过各种各样的工作,有便舞者、舞蹈演员、编剧还有导演)。从孩童时期金斯敦商场的记忆到当今的伦敦市中心街道,主题就像CLR詹姆斯和加勒比街道文化那样繁多。英国早期的配音诗人和表演诗人倾向于明确地用公文证明某些特定的时间影响着黑人社区(1981年布里克斯顿暴乱;阻断和搜寻治安中的不公正)布里斯的诗歌更为隐晦和间接。布里斯的作品更倾向于关注黑人女性心理和主管的维度,而不是躯体暴力和冲突。她在戏剧独白方面那让人重新振奋的实验使她得到了应有的认可。这种独特的关注点在布里斯著名的、备受争辩的诗歌《瑞迪瑞文斯》中得到了证明(疯女人的诗)。这个故事由具体(贝尔维尤)讲到抽象,它唤起了一个无家可归的黑人女性的"疯狂"。她总能在耳畔听到播放收音机的声音。然而,在她的作品中,布里斯比较抗拒陈腐的、带有悲剧色彩的黑人受害者的影响。其它的一些诗歌,比如《黎明》《上学日》则记录了普通的、日常的事情以及惯例,里面的温和及幽默吸引了很多北美以及欧洲的观众,无论是以文字的形式,还是舞台表演的形式,珍·宾塔·布里斯都是一位举足轻重的诗人。除了书本,她的诗歌在纪念册、唱片以及磁带中也被广泛收录。

二、流散意识的表达

20世纪90年代中期以来,布里斯在刊载诗歌方面有所创新和突破。比如她的诗集《小岛边缘》《明眸的降临和其它诗歌》(2000)以及《第五人》(2006)。像安德里亚·利维近期出版的小说《小岛》一样,《小岛边缘》似乎标示了牙买加和英国的地理关系和方向。不得不承认,流散意识是她诗歌的重要主题。流散是一种特殊的历史经验,在文化形式和社会关系方面具有深远影响。也就是说,驱逐性迁移的事实形成了整个社区的自我意识。在日常话语中,每每提及这种非法或不道德的迁移(例如被征兵者绑架)时,每一位成员都会不由得涌起流散思绪。广义的流散写作可以追溯到启蒙主义甚至文艺复兴时期。那时具有流散特征的文学并没有冠此名称,而是用了"流浪汉小说"(picaresque novelists)或"流亡作家"(writers on exile)这些名称:前者主要指不确定的写作风格,尤其是让作品中的人物始终处于一种流动的状态的小说,擅长此风格的作家如西班牙的塞万提斯,英国的亨利·菲尔丁和美国的马克·吐温、杰克·伦敦等,但这些作家本人并非一定处于流亡或流离失所的过程中;后者则指的是这样一些作家:他们往往由于其过于超前的先锋意识,或鲜明的个性特征,而与本国的文化传统或批评风尚格格不入,因此他们只好选择流落他乡,而正是在这种流亡的过程中,他们写出了自己一生中最优秀的作品,如英国的浪漫主义诗人拜伦,挪威的现代戏剧之父易卜生,爱尔兰意识流小说家乔伊斯,英美现代主义诗人艾略特,美国的犹太小说家索尔·贝娄,以及出生在特立尼达的英国小说家奈保尔等。他们的创作形成了自现代以来的流散文学传统和发展脉络,颇值得我们的文学史家和比较文学研究者仔细研究。

可以说,出现在全球化时代的流散文学现象则是这一由来已久的传统在当代的自然延伸和发展。当代后殖民理论大师爱德华·赛义德有着亲身的经历和深入的研究。早在上世纪90年代初他就描述了流散族群的状况,

"作为一项知识使命,解放产生于抵制或对抗帝国主义的束缚和蹂躏的过程。目前这种解放已从稳固的、确定的、驯化的文化动力,转向流亡的、分散的、放逐的能量。在今天,这种能量的化身就是那些移民,他们的意识是流亡知识分子和艺术家的意识,是介于不同领域、不同形式、不同家园、不同语言之间的政治人物的意识"(《流亡的反思及其他论文》Reflections on Exile and Other Essays,2000)。他开宗明义地指出,"流亡令人不可思议地使你不得不想到它,但经历起来又是十分可怕的。它是强加于个人与故乡以及自我与其真正的家园之间的不可弥合的裂痕:它那极大的哀伤是永远也无法克服的。虽然文学和历史包括流亡生活中的种种英雄的、浪漫的、光荣的甚至胜利的故事,但这些充其量只是旨在克服与亲友隔离所导致的巨大悲伤的一些努力。流亡的成果将永远因为所留下的某种丧失而变得黯然失色"。

如果《我会来》《本土》《回归》这些章节唤起了流散意识,那么这部诗集则主要把牙买加视为一个居住之地,聚集了格律诗以及散文诗。在阅读流散作家的作品中,往往不难读到一种矛盾的心理表达:一方面,他们出于对自己祖国的某些不尽人意之处感到不满甚至痛恨,希望在异国他乡找到心灵的寄托;另一方面,由于其本国或本民族的文化根基难以动摇,他们又很难与自己所定居并生活在其中的民族国家的文化和社会习俗相融合,因而不得不在痛苦之余把那些埋藏在心灵深处的记忆召唤出来,使之游离于作品的字里行间。这部作品对宗教、民间文化、血统、板球运动、诗歌以及贫穷都有深入的思考,并且用文字在怀旧的情感中渗透出幽默,这一点可以在《明眸的降临》和《巴斯夫人在布里克斯顿市场讲话》中体现。

"我的妻子就是我的《圣经》
当遇到悲伤之时
在婚姻生活中
自从我到了十二岁
由于不朽的上帝
我有五个丈夫"

(如果可以)

8. 流散族群的表演诗人:珍·宾塔·布里斯(Jean Binta Breeze) ❖

布里斯最新出版的诗集《第五人》,使她作品中体裁上的创造性达到了一个新的高度。以四方对舞为背景,把小说、诗歌以及回忆录结合在一起。四方对舞是一种由欧洲殖民者引入的舞蹈,后被西印第安人所独用,成为一种混合形式。尽管有着形式上的混合和杂糅,这部诗集保持着内部的连贯和顺序,使之与布里斯早期的作品区别开来。这部作品纪实性地描述了自19世纪以来五代女性的生活。里面有五个主要人物(章节、人物、音调、四方对舞的元素)他们在英国、牙买加以及非洲之间生活,但这些女性并不是在旅程中,而是在讲述故事的过程中,最终找到了自己的家,以及与过去拿持续不断的联系。

"不管是英国还是非洲
都不能代替她的历史
所有她讲给我的故事
所有她唱过的歌曲"。

诗歌选读

1. Upstream

One more flight time

One more chime[1]

Of music

One more glimpse of dawn

One more walk

Through open spaces

I heard a laughing river

Streams ofconsciousness

Saw your head thrown back in song

If you could hear the durmbeats on my mind

Cries of earth

Work through my feet

Touching every nerve[2]

Some days I think of shooting

And settle into words

For one more picture of a child in tears

One more pair of sagging[3] breasts

Milk dried out for years

One more sight of hungry soil

Breaking up for rain

One more flying bullet

Where there should have been a song

Give me

one more flight of time

one more chime

of music

one more glimpse of dawn

one more walk

through open spaces

somedays we sing a sea song

somedays the wind blows clear

somedays the marching durmbeat

to wake the nuclear fears

in the eyes that reach beyond

a mere two thousand years

and so many others lost

vision trapped in tears

I heard a laughing river

8. 流散族群的表演诗人:珍·宾塔·布里斯(Jean Binta Breeze)

Streams of consciousness

Saw your head thrown back in song

If you could hear the drumbeats on my mind

Give me one more flight of time

One more chime of music

One more glimpse dawn

One more walk

Through open spaces

注释

1. chime:a percussion instrument consisting of a set of tuned beells that are struck with a hammer 鸣响

2. nerve:any bundle of nerve fibers running to various organs and tissues of the body 神经

3. sagging:hanging down 下垂的

诗歌翻译

1. 逆流而上

又一次飞行时刻

又一次音乐

奏响

又一次瞥见黎明

又一次穿越空地

步行

我听到一条欢笑的小河

意识缓缓流过

看到你重又埋首于歌曲

若你能听到我内心的击鼓之声
地球的哭泣
脚下的工作
触碰我每一根神经
有时我会想起那枪击
把它转化为文字
又一张含泪孩童的照片
又一双下垂的双乳
牛奶已风干多年
又一次看见贫瘠的土壤
被雨水击碎
又一只飞行的子弹
而那原本应是一支歌谣

再给我
一次飞行
再一次听到音乐奏鸣
再一次瞥见黎明破晓
再一次穿越空地
步行

某天我们唱一曲海洋之歌
某天威风轻轻地吹过
某天行进的鼓声
唤起核武器的恐慌
在那仅仅看到两千年后的眼神之中
而更多的人
则被泪水模糊了眼睛

8. 流散族群的表演诗人：珍·宾塔·布里斯（Jean Binta Breeze）❖

我听到一条欢笑的小河
意识缓缓流过
看到你重又埋首于歌曲
若你能听到我内心的击鼓之声

再给我一次时间飞行
再一次听到音乐奏鸣
再一次瞥见黎明破晓
再一次穿越空地
步行。

9. 女性内在生活的诠释者：
凯特·克兰奇(Kate Clanchy)

诗人凯特·克兰奇于1965年出生在苏格兰的格拉斯哥，曾经在爱丁堡大学和牛津大学接受高等教育。在牛津大学当过教师、新闻记者和自由撰稿人，之后在伦敦东区生活了几年。她是《卫报》的定期撰稿人并且在阿冯基金会教授创意写作这门课程。曾接受英国诗歌学会的委派在"诗歌场所"项目中担任过"英国红十字会"驻会诗人，她还作为由英国文化协会和艺术委员会联合组织的新"形象"作家联谊会成员到过澳大利亚交流学习。

凯特·克兰奇是两部获奖诗集的作者。1995年出版的广受欢迎的《懒婆娘》赢得了"进步诗歌奖"的"最佳处女作奖"和"萨默塞特·毛姆"奖。1999年出版的《萨马尔罕》入围了该年度"先锋诗歌奖"的"年度最佳诗集"，并且赢得了苏格兰艺术委员会图书奖。她的诗歌一直在英国广播公司播出而且发表在包括《苏格兰人》《新政治家》和《诗歌评论》等各种报纸和杂志上。她也为BBC的三、四频道和国际频道撰写稿件。2004年出版的《新生儿》是一部涵盖怀孕，生育和照顾新出生婴儿全部过程的体现女性关怀的诗集。在2005年她为孩子们创作的《我们的小猫亨利和斯温一家》是一本绘画诗。

9. 女性内在生活的诠释者:凯特·克兰奇(Kate Clanchy)

一、两性差异的诠释者

她的最新作品是 2008 年出版的《她在这做什么:一个难民的故事》。此外 2009 年,她的短篇小说《没死的人和被救的人》获得了 BBC 全国短篇小说奖。

《她在这做什么》这部作品讲述的是凯特·克兰奇和一名科索沃战争难民的家政佣人之间的友情故事。她评论说母亲与孩子在一起的早些年是"我们生命中的大爱之时",并且她总结说:"你要从心底里一直为你的孩子感到骄傲,像是那些感人至深的浪漫史,像是一个伟大事业。"她更深入的评论道,尽管,从《懒婆娘》到《新生儿》,这些对女性经历的关注——浪漫、性、特别是育儿问题——是她诗集的特点,她的诗歌有时被指是代表女性——所有女性——太"保守"或是"太极端"了。这本作品在 BBC 广播第 4 频道朗读播出后,立刻吸引了大量的听众读者。评论家认为克兰奇以同情的心理来阐释安蒂戈娜的生活和日常挣扎,认为克兰奇扩大了她的写作领域,对当今欧洲文化和政治的差异做出了恰到好处的解析。

在解释她诗歌的起始时,克兰奇指出她是受到了卡罗尔·安·达菲的独白手法和诗中人物的影响;也得到了来自她第一个编辑西蒙·阿米蒂奇的鼓舞(其影响可以从她对半韵手法频繁使用中体现出来)。她提及自己还受到了美国诗人 C. K. 威廉姆斯和莎伦·奥尔兹的影响,因为他们更倾向于单独地谈论和分析自己。近期在与维姬·伯特伦的采访中,克兰奇指出"在我的诗歌中有一个想要明确表达的要素:解释和阐释"(视野评论,盐湖出版商网站)。她将这归功于她之前从事过的职业:英语教师。她的第一本诗集《懒婆娘》就是这样的一个例子,整本诗集都围绕着学校和学生这一主题。很明显的,"时间表"记录了"亚麻油地毡变暖,光滑地板上的皮包发出气味并扩散"和"听见铃声,有时候,/常年,用粉笔在黑板上写字时发出的刺耳声和破裂声"。

除此而外克兰奇还在诗歌中诠释和表达两性间固有差异的性别主题。男孩子们"身穿金色衣服似盔甲。/他们举起带着戒指的坚硬手掌来回移动/晃动的光线似刀光剑影"。至于女孩子们,时尚的鞋子是她们所关注的:靴子"带挂钩的,是今年的时尚",移动它们"拿走,我想说,一个镜子,/适当的音乐,/每一天"("长筒靴子")。《懒婆娘》中主要是以热情洋溢,甚至是轻佻的语调来阐述新兴的两性问题的。"男人",是一首开头诗歌,列举了几项男性魅力,比如:"柔软的白色领结/某人洗衣服后散发出的味道,/坚硬的树上散发出的苹果的味道"。这是一名自信女人的注视,寻求爱。"我观察,记起我的身体,/无视我的手指,轻抚/手臂上凌乱的头发"("以后")。而在"性,像飞机"中,"我们傻傻地悬在空中/直至几乎看不到地面"。可能最让人印象深刻的有关性的诗歌是用一个男人的口吻所作,一个被抛弃的男友,私下里注视着新娘:"在我的脑海里/我慢慢地爬上她那矮而神秘的脊椎骨"("婚礼客人的故事")。

二、家庭生活转向

尽管《萨马尔罕》(1999)是以旅行开头的,但它的主题却从浪漫和色情转到构建一个家庭及家庭生活主题上来。这些都是表面上的,像重访她的故乡苏格兰时("越过边境的桥"),幻想着将牛津郡的国家金色土地与萨马尔罕的"al-al-din 的镀金拱形结构进行对比/悬挂者苏维埃的旅行标志"("去旅行")。现在教室里正在进行一堂比较晦涩难懂的课程,将黄蜂巢摧毁更吸引学生的注意力,可想而知孩子们全然没有对威尔弗雷德·欧文先生的关注:"他们透过玻璃看着那些黄蜂,/静静地,不安地,以我们观看战争的方式"。对庄严挽歌的记录("深蓝","我的祖父")也被编入克兰奇的作品里。但是最令人难忘的诗歌是有关女性欲望的,如诗歌"桂妮薇儿","我看过兰斯洛特先生/在灯周围抓了只飞蛾,/熟练地将它束缚在手掌里,/吹走这个灰色的,迷茫而又自由的飞蛾/并且始终注视着我"。另一首诗中"新家里的卡巴莱歌舞表演",排在最后,讲述一对夫妇在他们的第一个新家安居生活、从无到有、慢慢适应的过程。

克兰奇后来准备写关于自己生儿、育儿的经历。在书本长度的序列诗歌《新生儿》(2004)中,她就这样做了,将强烈的情感与对自己以及孩子的愉悦观察结合起来。在介绍这部书时,她声称"亲子关系,有极大的内部戏剧性,也是对爱的演绎,序列的主题像是注定的事情一样自然"。她自己将诗歌比作是"赤裸的、自然的品质,清晰与自信",附注补充说"母亲可以为孩子那样心甘情愿地付出"(诗集社会公告,春2004)。这种母性声音是对她自己

9. 女性内在生活的诠释者：凯特·克兰奇（Kate Clanchy）

孩子而言的也同样表达出天下的母亲对孩子的感情。这几乎在她怀孕的那一刻就开始了（"你,爱,/可能只有十个细胞大小"），并且一直持续到孩子出生："那里,/你在深红色的水槽里前进,/在电视显像管里前进,在破裂血管的朝霞中前进"（疼痛）。

从那以后，焦点一直落在母亲照顾孩子、观察孩子这项"封闭工作"上：他"有棱角的脸"，"经过岁月的消磨变得模糊不清"，而他的头发"发质很好//像是最深处的牛皮纸层/像是一些稀有雪生物那发光皮毛。自然而然地，孩子很快就发展到了一个爱提问的蹒跚学步的时期，探索花园、四季，并观察夜空中的变化。"迷人的"月亮，啊，月亮！"可能出自于泰德·休斯的诗歌，"月亮和小弗里达"。最有意义的是孩子对语言的发掘："他难道认为话语是东西，鸟儿飞进他的命名里，只能听到他的召唤，在整片蓝色天空中？"

关注女性和孩子的生活形成了《她在这做什么》的主题。这是安蒂戈娜的传记，一名科索沃女性，她的家庭遭遇不仅阐释了他们从遭受战争破坏的国家的痛苦逃离，还阐释了他们与新国家的关系："我们的两种文化已使我们彻底的改变，而非表面上的差异"。同时诗歌还展示了一个关于生存和女性团结的非凡故事。初见安蒂戈娜是在 2001 年，克兰奇雇佣她作为一名保姆是出于照顾孩子的需要，以便能继续她的写作事业。渐渐地，她们变成了朋友，有时也会激烈地争辩，因为她们对消费主义持有不同的态度，克兰奇的自由主义价值观与阿尔巴尼亚人的社会道德观发生剧烈冲突。这集中在"列克河的卡努努"，意思是一种社会行为规范和血腥的复仇，在西方人的眼里这个阿尔巴尼亚妇女是极受压迫的。然而，她在英国的五年间，安蒂戈娜变成了"一个对其他阿尔巴尼亚的女性而言的强大的象征，对男性而言却是个威胁的形象"。

总之凯特·克兰奇通过诗歌文学展示了自己作为一名感同身受的记录者的角色，记录了包括她自己和其他女人在内的生活和经历。

诗歌选读

Poem for a Man with No Sense of Smell

This is simply to inform you:

That the thickest line in the kink[1] of my hand

Smells like the feeling of an old school desk,

The deep carved names worn sleek with sweat;

That beneath the spray of my expensive scent

My armpits[2] sound a bass note strong

As the boom of a palm on a kettle drum[3];

That the wet flush of my fear is sharp

As the taste of an iron pipe, midwinter,

On a child's hot tongue; and that sometimes,

In a breeze, the delicate hairs on the nape

Of my neck, just where you might bend

Your head, might hesitate and brush your lips,

Hold a scent frail and precise as a fleet

Of tiny origami[4] ships, just setting out to sea.

注释

1. kink: a curve or twist in something which is otherwise or normally straight. 弯或结；扭曲

2. armpits: the areas of your body under your arms join your shoulders. 腋窝

3. kettle drum: 定音鼓

4. origami: the craft of folding paper to make models of animals, people, and subject. 折纸工艺

诗歌翻译

致无嗅觉的男人

这仅仅是为了告诉你：

纠缠在我手掌中的那条最粗的线

闻起来有种是学校旧书桌的味道，

9. 女性内在生活的诠释者:凯特·克兰奇(Kate Clanchy)

被深刻的名字经过汗水的洗礼变得光滑;
在我价值不菲的香水喷雾下
我的腋窝发出有力的低音音符
手掌拍打在定音鼓上
由我的恐惧汇集而成的奔流尖锐激烈
就像在仲冬品尝了铁管,
在一个孩子的滚烫舌尖上;而且有时,
在微风中,颈上柔软的发丝
我的脖子,那里你可以弯下
你的头,可能犹豫并拂过你的双唇,
抓住一缕微弱的香味,像是舰艇一样精准
由极小的手折纸船构成,正准备出海。

诗歌选读

Geneva Conventions

In the playing – out of violence
the referee can seem absurd –
astickler[1] with a whistle
who trots down the fluent forwards,
rule book in hand;points
Between their intent,balletic[2],feet
to an eroded,chalky,line –
But behind the line,just breathing,
With faces to the wire,with babies
on shoulders,grave children
by the hand,with grandfathers
on tractors,rag – bags,icons,carts,
stands a stadium crowd,a city full,

A country of the saved.

注释

1. stickler：people insist on doing something 坚持细节之人；固执己见之人
2. balletic：people who have some of the graceful qualities of ballet 芭蕾舞般的

诗歌翻译

日内瓦公约

暴力结束后
裁判员看上去很荒谬 -
一个持有口哨的顽固的人
顺畅地小跑向前，
手持裁判簿；指向
他们急切的像是跳着芭蕾舞的双脚间
踩着被侵蚀的白垩线 -
但是在线后，只剩下呼吸，
脸朝向电缆，
肩举着婴儿，
手上抱着孩子，
拖拉机上坐着祖父、破包、画像、马车，
体育场上站着一群人，城市一片沸腾，
一个被拯救的国家。

10. 将复杂归于本质的诗人：
波丽·克拉克(Polly Clark)

波丽·克拉克1968年生于加拿大多伦多，后随家人移居英国，在毗邻苏格兰的兰开夏郡坎布里亚长大成人。她从事过许多职业，包括在爱丁堡动物园做动物园管理员，在匈牙利从事英语教学。1997年，她凭借自己的诗歌赢得了埃里克·格雷戈里奖，她的第一部诗歌集《吻》(2000)荣获英国诗书学会推荐书目。她的第二部诗歌集《许我同行》(2005)入选诗书学会，入围了艾略特奖。她持续三年在南安普顿的《南方日报—回音》做驻报诗人，这个项目于2002年入围艺术与商业奖。2004年，她入选新近十佳诗人。同年与普利策奖得主理查德·福特共同开启了环游英格兰东南部地区的旅程。由于对国外诗人与文学的兴趣，她同许多国家的诗人开展诗歌翻译和交流活动，近年来与中国的诗歌界保持密切的联系，往来于中英两国之间进行文学和文化交流活动。她最新的诗集叫做《再见，吾爱》。

一、第一人称表达

波丽·克拉克在与她同时代的众多诗人中，是唯一一个频繁使用单数第一人称的诗人。或许在众多女诗人中,对字母 I 的大胆使用所呈现出的意义远远超过了抒情诗中单一的文法规则。像卡洛·安·达菲,凯斯林·杰米,赛莉玛·希尔,乔·夏普科特等文坛的领军人物都曾创作并探索了极具辨识度而又原始的第一人称的文学世界。他们所使用的方法从小说现实主义跨越到具有丰富想象力的表现主义。相对于其他作家来说,波丽·克拉克处在一个更早的发展阶段,但她的作品已经明显具有了独特的表现方式和轮廓。

在波丽·克拉克的第一部诗歌《吻》中,最为突出的就是她的现实描摹和现实揭露意识。波丽·克拉克在《黑潭塔——新吸引》的《信念之墙》中,克拉克以第一人称口吻,毫无掩盖地表达主观思想,甚至直接写出了一种恐惧:

"我行走在本没打算行走的地方
看到了脆弱、易受伤害的人们
没有文明,没有意义"

朴素的表达并没有掩盖诗歌中大胆的尝试,这一点是波丽·克拉克的首要原则。在当代诗歌中,对忧虑的暗示是很常见的,但波丽·克拉克向想象力发起挑战,使自己的作品不受拘泥,也不依赖于那些俗套的慰藉。因此读者会发现在一首诗中会出现接连的停顿,而在另外的诗中,则会遇到不合群、史前社会以及可怕的反社会生物。"我在动物园的教育"会引发读者思考,那些令人不快的情形或许是真实存在,而不只是对西方的某种误解的表达。

"现实中的人在午饭时晒太阳,就像狮子在阳光炙热时始终控制着自己的能量贮存"。波丽·克拉克能吸引众多读者的部分原因是她对差别的重视,而又不把包容差异的态度当做一种逃避。思想与身体、自然与文化之间争论不休的关系会在自我本质中找到充分体现:

"我不知如何爱你
用心?我相信你不知道

10. 将复杂归于本质的诗人:波丽·克拉克(Polly Clark)

心中满是无法预知的鲜血

没有你的容身之处"

《如何爱你》

波丽·克拉克作品中的神话色彩对读者有着极大的吸引力——她的诗中有时是描写一位走失或是孤独的父亲——并没有与忧愁对立——救赎的神秘,或许是爱—有爱就皆有可能:"我总是相信为了生存,人们必须得到爱",当然与爱同时存在的还有恐惧、责任、救赎以及自救。她的诗中又有一种无法抑制的冲动。"什么也无法将我阻挡,不管是父亲还是母亲"(和马儿的生活)

二、于平静中表现复杂

波丽·克拉克的写作技巧会使人联想到罗伯特·弗罗斯特对诗歌的描述。在混乱中诗歌会给人瞬间的安静。尽管他们的素材较为复杂,波丽·克拉克的诗歌特别清晰,并且在表达上有着很好的权衡,即使在危险的情况下也是如此:

"爱已离我们远去

这成了我们目前的所有

雨,身体,目的地"

(奇泽姆之路)

目前所找到的分类方法中,把波丽·克拉克的诗歌归类为持久诗歌。波丽·克拉克的部分权威通过她诗歌中特有的安静得以提升。她与那些源自暴躁、个性突出、突显个体经验的诗歌形成对比。在她的第二本书《带我走》中,权威成为吸引和说服读者的力量,它伴随着令人难忘的独创性。在开篇章节中,作者刻画了表面上看来较为客观的人物,例如《光线航程》《埃尔维斯表演章鱼》以及《鱼船》。但这些诗歌似乎在用一种重新组合的方法,来重申可怕的、有先见之明的主观性。

《带我走》中最突出的特点就是,把诗歌立体主义应用到爱与婚姻的主题中。有时人物和角色会显得并不那么匹配,每到此时,波丽·克拉克没有选择放弃,而是研究它的可能性——在她作品中,个体都有历史,但却没有历史与政治环境——处在一种急需遵照某种标准的境地,人物必须在某种程度上摆脱那压抑他们的历史以便成为"全新的人"。尽管他们明白任务的不可行性,也因此许多诗歌的语调都是复杂矛盾又兼具负面色彩的——喜剧的、恐怖的、惊恐的,但又不会让人惊讶。鼓励的气息是很有力量的,通过责任与友好来产生共鸣。波丽·克拉克可以忍受着讽刺,即使在意识到它的力量可以阻止平静,在这种平静下,诗歌会投掷出渴望的注视。在《我的丈夫》《你的妻子》以及《女性》系列中,波丽·克拉克回忆但并没有模仿雨果·威廉姆斯的作品,呈现的人物和角色的生活在不断地推迟希望中受到困扰,而他们又一定会经历这些。在她对渴望、缺失以及缓慢的海底生物美丽的结合下,拨动了同时代小说的和弦,但她这种绝望的风格已经相当完备,使它远远超过了时尚或投机主义的范围。

诗歌选读

1. Kleptomaniac[1]

There are things which you gave me:

A bundle of letters written in green,

A man's nose, a curly[2] way of writing 'P';

And there are things which I took:

This unsmiling photograph,

This t-shirt, the taste of you washed out of it.

In a bright hospital

You offered your death to me.

You gave it slowly, over months,

Then crazily, hand over fist[3].

You let me sit beside you through the night.

This is vulnerability[4], the gift tag said,

Your gift to me.

But of course it wasn't enough.

I couldn't stop a habit so long engrained[5].

On the last night, I snatched

A long look at you when we were alone.

I half – inched

A touch from your hand on my mouth

That you would never have allowed.

I lifted

Your smile at the sound of my name

An I ran with it.

Like a stolen child

That all of Scotland Yard

And all the world's fathers are searching for,

I shut it in a dark place

Where I wrapped[6] it

Over and over

In my delight.

注释

1. Kleptomaniac：n. 有盗窃癖的人；爱情神偷；偷窃癖者
2. curly：having curls or waves 卷曲的
3. hand over fist：平稳快捷的；不费力的；大量的
4. vulnerability：the state of being vulnerable or exposed 弱点
5. engrained：thorough and complete 根深蒂固的
6. wrap：hide 隐藏

诗歌翻译

爱情神偷

这是一些你曾给予我的东西，
一捆用绿色墨水写的信，
一个男人的香气，一个弯曲写出的'P'，
还有些我曾带走的东西，
这张不苟言笑的照片，
这件带有你的味道的T恤，味道已经被洗掉。
在一家明亮的医院，
你主动为我献出生命，
一开始，你用了数月的时间，慢慢地将它赠予我，
然后疯狂的，毫不费力地将它悉数交出。
禁止其他人到来的时候，你却允许我来，
让我整夜坐在你身边。
礼物的标签上注明这是件易碎品
这是你送给我的礼物
但那显然是不够的
我无法停止一种早已根深蒂固的习惯
最后一夜
只有我们两个人，我紧紧地盯着你看
你的手离我的唇只有半英尺的距离
也许在这之前，你是决不允许我这样做的
一听到我的名字，你的嘴角便牵起微笑
然后我带着微笑跑远了
它就像是一个被偷走的，所有苏格兰特警和全世界的父亲正在寻找的孩子
我将它关进黑暗之地

用我的欢愉一次又一次将它隐藏。

2. South Uist[1]

In the morning the track paled

To fit only two feet pressing down

To the proud wreckage[2] at the sea's breast;

All the long night I lay in your damp bed,

Felt how the sheets that wrapped you

Loved me less, breaking the hours

With sips of peat – treacled water.

I dreamed of you as dawn

Flooded over the dry stone walls

I never spoke of it. I broke instead

The bull's skull from its armour[3]y of shells,

Dragged it home, to bleach[4] away its shadows.

注释

1. South Uist:苏格兰"因费内斯郡"西部群岛议会区"外赫布里底"群岛的岛屿,居民持苏格兰盖尔语

2. wreckage:the remaining parts of something that has been wrecked 残骸

3. armoury.:a collection of resources 兵工厂

4. bleach away:涂掉,抹掉

诗歌翻译

南犹斯特岛

早晨足迹变得暗淡

只能让双脚向下踩在

大海胸膛那得意的残骸上

整个漫长的夜晚我躺在你潮湿的床上

感觉到曾经包裹你的床单

并没有像喜欢你那样喜欢我

呷几小口泥炭糖蜜水,一直捱到黎明

当黎明淹没了干燥的石墙,

我梦到了你

我从不谈起它,而是敲碎了公牛的头盖骨

从一大堆贝壳残骸中把它拖回家,抹掉它的阴影

3. Retribution

Snow, exploded stone,

A chance to be air

Taken brutally –

Coughing I raise myself,

Wolf – backed, ape – handed,

Like the girl I saw kicked to the floor,

Who got up six times

And kept on walking,

Eyes fixed beyond despair.

In my face

Explodes the sky, expelling[1] me;

Unhappy excrement,

Smother[2] it, kick it, the boy in boots has made his judgement.

The boy in boots crashed his motorbike later,

Impaled himself on railings.

I knew it was retribution[3].

I took his inarticulate[4] hate

And made it my own.

注释

1. expel:force to leave or move out 驱逐
2. smother:deprive of oxygen and prevent from breathing 使窒息
3. retribution:a justly deserved penalty 报应
4. inarticulate:without or deprived of the use of speech or words 难以言喻的

诗歌翻译

3. 报应

雪击碎石头

一次成为空气的机会

被残酷地带走

我咳嗽着站了起来

狼背猿爪

就像我看到的那个站起来六次又被踢倒在地板上的女孩

仍继续跌撞前行

眼中充满了绝望

在我脸庞

天空在爆炸,驱逐我

一些令人作呕的垃圾

抑制它、踢它,那个穿靴子的男孩已经遭到了审判

随后,穿着靴子的男孩

撞碎了他的摩托车

被栅栏刺穿了他的手

我知道那是报应

我带着他莫名其妙的憎恨

让它变成对我自己的憎恨

11. 威尔士语言文化的表现者：
吉利安·克拉克（Gillian ClarkeI）

  继承了已故诗人R.S.托马斯的风格，吉利安·克拉克无疑是现当代最受喜爱的威尔士诗人之一。易读性、人文性以及深层情感表达是她作品的特色，而这些都她在观察威尔士自然风光及普通家庭生活中，转化为或热情或黯淡的文字能力。实际上，她是一位盎格鲁—威尔士作家，用英文写作，却展现了对威尔士语言和文化的情感依恋。她编写了1975至1984年盎格鲁—威尔士评论，一直在北部威尔士联合创业的具有创新性的写作中心。她也是一位儿童作家，收录的儿童诗文选集有《我可以飘扬到海：儿童诗歌100首》（1996年），《低语的房间：萦绕心头的诗歌》（1996年）。她的受欢迎范围和影响力不仅仅局限在威尔士读者方面；她还是2005年7月莱德伯里音乐节的住宿诗人。此外她还建立了诗歌工作室并提供赞助诗歌创作人才助学金。

  一、个人经历的社会承载

  某种意义上讲，克拉克是一位十分传统的诗人，她历年来诗歌创作的主

11. 威尔士语言文化的表现者:吉利安·克拉克(Gillian ClarkeI) ❖

题通常与威尔士息息相关,包括威尔士乡村动物、鸟类以及农场美好生活的描述。她最著名的长篇诗歌《远方的来信》丰富地记录了她的家族历史、女性角色和有关孩子家庭教育等的生活画面。她将传统主义置于社会变化的意识形态和政治因素之中,这在她反映波斯尼亚和海湾战争的诗歌中表现尤为突出。除此之外她用小尺度的个人经历去承载大视角的能力是十分具有特色的。如《没有手》中,当低空飞行的飞机战争演习时从她田地上空飞过;在《田鼠》中,远离无线电台中的恶号,我们削掉草垛,孩子们发现了被压扁的老鼠,诗人梦想她的邻居变成了陌生人,用石块重伤我的土地……总之克拉克在挽歌中加入了欢乐的注释。然而,《为逝者安葬》(2004年)在语气上却更加悲观,是为纪念2001年在威尔士山区暴发的足口传染性疾病,以及对当地农民产生的灾难性的影响所创作的一系列作品。据她自述,初次收集的主题诗歌《日晷》(1978年)是她自入学期间写的第一部诗歌。其描述了幼子欧万在夜里的不安,第二天花园里制作了日晷。她早期作品反映了农场风光,到处是如诗歌一样多的满满的谷仓计数器,而联合收割机的只有星期天空闲,被视为"静止而又充满力量/如在战斗中休憩的瓢虫"。有股"泥土潮湿和羊毛的味道",死亡的标志通过:跌落自树上的泼妇,羊的头骨看似一样美丽如树叶轮廓/或被抛弃的贝壳。但是总有重生:"炎热而油滑,炙烤/婴儿来过,奶牛站立着"(出生)同时,古老的矿业在衰落。雪使得推渣场呈现出"如糖椎体在旋转/在煤矿井边。"它有着一千年的古老围墙,然而这个地方正经历着变迁:"唯有根深蒂固的东西一成不变/…语言/风中的细屑和鸟叫声。"

在创作《来自远方的信》(1982年)中,克拉克真正地发现了她的跨越性。她还为BBC广播公司创作了长标题诗歌,其中关于先祖记忆和童年的《遥远的国度》,被她描述为"关于祖先和责任的随笔"。在她的作品中女性是生活的中心,甚至风景是"本质上女性化的",它"收集对话/像水桶一样仔细/音乐会中将他们归还/伴着一树丛的鸟鸣"。在书的别处,收获期季节性的轮回,("当夜晚变得寒冷储存黄金"),各式各样的野生和农业生物被记录下来,如在塔尔波特港的鹭,缓慢的起伏的大量黑白花牛:"它的眼睛/表面看似鱼腹"。从人类的角度,田园的离群索居和沮丧是大量诗歌含蓄的主题,著名的是《彭林桥的自缢》,但诗人也看着更加异国化,在《法国的日志》中。

二、威尔士乡村田园的记忆

在成卷的诗歌精选中,《五块土地》(1998年)是克拉克1997年五月在布里奇沃特期间完成的。那个位于曼彻斯特的音乐会会场,是她最佳选集取景地之一,挽歌与慰藉交替出现在诗行中,并且笔调更加的坚定。诗歌以农场场景开篇,当这位农民诗人帮忙接生羊羔时,"手中是浸湿透的头,光滑卵石般的蹄子,"(《方舟》)。但是,在她另一首诗中《1998年东方,一次难产》将一只正在生产的母羊和对爱尔兰的两党和谈的评述结合在一起,"被疼痛折磨的筋疲力尽","在摇篮之中的或许可能是死亡"。这本书十分的个性化,既表达了她对母亲的生与死的祭奠,又将童年经历的战争记忆通过《楼梯下》《音乐盒》等诗歌表现出来。针对水桥大厅作为一处音乐之所,克莱克特别提及她有自己的农场:"我知道田地之间的门/风中个唱的五个音符,/一种平衡或随意的气氛"(《礼堂》)。她的想象力最充分的发挥在回到《哈佛德》的威尔士田园中,诗中奇妙地唤起对毁于18世纪房屋与花园的记忆。它观察到的是"比墙壁,倒塌的屋顶/神殿和桥梁更坚固的房屋理念/召唤它先前的居民/用特纳绘制的美景/令柯尔律治为这样的世外桃源景色而惊艳。"

相比之下,《为死神铺床》则将画面限定在乡村乐园之中,但结尾以对2001年9月美国纽约世贸中心袭击的祈祷结束,并和《黑夜战争爆发》一诗结合在一起,死亡再次成为主题:一个货车上水果塔,"北面扑通一声撞击"在巴格达路上,成了"堆成一堆的头盖骨"。死亡实际上是占上风的,在R.S.托马斯的挽歌和特德·休斯著名的诗歌中:"渔夫的等待。他的渔线抛出,/……这条线从空中到岸上所呈现的弧线是一种艺术"(《渔夫》)这一标题的顺序一定排在她最感情化的作品中,如它在《足和口》中毁坏性的爆发。《最先失声的动物》,它陈述道,"然后人们"(《安静》)。"旅行像散漫的交谈,/在舌头上,在马蹄上,/在空气中的病毒,口中的话语,/比呼吸更快(《四处奔波》)"。我们被提到与动物大屠杀官方政策密切相关,尽管与政府兽医相抗争。一只羔羊"安静的输液打针",被记录下来,农场的动物们,"四肢僵硬像一把把椅子",被点燃如"篝火上的旧家具"。在这部书中,吉莉安·克拉克专注于她的农村公社变成了更广阔视野中来自疾病和战争的全球威胁。然而,一如既往,她也在一系列关于花园的诗歌中,与连续不停的生育中寻找到了安慰,"未来自有定数"。

诗歌选读

1. Legend

The rooms were mirrors
For that luminous[1] face,
The morning windows ferned
With cold, Outside
A level world of snow.

Voiceless birds in the trees
Like notes in the books
In the piano stool.
She let us suck top – of – the milk
Burst from the bottles like corks.

Then wrapped shapeless
We stumped to the park
Between the parapets of snow
In the wake of the shovellers,
Cardboard rammed in the tines of garden forks.

The lake was an empty rink[2]
And I stepped out,

Pushing my sister first
Onto its creaking floor.
When I brought her home,

Shivering, wailing, soaked,
They thought me a hero.
But I still wake at night,
To hear the Snow Queen's knuckles crack,
Black water running fingers through the ice.

注释

1. luminous: softly bright or radiant 发光的
2. rink: n. building that contains a surface for ice skating or roller skating 溜冰场

诗歌翻译

1. 传奇/传说

每个房间是镜子,
因为那光亮夺目的脸庞,
清晨的窗口泛着
冰冷,而在外面
是层层的冰雪世界

树林栖息着的无声的鸟儿。
像书本中的音符,
放于钢琴凳上,
她让我们吸吮最上层的牛奶
那从瓶子中呼啸而出的,像软木塞似得爆裂开的牛奶

11. 威尔士语言文化的表现者:吉利安·克拉克(Gillian ClarkeI)

然后被包装得不成样子,
我们沉重地走进公园。
在雪堆的护墙之间。
紧跟着铲雪声中醒来,
纸板猛压在园艺叉的尖头。

湖是一片空旷的溜冰场,
我迈出脚步,
先把我的妹妹推出
她落入了咯吱作响的冰面里,
然后我把她带回家

她颤抖,哀叫,湿透了
他们把我视为英雄。
而我仍然在夜里惊醒,
听见冰雪女王的关节吱吱作响,
暗流穿过冰层从指尖流淌而过

2. The piano

The last bus sighs through the stops of the sleeping suburb
And he's home again with a click of keys, a step on the stairs.
I see him again, shut in the upstairs sitting – room
In that huge Oxfam[1] overcoat, one hand shuffling
Through the music, the other lifting the black wing.

My light's out in the rom he was born in the hall
The clock clears its throat and counts twelve hours
Into space. His scales rise, falter and fall back –

Not easy to fly on one wing, even for him
With those two extra digits he was born with.

I should have known there'd be music as he flew, singing,
And the midwife[2] cried out, "Magic fingers!" A small variation,
Born with more, like obsession. They soon fell,
Tied like the cord, leaving a small scar fading
On each hand like a memory of flight.

Midnight arpeggios[3], Bartok, Schubert. I remember
Kept in after school, the lonely sound of a piano lesson
Through an open window between – times, sun on the lawn
And everyone gone, the piece played over and over
To the metronome of tennis. sometimes in the small hours,

After two, the hour of his birth, I lost myself listening
To that little piece by Schubert, perfected in the darkness
Of space where the stars are so bright they cast shadows,
And I wait for that waterfall of notes, as if
Two hands were not enough.

注释

1. Oxfam: is an international confederation of 17 organizations working in approximately 94 countries worldwide to find solutions to poverty and what it considers injustice around the world.

2. midwife: n. a woman skilled in aiding the delivery of babies 助产士

3. arpeggios: n. a chord whose notes are played in rapid succession rather than simultaneously 琶音;和音急速弹奏,竖琴弹奏法

11. 威尔士语言文化的表现者：吉利安·克拉克（Gillian ClarkeI）

诗歌翻译

2. 钢琴

最后一辆公交车的鸣笛从沉睡的郊区站台传来
他又回家了而房子响起钥匙的咔嗒声，上楼的脚步声，
我再次见到他，关在楼上的客厅中
在那大件的乐施会工作外套中，一只手低垂下来
穿过乐曲，另一只举起黑色的翅膀

我的灯照在他出生的房间。在大厅，
石钟清了清嗓子然后准点报时
声音响彻房间。他的体重不断增加，摇摇摆摆，跌跌撞撞
靠一只翅膀飞翔并不容易，甚至对于他来说，
还带着两个他生来就多出来的手趾，

我本应知道在他飞翔的时候会有音乐，他会歌唱
助产士大喊道："神奇的手指"，一个小的不同
天生长有多余的手指，像个困扰。很快它们会被除去，
像绳索般紧系，留下一个小小的的刀疤，逐渐消失
在每一只手上像是留下了飞行的记忆。

午夜的琴音，巴尔托克，舒伯特，我记得
它们在放学后播放，钢琴课中孤独的声音
透出时代之间开启的窗户，草坪上的太阳回荡着
大家都消失了，这一曲反复地奏着
网球的节拍器似的反复，时而重播仅仅几个小时。

在他出生后的两小时，我失聪了。

舒珀特的一小段乐章,在黑暗中更完美
太空的星星如此璀璨遮蔽阴影。
我等待音符的瀑布流淌。仿佛
两只手并不足够。

3. Laments[1]

For the green turtle[2] with her pulsing burden,

In search of the breeding – ground.

For her eggs laid in their nest of sickness.

For the cormorant in his funeral silk,

The evil of iridescence on the sand,

The shadow on the sea.

For the ocean's lap with its mortal stain.

For Ahmed at the closed border.

For the soldier in his uniform of fire.

For the gunsmith and the armourer,

The boy fusilier who joined for the company,

The farmer's sons, in it for the music.

For the hook – beaked turtles,

The dugong and the dolphin,

The whole struck dumb by the missile's thunder.

For the tern, the gull and the restless wader,

The long migrations and the slow dying,

The veiled sun and the stink of anger.

11. 威尔士语言文化的表现者:吉利安·克拉克(Gillian ClarkeI)

> For the burnt earth and the sun put out,
> The scalded ocean and the blazing well.
> For vengeance, and the ashes of language.

注释

1.《挽歌》,吉莉安·克拉克的诗作,讨论了海湾战争的影响。克拉克努力使读者了解许多不同观念的影响,士兵的战斗以及"在乐曲中的农民"。

克拉克将读者带到这样的现实中,战争熄灭了灯光,如今海洋和沙滩被覆盖了黑色的一层。阿拉伯国家的美景何在?是通过丝绸的象征。曾经,使这片土地迷人的事物被不幸的战胜后果所剥落。如今鸟儿被覆盖了油层,象征着自然所承受的压迫和衰落的沉重。

2. turtle:any of various aquatic and land reptiles having a bony shell and flipper – like limbs for swimming 海龟

诗歌翻译

3. 挽歌

> 在绿色的海龟随着她脉动的负重。
> 寻找着产卵的地方,
> 她的卵产在孱弱的巢穴
>
> 鸬鹚身穿油光的葬服
> 在沙粒上彩虹色的面纱,
> 海上的阴影,
>
> 海洋的下摆和它致命的污点,
> 艾赫迈德在边界的附近。
> 穿着火焰制服的士兵

还有军械师和军械官,
加入军团的燧发枪手的男孩儿,
是农民的儿子,也成为战争乐章中的音符。

钩形嘴巴的海龟
美人鱼和海豚
鲸都因为导弹的雷鸣而失聪了

燕鸥、海鸥和不休的跋涉者。
长途跋涉然后慢慢死去
被遮蔽的太阳和愤怒的恶臭。

这烧焦的土地和熄灭的太阳,
滚烫的海洋和酷热的水井,
只为复仇而语言都化为灰烬。

12. 幽默智慧的女诗人：
温迪·科佩（Wendy Cope）

温迪·科佩1945年出生在肯特的伊里斯，在牛津大学的希尔达学院研读历史。她在牛津大学的威斯敏斯特教育学院受训，后成为一名教师，在伦敦的小学任教。之后又任内伦敦教育局杂志的艺术与回顾的编辑。1986年在成为自由女作家之前，她仍坚持兼职教师的工作，直到1990年，她一直都是《观察家》杂志的电视评论。她在1987年获得乔姆利诗歌奖，1995年《轻松的诗歌》获得迈克布劳德奖。她的诗集有为《为金斯利艾米做可可》《深切的关爱》《那是新月吗》(1989)《滑稽的一面：101个幽默的诗歌》(1998)《睡前的拓展故事》(1999)《人间的天堂：101个幸福诗》(2001)。她也写了儿童作品《转动》《你的拇指》(1988)《河的孩子》(1991)。她在2008年出版作品《爱的两个治愈法》，这是她之前诗歌作的选集和注释，并增加了她的许多新近作品。她的诗歌因幽默与智慧见长。温迪·科佩皇家文学协会的成员，居住在英格兰的威斯敏斯特。1998年，她获得英国广播公司4频道听众票选成为继泰德·休斯之后的桂冠诗人。

一、戏仿的运用

温迪·科佩的诗歌以幽默和智慧著称。其中的笑话时常是以单身异性恋的女性的视角聚焦到男性的身上,在"流着血的男人"这首诗中表现得尤为突出(出自《深深的担忧》1992年)。

"可恶的男人们像可恶的公交车——你等了一年
当一辆公交车驶向你的站台,
第二辆、第三辆就会连续地出现。"

还有很多更显著更有名的例子。她的作品同时包含着浓浓的自我沉思,这表现在她对创作过程,尤其是诗歌创作的关注上;体现在她对许多诗人作品的戏仿之中;体现在像"诗人的歌"这一类作品之中(收录在《深深的担忧》中的一首诗。)这首诗滑稽地再现了一位诗人在写诗谋生的生活及其一直向往的生活之间的矛盾与拉扯。就诗歌的风格和内容而言,温迪·科佩的诗歌一直最大限度地接近读者群体,这无疑是与同时代其他作家相比,她的诗歌一直相对较受欢迎的原因。

她的第一部诗集《为金斯利·艾米做可可》(1986)中就包含了很多戏仿其它作品的手法,例如,她模仿了T.S.艾略特的荒原,写就荒原五行打油诗:

"四月,几乎很少有人会觉得欢愉;
干巴巴的石头、太阳和灰尘令我恐惧"

如果将其与"荒原"的前四句进行对比,会发现有很大差异,这就是戏仿的非同凡响之处:

"四月是最残酷的月份,哺育着
丁香花从死气沉沉的土壤中破土而出,伴随着
记忆和欲望,搅动着

寂静的枝干与春雨。"

悲情有时通过幽默和机警衬托出来,这也许在"缇茨·弥勒"和"孤独的心"中有所体现。这两首诗都展示了一种局外人的意识,而这种意识一直建立在这样一个秘而不宣的前提之下:即保持和贴近更广大的读者。

在这部诗集中,科佩着眼于斯特拉格内尔诗歌中的第二个自我。斯特拉格内尔诗歌中独特的诗歌语言,将崇尚的思想和日常琐事混合在一起,其结果具有讽刺意味。克里斯托弗·瑞德在《伦敦书评》的评论中阐释了:外表形象的使用是如何赋予这种机智更加深远的意义的。

"她习惯的立场是神秘的,较初见时少了几分谦虚;好似边缘化的诠释者,冷酷地讥笑着文学的自命不凡和荒谬。她创作的那个可怜而又雄心勃勃的南伦敦蹩脚诗人约翰·斯达格内尔,使她有机会运用令人吃惊的戏仿手法。"

"为金斯利·艾米做可可"仅是这部诗集中第三部分,也是最后一部分的一首诗。它仅仅有四行,呈现出本诗集中玩世不恭却又令人熟识的情绪。

"这是我上周做的梦
某种至关重要的记录似乎是致命的
我知道它不能称得上诗歌
但是我喜欢这个"

二、生活哲学的诉求

与她的第二部诗集《深深的担忧》同名的那首诗歌,受到了评论家们的点评,尤其受到了罗伯特·柏林的关注,他认为科佩的幽默既是她的力量源泉,又给她以制约束缚,同时质疑着这样的推理:

"是为搞笑而写作吗?真是令人吃惊的建议!我是为了使人们焦虑、痛苦而写作,我是为了使人们更加消化不良而写作。"

在对托马斯·萨特克里夫的采访中,这样一个问题被提出:作家们是如何质疑科佩作品中轻率的因素的,她解释道:这种碰撞正是她的第二部诗集和第三部诗集时隔九年的原因。(《独立报》2001年7月7日)

《深深的担忧》的焦虑性在诗集的最后一节得以突出体现。例如,"遗产"、"名字"、"致我的妹妹"、"移民"、"离开"都反映了离开和带着压抑的情感被驱逐的主题。该诗集的一个节选"某个更闪亮的诗节"也离不开一个充满绝望的注释和偏于虚无主义的基调。20行诗除2行以外,其他的诗行都采用"你"的方式去追求自我的提升。但最终以失败而告终;尽管如此,仍努力尝试打破那无用的存在感。剩下的两行诗重复了"无所事事,这令人担忧的状态"这句诗。诗歌的结尾"你不得不去尝试"渲染了悲情的基调,同时通过陈述上层社会的人们沉迷于自我反省的方式,彰显了诗歌本身的洞察力。

凯特·凯勒威在对科佩的第三部诗集《如果我不知道》的评论中说,这部诗集在华丽的外表下充满着不安与无助(《观察家》2001年6月3日)。苏克里夫充满赞赏,毫无批判性地指出:这是最幸福和满足的一部分,它已深深地融入这部诗集之中,这在前两部诗集中表现的并不明显。他引用了"无聊"来证实这一点(《独立日报》2001年6月7日):

"现在,我已发现了一个安全的停泊位。

生活中我仅有一份雄心:我渴望向前,前往无聊的境地。"

《爱的两个治愈之法》(2008)是一部总结以前已经出版过的诗歌的诗集,同时还包含了大量的注释,这些注释为已出版的诗歌设定了上下文的背景和时间。例如,解释了起初"五行打油诗荒原"是如何作为对《在一个夜晚,如何变成一个令人难以置信的书痴》的出版具有促进作用的作品而创作的。同时,它也包含了一些文学缩略译本。

除此之外,科佩还编辑了一些诗歌作品,例如《那是新月吗》(1989)。相比于其他文学形式作品,科佩的"介绍"对于她对这部诗集的看法,及这部诗集将收到极大的反响而起到重要作用。"大多数的人都不必为她的诗歌而烦恼,至少是当代诗歌"。她一直在试图说明为什么这部作品集是所有女性作家共同努力的结果:"偶尔,有一些仅是女人间的话题被谈起,为的是使女人们赢得一个机会去思考她们自己"。

女性主义情感轻描淡写地贯穿在她的三部诗集。这表示除幽默以外,科佩尊崇这样的政治诉求:既不顺从也不想与任何敏感的话题发生联系,更不希望塑造成一位严肃的诗人。

诗歌选读

1. Flowers

Some men never think of it
You did. You'd come along
And say you'd nearly brought me flowers
But something had gone wrong.

The shop was closed. Or you had doubts –
The sort that minks[1] like ours
Dream up incessantly[2]. You thought
I might not want your flowers.

It made me smile and hug you then.
Now I can only smile.
But, look, the flowers you nearly brought
Have lasted all this while.

注释

1. mink:mink is a coat or other garment made from the fur of a mink. 貂皮大衣

2. incessantly:continuously 不停地

诗歌翻译

1. 鲜花

有些男士从未考虑过它
但你不是,你来了
说几乎就要为我买束花
但事不凑巧。

花店的门关了,或许你在怀疑
我们的关系外表光艳,在梦想中不断推进。你以为
我也许不会要你的花。

于是我笑了,给你一个拥抱
现在,我只能微笑。
但看啊,你几乎要为我买花,
这一阵子一直开着。

2. Rondeau[1] Redouble

There are so many kinds of awful men –
One can't avoid them all. She often said
She'd never make the same mistake again:
She always made a new mistake instead.

The chinless[2] type who made her feel ill – bred;
The practised charmer, less than charming when
He talked about the wife and kids and fled –
There are so many kinds of awful men.

12. 幽默智慧的女诗人：温迪·科佩（Wendy Cope）

The half-crazed hippy[3], deeply into Zen[4],
Whose cryptic[5] homilies she came to dread;
The fervent youth who worshipped Tony Benn[7] –
'one can't avoid them all,' she often said.

The ageing banker, rich and overfed,
Who held forth on the dollar and the yen –
Though there were many more mistakes ahead,
She's never made the same mistake again.

The budding poet, scribbling in his den[8]
Odes not to her but to his pussy[9], Fred;
The drunk who fell asleep at nine or ten –
She always made a new mistake instead.

And so the gambler was at least unwed
And didn't preach of sneer or wield a pen
Or hoard his wealth or take the scotch to bed.
She'd lived and learned and lived and learned but then
There are so many kinds.

注释

1. rondeau: it is a kind of melody. 回旋曲
2. chinless: hesitate to do sth. 优柔寡断的
3. hippy: n. someone who rejects the established culture; advocates extreme liberalism in politics and lifestyle. 嬉皮士
4. Zen: Zen Buddhism. 禅宗
5. cryptic: mysterious. 神秘的
6. homily: expound sth mechanically. 说教，训诫

7. Tony Benn：英国政治家，工党左翼领袖。被形容为"英国罕有地出仕政府以后立场更倾左翼的政治家"。

8. den：a small room in which a lot of books are put in, the poets or scholars often study in this room. 书斋

9. pussy：Informal name for a cat. 猫咪

诗歌翻译

2. 回旋诗

令人恐惧的男人有多种
女人们根本无法躲避
她时常说她从来都不会犯相同的错误
反之，她总会犯下新的错误。

迟疑的性格使她感到毫无教养；
老练而富有魅力的人在和妻儿交谈后便一走了之
他的魅力也会减少几分
令人恐惧的男人有多种。

近乎疯狂的嬉皮士沉迷于禅宗之中，
她为那神秘的说教而恐惧
狂热地崇拜托尼本的年轻人，
女人们根本无法抵挡。

年长的银行家，富有而贪婪
他向美元、日元走去
虽然前方还会犯下许多错误
但她从来都没有犯下相同的错误。

12. 幽默智慧的女诗人：温迪·科佩（Wendy Cope）

初露锋芒的诗人在他的书斋中草草的作诗
不是为了赞美她，而是为了赞美他的猫咪，福瑞德
醉汉在九十点钟已进入了梦香
她总是会犯下新的错误。

所以赌徒至少不会结婚
不会说教、讥笑或者玩儿弄笔杆
或者积蓄他的财富或者将一个苏格兰人带上他的床
她活着、学着，活着、学着，但之后
令人恐惧的男人有多种

3. After the lunch[1]

On Waterloo Bridge[2], where we said our goodbyes,
The weather conditions bring tears to many eyes.
I wipe them away with a black woolly glove
And try not to notice I've fallen in love.

On waterloo Bridge I am trying to think
This is nothing. You're high on the charm and the drink.
But the juke-box[3] inside me is playing a song
That says something different. And when was it wrong?

On Waterloo Bridge with the wind in my hair
I am tempted to skip. You're a fool. I don't care.
The head does its best but the heart is the boss -
I admit it before I am halfway across.

注释

1. 谈及关于男人和爱情的写作，没有人能可以和温迪·科佩相提并论。

她完美地刻画了男性的缺点和对爱情的失望。但是,在寻找浪漫的旅途中,尽管我们有妥协、有心碎,但最后她聪颖机智的诗歌仅会为真爱带来的快乐而庆祝。

2. Waterloo Bridge:滑铁卢大桥。它是伦敦一座跨越泰晤士的桥梁,介于黑衣修士桥和亨格福德桥之间。

3Juke-box:a cabinet containing an automatic record player, records are played by inserting a coin 自动唱片点唱机

诗歌翻译

3.午饭之后

在滑铁卢桥上,我们对彼此说再见
天气将泪水带入了我的眼
我用黑色的羊毛手套将它挥去
尝试不让你去注意我已陷入爱河。

在滑铁卢桥上,我努力地想着:
没有什么,你富有魅力,流连于酒杯,
但我却在心中自动点唱着歌,
这讲述着不同的东西,它几时错过?

在滑铁卢桥上,风吹动着我的头发
我被吸引着蹦跳起来,你是个傻瓜。我不在意。
头脑足够理智,但心才是真正的主宰
走到桥中心之前,我承认了我的爱。

13. 激情捍卫者：
茱莉亚·克泊斯(Julia Copus)

1969年出生于伦敦的茱莉亚·克泊斯，不仅是一位诗人也是一名广播剧作家。她曾在杜伦大学主修拉丁语,1994年获得了格雷戈瑞诗歌奖。同年,茱莉亚的一本名为《在阴影中行走》的诗歌集出版,这本诗歌集在当年的诗歌商务大赛上大放光彩,使她一举成名。2002年她又凭借诗集《打破陈规》赢得了全国诗歌大赛。她的诗歌在达尔文和布莱克本以及南安普顿都很受欢迎。2003年茱莉亚创作了一首诗歌,并与雕塑家史蒂芬·布荣德本特合作,将这首诗刻在位于弗莱明广场的青铜雕塑上,成为城市永久的标志物。2005年至2008年间,她一直在埃克塞特大学皇家文学基金会做研究员,2007年1月,成为《卫报》的常驻诗人。她的两部诗集《紧闭的眼睛》(1995)和《捍卫激情》(2003)都是诗歌协会建议读者阅读的经典作品。《紧闭的眼睛》获得1997年度最佳诗集奖提名。在这部诗集中,在茱莉亚对神话和童话的讲述中融合了个人日常生活中的情感。2003年英国广播公司4频道播出茱莉亚的广播剧《艾妮美妮麦卡诺卡》,荣获2002年度英国广播公司艾尔弗雷德布拉德利奖。2008年她的基于约翰·契弗短篇故事改编的广播剧《伟大的广播》成为当年最受欢迎的作品。除此而外茱莉亚·克泊斯还是埃克塞特大学英语系是荣誉讲师，皇家文学基金的顾问。在教授学生写作方面经验丰富，是这一学术领域的带头人。

一、洞察情感

在茱莉亚·克泊斯的第二部诗集中，有一首让人记忆深刻的主题诗，名为《捍卫激情》，诗人陈述道"我们没有陷入爱河"；更确切地说，"它跨越我们上升，以某种音乐的方式"。诗歌的叙述者将爱情假设为某种无意识的东西——像是"慢慢升高而溢出的茶水，一块方糖里的缝隙"——一种自然而然的、无法苛求的，而又不可控制的力量，对待它的"受害者"像是对待"小船"，指挥着他们，好像"是一个独裁者，令人屈从"。和制作音乐剧一样，她擅长辛辣诙谐而又巧妙会话的抒情诗，诗歌阐述了一种从既深奥又冷静科学的视角中获得的强烈情感，展示了克泊斯诗歌中的许多迷人的力量。不仅关注情感问题，而且像卡丽·埃特尔在《泰晤士报文学增刊》的诗集回顾中所说的，还关注"情感，因果和叙述的问题"，它也是克泊斯至今的多部作品中很典型的主题。她的诗歌陶醉于探索世界的复杂变化，当我们用不同的方式去体验它的时候：为我们主观扭曲的视角带来了严格的审视，紧凑的节奏和生动的语言。

克泊斯的第一部诗集《紧闭的眼睛》(1995)，是她在 1994 年赢得埃里克·格雷戈瑞奖不久后出版的。毫无意外地，这是神话和童话故事的结合，是关于个人及家庭对爱情、悲伤和生活变迁的阐述。我们不禁将她与西尔维亚·普拉思作对比：作为一个诗人，很明显，克泊斯从后者身上学习到了丰富的想象力，灵活运用的语言和对家庭琐事敏锐的观察力。例如，在叙事诗"橙色"中，一个结束工作回到家的男人，发现他的妻子和孩子都已经进入"一个房子，里面黑暗裂成碎片，穿过每个裂缝：被打碎，然后进入"；一个房间"那里的钟滴答滴答作响，声音很大，像是跳动的心脏，血液重击着胸口"。但是克泊斯是一名很有技巧的诗人，这些生动而又有氛围的主线稍被激发，并与一些口语化的日常用语放在一起，真实地描写了这个绝望的丈夫是如何"叫来朋友，邻居和警察；甚至是那个来自合唱团的女人，一头橙色头发。

每个人都出去了。没有人说话"。这种富有成效的结合方式,将抒情强度与贴近生活的通俗语言放在一起,实际上是受了"运动时期"诗人们的影响,比如菲利普·拉金和托姆·古恩,尽管将这种影响与普拉思的语言结合在了一起,加上贯穿全集的大量典故(标题包括《傍晚来临》《小红帽》《郝薇香女士的来信》和《普罗塞尔皮娜的爱人》),克泊斯的诗歌具有原创性的微妙表达。

然而除了其特殊性、成熟度和表现宽度,无论如何,使《紧闭的眼》成为一个有冲击力的开始,是因为其中的诗歌是以克泊斯自创的诗歌形式所写的:镜面反射。名字是从拉丁语中的"镜子"得来的,这些令人惊叹的诗歌里,从字面上来说,第二部分是反映第一部分的,用相同的行数却是相反的顺序。在诗书协会论坛中写道,克泊斯自己形容这种形式是"试图去重现大脑记起伤痛的循环模式(与线性模式相反)";预期的效果是"慢慢燃烧而不是如烟花般的一瞬即是"。然后在《紧闭的眼》中有两首这样的诗,"炸弹"和"我母亲的车后座",后者完全做到了抓住一个孩子的无助心理,在经历过一次让人难忘的紧张,和如电影镜头般迅速的离婚事件:"发动机的轰鸣声淹没了她父亲的喊声,他们间有块冰冷光滑的玻璃"。像克泊斯的大部分作品一样,诗歌熟练地传达出叙述者的情感,尽管是重复的,但也因此起到了强化和增强的效果。想象力成功唤起儿时的记忆,并把读者引进诗歌的场景中:读者通篇都以第二人称"你"叙事,即小女孩的父亲,"提起一些我还记得的事情"。出现在一位年轻诗人的第一本书里,无论是它的深度、清晰度,还是难得的不费力,明显表明这是一部充满野心的诗歌。从那以后,克伯斯的同期诗人都试图以这种有益的,但却费力的镜面反射形式进行创作。

二、关注宇宙

克泊斯的第二部诗集《捍卫激情》于 2003 年出版。由于《紧闭的眼》中有大量的诗歌是以一种谨慎、精细的科学视角去探索人类关系和更广阔的世界,那么或许不会让人感到惊讶的是,这第二本书是将科学探究中的混乱秩序与和人类环境中无法预料的情感与存在的危机结合在一起,表现出的世界无序到令人吃惊的程度。诗集挑逗的标题是有点误导人的,仿佛它并不是头脑冷静而又有理性想法的诗歌,那么克泊斯达到了她的目的;而约翰·西尔斯,在"流行事件"的诗歌评论中,描写说是对我们生活和关系中琐碎细节和宏观事件的一种调节。然而,这本诗集按它所说的分成两个部分,会更好理解,"分裂与融合"以及"天文学与感知",其排名仅次于路易斯·麦克尼斯的题词和史蒂芬·霍金和路易斯·卡罗尔的《爱丽丝奇境记》。这些代表了掌控我们的生活方式和我们所居住世界的基本的混乱和不稳定性——"从这里完全没有道路的残酷现实",到"组成整个宇宙90%到99%的黑暗物质"—— 这诗集的核心就是关注宇宙。

尽管它们整体的中心和主题重复,但是,《捍卫激情》这首诗展示了一个范围相对较大的主题和风格。一方面,例如,插曲像《本质》和《致所有我不会爱上的男人》直接奔向重点结论:后者是一首颂歌,歌颂那些"允许吃早饭,上帝,保持约会,留下书信骗人"的那些男人,前者要求坦率与简单:"题词,而不是史诗,/主要原则,和三条法则"。另一方面,诗歌像《羔羊的电子抗生素》(一首有暗示性的,试图描述诗人父亲研发出一台叫生源体的机器,可以产生一股电子气流,"消灭皮肤病"),并且伊丽莎白·毕晓普——相当明显地去鼓励"桌面风景"(让作者的工作空间变成一个陌生的偏僻地区,"那的地面都是裂缝,像河床边的干泥"),反而促进读者去思考他们主题的广泛深远的影响,让读者系统地阐述他们自己的结论。

2002年的《打破陈规》,可能是克泊斯至今为止最为成功的一首诗歌,在全国诗歌大赛上首次获奖。它很受读者欢迎,探讨了交流中的微妙差别和抉择一种生活方式的可能性。在对一名中世纪照明者工作的简要描述中,这里"每张脸/都会呈现出我所知道的脸的特点/阴影下每一种角度的脸/许多种颜色的翅膀都是她自己的"。在赢得奖项后的一次采访中,克泊斯把她的工作描述成"全是关于不安和无论朝哪个方向都要保持向前发展的紧迫需求的"。事实上,在《捍卫激情》的最后一首诗《小鸡-脚本》中,清楚地结束了这揭示并拥抱我们生活中的多次旅行乐趣的诗集。与他们不确定并且经常虚幻的结局相反:"过去-植物园的栅栏上有每一场展览的票",尽管它可以保存一时,"像其他栅栏一样/但仍要受其他元素的支配"。

事实上,克伯斯的诗歌表现的变动中的喜悦经常激励读者打破一,正是那些使她的诗歌不断前行的品质;这表明她将来的作品会使读者觉得既有挑战性又有新奇感,然而毫无疑问,就像诗人莫拉·杜利所说的,"她用一个犀利而清晰的镜头去记录生命中一些最动荡不安的时刻"。

诗歌选读

1. The Back Seat of My mother's car[1]

We left before I had time

To comfort you, to tell you that we nearly touched

Hands in that vacuous[2] half – dark. I wanted

To stern the burning waters running over me like tiny

Rivers down my face and legs, but at the same time I was reaching out

For the slit in the window where the sky streamed in,

Cold as ether, and I could see your fat mole – fingers grasping

The dusty August air. I pressed my face to the glass;

I was calling to you – Daddy! – as we screeched away into

The distance, my own hand tingling like an amputation[3].

You were mouthing something I still remember, the noiseless words

Piercing me like that catgut shriek that flew up, furious as a sunset

Pouring itself out against the sky. The ensuring silence

Was the one clear thing I could decipher[4] –

The roar of the engine drowning your voice,

With the cool slick glass between us.

With the cool slick glass between us.

The roar of the engine drowning your voice,

Was the one clear thing I could decipher –

Pouring itself out against the sky. The ensuring silence

Piercing me like that catgut shriek that flew up, the noiseless words

The distance, my own hand tingling like an amputation.
I was calling to you – Daddy! – as we screeched away into
The dusty August air. I pressed my face to the glass;
Cold as ether, and I could see your fat mole – fingers grasping
For the slit in the window where the sky streamed in,
Rivers down my face and legs, but at the same time I was reaching out
To stern the burning waters running over me like tiny
Hands in that vacuous half – dark. I wanted
To comfort you, to tell you that we nearly touched
We left before I had time.

注释

1. 这整首诗仅仅发生在几秒钟之内。它描述的是,当一位母亲最后一次驱车离开她的丈夫,他们年幼的女儿正坐在后座的一瞬间。这种形式叫做"镜面反射",它是从拉丁语中的"镜子"一词得来的,因为整首诗的第二部分和第一部分的行数一样,但却以相反的顺序,仿佛整件事情在镜子中正向后看着它自己。这里的车窗玻璃在本诗中充当一个反射工具的作用。这首诗是以那个小女孩的口吻讲述的。

2. Vacuous:empty/hollow/blank 空虚的;空洞的

3. Amputation:a condition of disability resulting from the loss of one or more limbs 截肢;切断术

4. Decipher:convert code into ordinary language;read with difficulty 密电译文;解释

诗歌翻译

1. 我母亲的车后座

我们已经离去,在我有时间之前
去安慰你,去告诉你我们的手几乎快触碰到一起,

13. 激情捍卫者:茱莉亚·克泊斯(Julia Copus)

在那空洞的半明半暗的光线中,我想
让灼热的水流过我的身体就像小河
从我的脸颊流向双腿,但同时我伸出手
去触碰窗户的裂缝,阳光倾泻而入,
冷冽如天空,我可以看见你肥胖而又沾有污迹的手指正抓住
八月满是灰尘的空气。我的脸紧贴着玻璃;
我正呼唤你-父亲! 当我们正疾驰进入
远方,我的手如被截断般疼痛。
你正说些我仍记得的事,无声的话语
就像那根飞起来发出刺耳声音的弦线一般刺伤着我,像日落般热烈
将自己倾泻而出布满整个天空。随之而来的沉默
是唯一一件我能解释清楚的事情——
发动机的轰鸣声淹没了你的声音,
我们之间隔了一层冰冷光滑的玻璃。

我们之间隔了一层冰冷光滑的玻璃。
发动机的轰鸣声淹没了你的声音,
是唯一一件我能解释清楚的事情——
将自己倾泻而出布满整个天空。随之而来的沉默
就像那根飞起来发出刺耳声音的弦线一般刺伤着我,像日落般热烈
你正说些我仍记得的事,无声的话语
远方,我的手如被截断般疼痛。
我正呼唤你-父亲! 当我们正疾驰进入
八月满是灰尘的空气。我的脸紧贴着玻璃;
冷冽如天空,我可以看见你肥胖而又沾有污迹的手指正抓住
去触碰窗户的裂缝,阳光倾泻而入,
从我的脸颊流向双腿,但同时我伸出手
让灼热的水流过我的身体就像小河
在那空洞的半明半暗的光线中,我想

去安慰你,去告诉你我们的手几乎快触碰到一起
我们已经离去,在我有时间之前。

2. Hymn to All the Men I'll Never Love

My heart, sing praises to the men

I'll never love; from whom a night

Away's just that – a night – and not

A lifetime in the desert without food

And water. It's because of them

That breakfasts can be eaten, Lord, appointments

Kept, and letters left to lie

Where they have fallen; men with whom

A perfect evening may be nothing more

Than beer and cards outside beneath the lean – to

Where straight – talk[1] and easy gestures leave

Dark nests of sparrows[2] and and the scent

Of bonfires in their wake; the sort of men

Whose smiles I can endure without

Surrendering my all to them;

In whose unswerving[3] disregard,

Let heaven rejoice, let the earth be glad.

注释

1. Straight – talk:to say true words 直言不讳;坦率的谈话

2. Sparrow:any of several small dull – coulored singing birds feeding on seeds or insects 麻雀;矮小的人

3. Unswerving:going directly ahead from one point to another without veering or turning aside 坚定的;始终不渝的

诗歌翻译

2. 致所有我不会爱上的男人

我的心,歌颂着那些

我永远都不会爱上的男人;对他们来说一个夜晚

的逝去就只是一个夜晚,而不是

在沙漠里没有食物和水的一辈子。

正是因为他们

我们才有早餐可吃,上帝,约会

得以保留,留下的信件被放在

他们掉落的地方;与男人在一起的

一个完美的夜晚可能仅仅是

外面披屋下的啤酒和卡片

畅所欲言和简单手势留下

麻雀的黑色鸟巢和他们醒来时的篝火的气味;

这种男人

他们的笑容我可以忍受,而没有

向他们奉献我的一切

在他们始终不变的漠视中,

让天空愉悦,让大地欢乐。

3. A Short History of Desire

On a day like today, I think I can almost

Begin to make sense of those chivalrous knights

Who, on the whim[1] of some titian – haired damsel,

Who set off on horseback, although they were barely

Out of their teens, in pursuit of some noble

Improbable task, while a sun much like this one

Strobed² through the trees and the left – behind girl
Perfected the art of the meaningful wait –
The curve of her breasts and her full lips so pleasingly
Matching the line of the coiled anaconda
Thickly entwined like a creeper about
Her chiffon³ – swathed hips, the nub of its head
Reclining over her naked shoulder.

As naked, that is, as the thigh of the fabled
Victorian gent (beneath the folds
Of his peg – top pants) who, perched on a horsehair
Chair in the parlour, would catch a glimpse
Of his body – love's finely – turned ankle and feel
The strain of his flesh at the seam of his button – up
Fly; was suddenly, keenly, aware
Of the fervour of light, how it filled up a room
On a day like today, how it tugged at his blood,
And glanced off the edge of her silver – plate buckle

The way in the FIfties it glanced off the fenders
Of a thousand parked – up Morris Minors
Under the room when the sweetest of girls
Might take off her clothes on a day like today
To the radio's chanting – alop – bam – boom –
And lie back like a leaf – bud splitting
Open across someone's trembling lap as if
Just then a knife had been touched to her skin.

However deep asleep you think you are,

There always will be days like this –

A light, hair – tousling breeze and a sun that streams

Into the dusty parlour of your heart.

Pray when it does that your heart, out cold

For the winter, stirs in its stockpile[4] of leaves.

Or else, that you're caught of guard by the quickening

Thump of your hoof – beat[5] heart returning

From very far off: pray then for the stoutness of heart

To ride with it headlong into a poem like this one

Where some part of everything never stops moving

Under the light of that big old heart, the moon;

Where even the moon up there in its ocean

Of the sky is afloat, and trembles with longing.

注释

1. whim: an odd or fanciful or capricious idea 奇想；一时的兴致；怪念头

2. Strobed: scientific instrument that proves a flashing light synchronized with the periodic movement of an object; can make an moving object appear stationary 闸门；闪光灯

3. Chiffon: a sheer fabric of silk rayon 薄绸；雪纺绸

4. Stockpile: something kept back or saved for future use 库存；积蓄

5. Hoof – beat: the sound of the horse walking 马蹄声

诗歌翻译

3. 一段欲望简史

在像今天这样的日子，我想我几乎能

开始理解那些侠义的骑士

他们，在一些赤褐发色少女的一时兴起下，

将骑上马背,尽管他们才刚
过了青少年时期,去寻找一些高尚而又
不太可能完成的任务,然而一个与今天非常相似的太阳
照进树林深处,那个落下的少女
完善了这个有意义等待的艺术-
她胸部的曲线和她丰润的嘴唇完美地
契合了盘绕着的蟒蛇的线条
密集地缠在一起像是一名爬行者
那用丝绸裹住的臀部,头部的重心
斜靠在她那赤裸的肩上。

裸露的,那就是,和寓言中维多利亚时期绅士的大腿一样
(在陀螺型裤子的褶皱下)
他,坐在客厅里的马鬃椅子上,
看一眼
他情人微微移动的脚踝并且感受到
在他那自上而下的开口处的接缝中肌肉的紧绷;
突然,敏锐地,意识到
灯光的温度,它是如何填满房间的
在像今天这样的日子里,它是如何在他血液中用力挣扎的,
掠过她银盘带扣的边缘。

以一种五十年代的方式掠过
一千个停靠的莫里斯·迷诺斯的藩篱
在月光下,当那个最甜美的女孩
将脱掉她的衣服,在像今天这样的日子里
随着收音机吟唱-在上面-欺骗-发出隆隆声
然后躺下像是张开的叶芽
打开某人颤抖的膝盖,好像

13. 激情捍卫者:茱莉亚·克泊斯(Julia Copus) ❖

那时有一把刀触碰到了她的肌肤。

无论你认为你睡的有多么沉
总是会有一些天像这样 –
一阵轻柔的,吹乱发丝的微风,一束阳光照进
你心中满是灰尘的房间。
祈祷在这样的时候你的心可以
走出冬天的寒冷,卷起成堆的落叶。
不然,你猝不及防地挨了一顿加速重击
你如马蹄般跳动的心从远处回来:然后祈祷你满怀勇气
骑着它大步向前,走进一个像这首诗一样的诗境里
一切事情的某些部分永远不会停止
在月亮这个宽阔而又熟悉的心脏的光芒下,月亮;
甚至是高高在上的月亮
也徜徉在海洋般的天空里,渴望的颤抖着。

14. 天性自然的歌者：
伊泽贝尔·狄克逊(Isobel Dixon)

伊泽贝尔·狄克逊出生于南非的阿姆塔塔，在南非干旱的台地高原长大。为了追寻苏格兰的祖先，她返回了爱丁堡，并在那里完成了她的硕士学习生活，获得了英国文学和应用语言学两个硕士学位。之后一直在剑桥生活，同时担任文稿代理。她的作品在南非出版并获得广泛好评，2000 年获得桑勒姆诗歌大奖，凭借初次发表的《气象之眼》(2001)获得了施赖纳大奖。她的作品已被翻译成多国语言，包括德语、丹麦语、土耳其语等，并在许多国家的著名期刊杂志上发表，包括《巴黎评论》《西南批评》《国的金融时报》《英国卫报》《伦敦杂志》等。2004 年她获得美好未来乐施会诗歌大赛奖，2007 年在伊尔克利诗歌大赛上名列第二名。2007 年英国电影协会邀请她撰稿。2008 年她又出版一部诗集《地图上的褶皱》。伊泽贝尔·狄克逊还为很多表来自全世界各地的作家做代理，他们中有很多是著名的南非作家。她将南非荷兰语的小说译成英语，例如《玛丽塔的呼吸空间》(2002)。她还是耶路撒冷、法兰克福书展会员，参与代理、翻译和出版研讨会。同时她还在各地大学、学院教授课程及学术讲座，内容包括创意写作、翻译出版，还有怎样平衡工作和生活之间关系等。

一、空间位移的关注

伊泽贝尔·狄克逊的作品以其强有力的抒情,对殖民主义主题和对探险精神、自我人格的关注而著称。她的作品坚持并强调对身份的地域性特性的展开;儿童时期在南非的经历,以及成年时期在英国的生活使得狄克逊地图上的定位变得具有层次感。狄克逊的作品《气象之眼》首先在南非取得了成功,于2004年获得了施赖纳大奖。作为一名职业文稿代理人,她的诗展现了她的个人经历。人们也常常在她的诗歌中读到风景的无情,辩解的消极等被动情绪。

克莱威·詹姆斯评价了她的诗歌具有令人称羡的"安静的舒适感";风格上毫无疑问是立地生根,这是因为狄克逊自信地从短诗中尖锐的观察转换成优雅的长篇诗表述。《以名义之要》中的《矛盾》一诗在六行短诗中流利地提出人类情感的整个光谱可以与青蛙相比较——无论是在身体上还是精神上都是,就像心脏可能在文学层面上"跳跃,就像青蛙一样,沉闷的啪嗒一声的着陆"当被爱情所震惊,或只是使我们彻夜不眠,为此而呱呱的叫。《成长的礼物》提及了自我成长,通过诗中反映本土的花朵在一开始不被赏识,"如此庸俗/土生土长的",在移民者的心中,改变十七首四行诗中的十四首,欣赏他们最初所赋予的情感。当下需要时间和空间在移位中,在不断增长的自相矛盾的依恋感驱使下,去追根溯源。

《地图上的褶皱》(2007),是一本占有巨大个人比例的旅行书,花费"长时间,慢慢的转移/顺着满是树的街道"(《预兆》),儿童戏剧经由剑桥的草坪和"舒适的,富足的教育以及和平的时代"(《阿玛尼》)展现出来。诗集被分为两个部分;第一部分《充足》,几乎都是关于童年生活的,第二部分《思念吾父》,是一首写给她去世父亲的挽歌。诗歌之间的关系很清楚联系很紧密——这种叙事构想是她早期诗集中所缺少的,亦是她文学创作日趋成熟的标志。

我们可以把《地图上的褶皱》还原为关于儿童时期的诗和讲述一位父亲的疾病及死亡的记录。典型的记忆是无处不在的,亦是具有探究性的最为成功的"儿童诗歌"。好似不复杂的儿童时期情景的回忆,通过现在的经历变得更加值得深思。"思念吾父"探索的不仅仅是衰老及死亡,同时彼此安慰疗伤,以及寻求康复的互相鼓励,而更多的是超出了在医院病床边挣扎着去反复回味的悲伤,失去亲人的心碎和无尽的思念。

  狄克逊还为我们展现了截然不同的诗歌镜头,例如《充足》颠覆了对回忆录诗歌的理想中的期望,作为现代的流行性营养物,"水"是丰饶的,"几乎过量",而不是在回忆里的场景,"这种充足在我们度过的干旱时期太过于昂贵"。这里的情感是模棱两可的;说话者对早些年生活的热爱和对兄弟姐妹的自私行为的负罪感亦有呈现:"忽略家务/偷吃饼干"。作者承认"我是一个爱奢侈享乐的人",醉心于集中供暖,气泡和淋浴。然而自相矛盾的却是对她的姐妹和母亲无比想念,"从贫乏,枯燥和漫长的儿童时期"中解放出来的,在失去亲人后才意识到她们的重要。

二、生命与死亡的思考

  《礼物的故事》(不被过于简单化的事情所困惑),诗歌展现了作者对其父亲的死亡的强调。诗歌中后续的悲伤很容易变得陈腔滥调,但是狄克逊提供了优美的具有想象力的改变。当她面对"我父亲的疼痛",她以象征性的形式写到"红色夹克……太小,太紧",健康的女儿试图去牺牲自己,她恳求道:"我年轻而又强壮:/把那件可怕的外套给我穿"。宗教信仰为沉思提供了空间(即使有时似乎缺乏),因为前者的牧师承受了必死的命运。狄克逊注释到"床是一个痛苦的讲坛,不只是一个架子/这件奇怪的破损的长袍,劈开白袈裟/缺少他所穿得黑袈裟的高贵"。死亡,当它来临的时候,是一个启示和指引,对于我们其他人的人生,恢复。/不要尝试去修补剩下的(《和》)。"

  《展开》(2002)是一本宣传册具有和西蒙·巴拉克罗、海伦·克莱尔、安德鲁·迪尔格、罗伊·蒂尔尼同样惊人的诗歌。创新的触觉和视觉通过林恩·斯图尔特的设计(一个六角手风琴的效果就像地图本身)邀请展开每个诗人的作品。狄克逊在这展示了她并不惧怕去运用视觉和听觉,以及在准俳句中拒绝资本化,标点在黑暗伊始的暗示,"几乎沼泽般的爱,甜蜜谬误了

心脏/这种起伏的肌肉闪烁的口吻,就像是蟾蜍一样"。(《情人》)

狄克逊可以被描述成为一个自然诗人——但是她的作品描写人类天性和自然世界一样多。一只被剥皮的鼹鼠形象伴随着孩子"巨大而充满知识"的愿望(《剥皮》)。真正的主题是后者,而不是鼹鼠,通过实现"我也……在它被杀时的现场"而使作者既成了受害者又是同谋。暗恋一个被囚禁的灵长类动物是以"你,我和大猩猩"为前提的黑色幽默。它的风格与那些更加严肃的部分截然不同——也许是通过自我戏讽的表达增长了自信。狄克逊对"危险的,稀有的猿"的迷恋是通过对前任的尖锐的双关的训斥来呈现的:甚至不惜放下自尊去扰乱前任的生活,并心意不定地挽留他,就像这句诗说的——"不要试图去模仿他或劝阻我,亲爱的"。

什么使得一位诗人因感觉将被取代而不安,或者是既感觉被取代了又感觉到不安了？我相信有甚多因素,我们或许能寄希望于我们个人离散的感觉,能把这种"安静舒适"表达出来。她的作品在地域上是黑暗的原始的,精心的构造取自独特的南非土壤所培育出来的个人根源。在她的作品中有很强的暗示,她还有很多话要说,而且没有一个更好的语言或诗句可以安放她的心绪,更不要说取代她诗歌的独特性。

诗歌选读

1. Startling Point

You think me unsurprising. Wait –
I have a thing or two to share, I'll never
be the river in full spate, the raging fire,
but, look, I have my moments too;
fish – lean, a flash of juggled[1] silver
Barely seen before the splash[2],
a fleeting[3] shadow shooting through
the water to some secret place;
the sudden kudu[4] in the underbrush[5],

etched[6] by your headlights, leaping clear.
And you paused at the wheel, aware:
At first just awed[7] by muscled grace[8],
But then, the mind's eye's shattered glass,
The heart's revealing race, the taste of fear.

注释

1. juggled：v. 歪曲；耍弄
2. Splash：(光,色的)斑点；溅泼声
3. Fleeting：飞逝的；短暂的；稍纵即逝的
4. Kudu：either of two spiral - horned antelopes of the African bush 条纹羚
5. Underbrush：灌木丛，林间灌木
6. Etched：被侵蚀的；被铭记的
7. Awed：充满敬畏的；使敬畏
8. Grace：恩泽；优雅；魅力

诗歌翻译

1. 惊异时刻

你认为我并不令人惊奇。等等——
我有一两件事要分享，
我绝不会是滔滔奔腾的河流,也绝不是熊熊燃烧的烈火，
但是,瞧啊,我也有我的时刻；
鱼儿跳跃,闪现出一道银光轨迹
溅泼的水声响起,却难见踪迹
飞逝的影子投入到水中
瞬间钻进了秘密之所；
一只在灌木丛中忽然出现的条纹羚，
被汽车前灯所铭记,清晰的跳跃。

你踩定了刹车,意识到:

起先只是敬畏肌肉的魅力,

之后才是心灵之眼的欲盖弥彰,

心脏的跳动,恐惧的味道

2. **Essentially British**[1]

Alice unintentionally offends the Queen,

Who Calls the Executioner[2]: People can

get careless about making tea. The Don bats on,

the glory of Down under[3], England's Despair.

But Alice Growing Bolder, Boxes His Ears.

How can you come to England and not see the Tower?

Let every cup of tea be a cup that cheers,

each teapot warmed, kept scrupulously[4] clean.

"Do tell me, are you boys from the Empire?"

Magic it must be that makes men sit and dream

of beauty of single, cliff and moor

and wistful yearnings never quite fulfilled.

"you're all idealists – practical

Idealists if that softens the blow."

Why travel abroad? Land's End to John O'

Groats[5], Tea Revives and We sing as we go!

"Ee, custards and all, I call this a bit

of a do[6]! – In the Confusion That Ensues[7],

Alice Awakes:"I don't know how you chaps feel.

But I could do with another pint!"

注释

1. 很有趣的是作品取材于英国电影协会委员会,在《英国人的本质》中运用了电影。所有的文字出自于以下的电影:塞西尔·赫浦沃思的《爱丽丝梦游仙境》(1903),《蟋蟀》(1951),《四面八方》(1941),《路路畅通》(1927),《边走边唱》(1934),《茶制作小贴士》(1941).

2. executioner:行刑者,死刑执行者

3. Down Under:澳大利亚;新西兰。对于旧世界,澳大利亚在南方。英语里北为上 up,南下为 down. 那么,去澳大利亚新西兰就是 down under.

4. scrupulously:小心翼翼地;一丝不苟地

5. John O' Groats:A name of a place in England 约翰奥格罗茨,约翰奥格罗茨(John OGroats)是英国苏格兰高地的一个小镇,位于苏格兰的最北端,因此也被称为"英国的开端"。每年都有成千上万的骑行者从上到下,将苏格兰的约翰奥格罗茨和英格兰康沃尔之间的土地路线走遍。此外,这条路线共 1480 千米,有 3 种走法,即标准的、最快捷的、最美丽的,不过它们都会经过苏格兰高地、湖区和野生康沃尔海岸。

6. do:n. 社交聚会;宴会

7. ensue:接踵发生;继而产生

诗歌翻译

2.英国特质

爱丽丝无意中冒犯了皇后,
召来了刽子手;人们能够
无忧无虑的制茶。足球精英鏖战战场,
新西兰的光荣,英格兰的绝望。

但是爱丽丝变得大胆,打他耳光。
你怎么能来到英格兰不看伦敦塔呢?

14. 天性自然的歌者:伊泽贝尔·狄克逊(Isobel Dixon)

让每一杯茶都成为欢呼之茶,
每一个茶壶都被加热,一丝不苟地擦洗干净。

"告诉我,你是来自帝国的男孩吗?"
一定是魔法使得人们就座
梦想着鹅卵石,悬崖以及荒野的美丽
和热切的渴望从未实现。
"你们都是理想主义者——实际的理想主义者
如果使风变得温柔。"
为什么要出国旅行? 陆地的延伸到约翰奥格罗茨
茶水使我们复苏,在我们行进的时候高歌!

"奶油冻和所有的一切,我把这称之为微型宴会!"
——在《混乱随之而来》中,
爱丽丝被唤起,我不知道你们这些家伙的感觉,
但是我可以做另外一品脱。

15. 饱含爱尔兰记忆的歌者：
莫拉·杜利（Maura Dooley）

出生于英格兰特鲁罗的莫拉·杜利，在布里斯托尔长大，在约克大学完成大学学业，在布里斯托尔大学获得研究生硕士学位。作为一位诗人、自由作家，她同时在金斯密斯学院和伦敦大学教授创意写作课程。她的诗集《吸引力之解》(1991)，是一部对英国的历史、民众进行全面探寻的诗集，其中不乏对小人物生活历程的描写；在诗集《吻骨寻踪》(1996)中，莫拉·杜利打破了文字与情感的界限，让读者完全进入了她的世界。《吸引力之解》和《吻骨寻踪》都是诗歌书籍协会的推荐书目。因《吻骨寻踪》杜利获得了艾略特奖提名。杜利也编辑出版诗歌选集，包括《采蜜人：爱情诗歌》(2003)《小说家的工作》(2000)，都是当代作家的论文选集。莫拉·杜利2008年出版的作品《水下的生活》，获得了艾略特奖提名。杜利是埃文基金会的主管人，创立并指导北岸中心的文学项目。她同时也从事电影戏剧方面的工作，帮助吉姆·亨森出版社开发教育影片。在戏剧方面的工作包括为"表演艺术研究室"经营讲习班，为年轻人创作剧本。2001年，杜利成为很多奖项评审委员会成员，包括艾略特奖、国家级诗歌竞赛及新伦敦作家奖，并在诗歌书籍协

15. 饱含爱尔兰记忆的歌者：莫拉·杜利（Maura Dooley）

会担任要职。杜利的诗歌大多敏锐犀利，把复杂的情感通过影像表达出来。作为一名具有爱尔兰血统的女诗人，她的诗歌在温和文雅的同时也不乏对爱尔兰人被取代被驱逐的辛酸历史的反应。

一、爱尔兰民族性

正如人们所谈论的，艺术主任的职业生涯让莫拉·杜利在拥有优越社会关系的同时，成为一名优秀的专业诗人。这一点常常把人们的注意从她那些描写细致的诗歌中引开。她的一系列活动都代表着长期存在的诗人以及诗歌，并且其中有五年，杜利一直都担任约克郡卢姆银行阿尔文基金会创造性写作课程的组织者。自1987年起她成了伦敦南岸的一名文学干事，在那里，她开发了很受欢迎的"音箱"阅读。在英国诗歌协会，她是一名非常活跃的书籍筛选者。多年来，她都在用极具说服力的言辞提倡一些进步的方法。通过这些方法，一些当代诗歌书籍可以在学校得以教授，在图书馆得以广泛借阅，并在书店畅销。作为一名编辑，她创作的诗集主要包括《走向爱丽丝星球》《新女性诗歌》以及即将出版的爱情诗集《采蜜人》。最近出版的《快乐地音障：1982—2002诗歌》中，收录了一些已出版的书籍中的诗歌，并融入了一些新创的诗作。这部诗集展现了她灵巧的抒情方式以及杜利作为一位诗人的显著成就。

杜利的诗歌常常引人深思，语言深刻。她也非常"擅于为复杂的情感找到恰当的意象"（亚当·索普）。或许她在诗歌中经常表达自己的情感，但她在作品中也表达一些观点，而不仅仅是她的自传体裁；她的诗歌有一种隐晦的风格，或许这源于她对诗人伊丽莎白·毕晓普，尤其是保罗马尔登的景仰。她经常与朋友或者同时代的诗人们分享一些富于想象的领域，这些诗人包括海伦·邓莫尔、拉维尼亚·格林罗、乔·夏普科特、凯特·克兰奇以及莫特·布莱斯。和她们一样，她平衡了历史浪漫主题与民族性诗歌之间的关系。杜丽有着超凡的记忆，她在诗歌中努力回忆和寻找20世纪60年代的童年记忆。比如她创作了诗歌《桌上的影子》，这首诗涉及到了沼泽中的谋杀案还有艾伯范灾难，诗歌背景是20世纪70年代中期的一个夏天，自动唱机播放着流行乐队的音乐。（《我没有坠入爱河》）批评家乔恩库克曾这样评论道:"她的诗歌是一系列事件的转化,把一些无法言明或是理解的情感转化为另一种方式表达……她的想象力为她的诗歌增添了神秘的色彩。"

尽管她诗歌的语调相对温和,但由于她的爱尔兰血统,及对爱尔兰传统的钟爱,使得她在作品中,强化和重塑了爱尔兰人民流离失所、移居他乡的悲苦经历。例如,她的获奖作品《1847》,讲述了一个在大饥荒中逃难女孩的经历:"现在是什么在我的胃里打结/不是饥饿,而是愤怒/在利物浦的船上我们呕吐/我们腐烂,我们离散/码头上很多虫子在我们脚下"。其它相关系列的诗歌,如《苔藓》,则更多地反映了爱尔兰的场景以及他们"消失的生命"。"如果没有上帝,那么我们会有祖先/……一串名字/把她带到了潮湿的墓碑前,她的指尖感受到/他们消失的生命,但是这所有的一切都被玷污/枯草腐蚀着田地/荒无人烟的村舍,人群拥挤的码头,用盐冲洗的船只/……没有渡口能够证明他们去了哪里/只有一张留传下来的面孔/在黑暗的玻璃中瞥见:布里吉德麦克太太,她的标记"。然而,这并不是文化怀旧的理由。这相关系列的诗歌是关于一个对被摧毁堡垒的调查,讲述者对她凯尔特人的凭据并不确定:

   "终有一天我会去那里。拉回带刺的电线,
   或者让椅子在房东的房间里滚动
   就像《安静的人》中某个色彩鲜明的场景,
   像一种传统一样摇动我的头发,口音都混乱"。

二、复杂情感与记忆

1991年杜利在诗歌社会公告中介绍了她的第一部标准长度的诗集《解释磁性》。她说这部诗集的特点是"充满了情感交错点:在这些岛屿不同的地方旅行,回到过去,走进他人,走进自己的内心"。从某种意义上讲,这部诗集至少应该算是20世纪80年代经济繁荣时伦敦市不完整的画像。其中的某些诗歌关注了一些平凡甚至落没的,不重要的人物:保姆,或在咖啡厅工作的移民工人(N3/N6),无家可归的人,"一群在模板里幸存者;一个要自

15. 饱含爱尔兰记忆的歌者：莫拉·杜利（Maura Dooley）

杀的人从桥上跳下"。地道里的老鼠（《小心缝隙》），一个手拿特斯科包的男子，每天都站在同一条街道上咕哝着。当然杜利同样也记录一些工作体面的光彩熠熠的人物，他们的经历以及浪漫的时代气息。例如："夜晚，你的睡眠就是一场赛跑/微暗的光照在走廊/地板在你面前闪着光亮/走廊没有尽头"（《激发热情》）。总之这本开始于一段旅程，既有真实的事物，又有纯粹的幻想的诗集，为她诗歌生涯奠基了一定高度。"陈旧的衣服分散在各处/从溪谷到山丘像一条小径/或是一块块垫脚石，看它们是如此完美地契合（《返程》）。

1996年杜利出版了诗歌《吻骨寻踪》，安德鲁·莫深评论她的诗歌有"敏锐的历史化的感觉"。他也提到杜利的诗歌把我们带到了文字、情感和比喻的边缘——进入她的内心世界，我们可以马上辨认出来。"天上的广播员唤起了你生命中的城市和村庄/为了那些金色的拖鞋、牛奶、蜂蜜、面包、玫瑰，和一张崭新的地图"，"运货人员机智地把一个孕妇送到了船上，这艘船上的一位乘客，她有一段在牢狱生活的历史"。在杜利的诗集《音障》中，亲人相聚、友人重逢很明显地弥漫在过去的时光里。她的长篇叙事诗《壁炉台上的邀请》曾在BBC的第四频道中播出，在1991年通过舞蹈、婚礼庆典仪式走向了斯洛文尼亚这个国家："记住，了解那些时刻，不可理解的事情在我内心舞蹈……。"

诗集《贪婪的欲望》回忆起"夜晚渡口的暖风/一只玻璃杯和一首阴郁的歌"，"一个漫步者和一名舞者/在一片闪着光亮的海边"，"结束了，结束了/飘荡在水面上，结束了/我曾了解的生活/我已告别的生活"。恰当地或者说带有讽刺意味的是，这首短歌被永久地刻在了怀特岛的莱德码头上。另一首诗歌"十个字母A和Z"，通过错乱的字母和排列代表着由于患埃尔茨海默症而失去记忆的悲哀。"操场"是这本诗集的最后一首，诗中描写的操场平凡普通古老的学校浮现在她的梦中。"人到中年/同学们的梦想"；她小女儿那拗口的短语"昨天我们又要去那儿呢？"莫拉·杜利通过小女孩语法逻辑混乱的表述，将中年人对青年的眷恋又不得不正视已成为过去的复杂心情呈现出来，她的诗歌总能灵巧并情感丰富地表达自己的主题。

在诗歌中，杜利经常运用一种微妙的方式进入到更深层的人生阅历当中。在这方面,杜利的作品与伊丽莎白·毕晓普和保罗·马尔登的作品之间有着某种近似和联系。杜利近期出版的诗集的题目——《水下的生活》,足以说明这一点。杜利透过表面,透过现实的物质体验去寻求从那种感觉中流露出的复杂的情感和回忆。在她的诗歌《透过眼泪面纱的多维画廊》中,主人公"我"和一位"失去了某人"的陌生人一起参观展览。但是参观的过程中发生了什么却不得而知。或许是心爱的人去世了,或许是与一份失去了的爱有关系。不知不觉中杜利使我们明白,她试图进入此次体验的更深层的本质中。在此过程中,视线中的现实世界变成了场合、意象和象征:"随后在那些瞬间将你推倒路上/在需要头灯之前,我为你点燃一支香烟/你已经放弃的某个东西"。

杜利写作的另一个特征,就是她习惯性地将自身经验与集体反思和共同记忆联系在一起。在她的诗歌《颠倒的世界》中,通过冰冻的玻璃窗观察外面的世界成为获得乐趣的源泉,凭借极为个人的旅程游览英国的历史。在给人们留下了深刻印象的长诗《源泉》中,她将社会参与、科学事实材料、宗教意象、文学起源与高度的个人主义观念杂糅在一起,复杂的情感,但结构简单,语言朴素,因而令人无法抗拒。

诗歌选读

1. THE WORLD TURNED UPSIDE DOWN

To break and lift a frozen pane

and see my city made strange,

now, in these warming streets,

the way fires at Frost Fair once

made all that was constant tremble,

a shiver of flame, fire on ice, 1643,[1]

the country shook as it watched.

Just as the glint of refraction

15. 饱含爱尔兰记忆的歌者：莫拉·杜利（Maura Dooley）

distorts the story handed down
of how a skein of snow locked
a ship into ice at Nova Zembla,[2]
the bitter weeks of past and future
held in the long cold of the moment.

How did they dream in that white
echo? Everything drained, thinned
to a blankness, pattern that lost
all pattern, a bleakness that took
Wilson Bentley[3] a lifetime to define.
Snowflake, no two ice flowers alike.

Oh, my poor language,
that offers so many words for snow
but never the weather to use them,
only this damp longing for silence
that is sleet, that is slush, that might be
a city made strange, life under water.

注释

1. 1643：1642 年法西战争结束，1643 年罗克鲁瓦之战开始。
2. Nova Zembla 新地岛俄罗斯北部位于北冰洋的两个大岛。
3. Wilson Bentley：历史上第一位为雪花拍照片的人。

诗歌翻译

颠倒的世界

打碎并举起一块冰冻的玻璃，

看看变得陌生的城市。
现在,在这些温暖的街道上,
冰冻展览会失火的那条路上,
火灾让一切都在不停地战栗。
颤抖的火光,冰上的火焰,1643年
该国震动,
正如折射出的闪闪发亮的。
摧毁了沿袭百年的故事:
大雪将船,
固封在新地岛的冰中。
属于过去和未来的苦难星期,
留在了这长期冰冷的时刻。
在白色的回声中他们如何做梦?
万事万物都在枯竭,变得稀薄,
直至成空。现在的图案就是没有图案。
惨淡无望的情形需要花费威尔逊·宾利一生的时间
去阐释。
雪花,不存在两片一样的雪花。
哦,我可怜的语言,
有这么多的词汇来描述雪花。
但是天气从来不像我这样说,
只对寂静怀着潮湿的渴望。
是雨夹雪,是烂泥,那可能就是变得陌生的城市,
在水下生活。

2. I'M A STRANGER HERE MYSELF

We are looking for the station.
Seagulls draw a map above us
in fading light we cannot read by.

15. 饱含爱尔兰记忆的歌者:莫拉·杜利(Maura Dooley) ❖

You invite three different sets
of directions, four shrugs,
a shaking of the head

then spot a sign
that only leads us back again
to the crowded ring road's Gordian knot[1].

I could walk here beside you for ever,
waiting for our destination
to unfold as solid geometry,

signposted, lit from within,
emerging cleanly as we round the corner,
startling in this January twilight.

注释

1. Gordian knot:戈尔迪是古希腊神话传说中小亚细亚弗里吉亚的国王,他在自己以前用过的一辆牛车上打了个分辨不出头尾的复杂结子,并把它放在宙斯的神庙里。神示说能解开此结的人将能统治亚洲。这就是被人们广为传说的"戈尔迪死结"。

诗歌翻译

我是个陌生人

我们正在寻找车站,
海鸥在我们头顶盘旋画着地图。
微弱的光线下,我们无法识别地图。

你得到了指向三个不同方向的答案，
还有四个人耸了耸肩，一个人摇了摇头。
然后看见了一个路标，
只能引导我们原路返回，
回到拥挤的环城路的戈尔迪之结。
我可以永远走在你旁边，
等待着我们的终点，
像立体几何一样呈现。
从内部标出的标点，
在拐角处清晰指出，
在一月的黎明令人惊讶。

3. THE ELEVATOR

As an oyster opens,
wondrous, and through mud
lets glitter that translucent
promise, so the lift doors
close and I am inside
alone with Leonard Cohen.

Vertigo[1], fear, desire.
I could unpeel myself here,
not just down to honest
freckled skin but through
the sticky layers of a past.

Surely he'd know me anywhere?

Remember that time in the Colston Hall[2],

15. 饱含爱尔兰记忆的歌者:莫拉·杜利(Maura Dooley)

how you sang only to me?

The Albert Hall[3], when I blagged
a press seat and you never once
took your eyes from my shining face?

Here, now, today, in Toronto,
how did you find me?
How did you know I'd be here?

He looks to where I stand
in the radiant silence,
the earth falling away beneath us,
till the silvery gates slide open
to release him. He steps out.
He steps out and I stand still.

"D'you know where you're going?"
he asks.
"Is this where you wanted to be?"

注释

1. Vertigo:晕头转向

2. Colston Hall:科尔斯顿大会堂 The Colston Hall is a concert hall and grade II listed building situated on Colston Street, Bristol, England. A popular venue catering for a variety of different entertainers, it seats approximately 2,075 and provides licensed bars, a café and restaurant.

3. Albert Hall:皇家阿尔伯特音乐厅(Royal Albert Hall)是一个位于英国伦敦西敏市区骑士桥的艺术地标,自维多利亚女王在 1871 年为音乐厅开幕

后,世界顶尖的艺术家都会出现在该地标

诗歌翻译

电　梯

当牡蛎打开时,
奇妙的,穿过泥土让半透明的承诺闪闪发光。
所以当电梯门关上时,
我和里奥纳德·科恩
独处于电梯间内。
眩晕,害怕,欲望
我可以将自己剥皮
不是诚实带雀斑的皮肤,
而是曾经的粘皮层。
他一定会知道我身在何处吗?
记住在科尔斯顿大会堂的时光
你是如何只为我歌唱?
在阿尔伯特音乐厅,当我索要一个采访席时,
你从未将目光从我闪光的脸上移开?
此地,此时,此刻,在多伦多,
你是如何找到我?
你怎知我将在此?
他注视着我站立的地方,
在光芒四射的寂静中,
地球消失在我们脚下,
直到银色大门打开
将他释放。他迈出电梯。
他问道:"你知道你要去哪吗?"
"这就是你想要去的地方吗?"

16. 英国历史首位女性桂冠诗人：
卡洛·安·达菲（Carol Ann Duffy）

卡洛·安·达菲是当代英国诗歌界最值得关注的名字之一，她在文学批评和商业创作方面均取得了令人瞩目的成功，是罕见的、少有的。她的诗歌集《强忍女性的不合法》获得了苏格兰艺术协会奖；《销售曼哈顿》赢得了撒默赛特毛姆奖；《他乡》《平均时光》获得了惠特布雷德诗歌奖和先进诗歌奖（年度最佳诗集）；《世界的妻子》《女性勾丝柏尔》强调女性境况，《狂欢》获得了艾略特奖。其儿童诗歌收录在《儿童诗歌新编》。她的儿童绘本包括《水下的农家宅院》《巨人多丽丝》《月亮动物园》《流泪的盗窃犯》《公主的毛毯》等。卡洛·安·达菲也是剧作家，作品在伦敦的利物浦剧场和艾尔梅达剧院公演。她的戏剧包括《带走我的丈夫》《梦的洞穴》《小妇人》《大男孩》广播剧《迷失》等。她获奖无数，1984年获得艾瑞克格力高里奖，1992年获得作家协会授予的乔姆利奖，1989年诗人协会的迪伦托马斯奖，1995年兰基金会的兰南文学奖。1995年被授予英帝国勋章，2001年被授予做高级巴斯爵士，1999年加入皇家文学协会。2009年5月1日被封为英国桂冠诗人，这是三百多年里，这一封号首次授予女性。她的作品同样被批评家、学者以及世俗读者阅读,雅俗共赏,并且她的作品大部分收录于大学和中学教学大纲中。一些批评家指责达菲过于平民化,但总体来着她的作品因既有文学色彩又容易理解而备受赞誉,她被视为深受喜爱和最成功的英国诗人之一。

一、主题与形式多样

达菲诗歌的主题包括语言和现实陈述、自我构建、性别问题、当代文化等,也体现对许多不同形式的异化、压抑,以及社会不平等现象的关注。她用日常的、对话性的语言写作,这使她的作品呈现出看似形式简单的错觉。她用这种通俗的风格,创造出了现代版本的传统诗歌形式,包括探究不同声音和不同身份时,频繁使用的戏剧独白手法。除此而外,她还启用流行于文艺复兴时期的传统诗歌十四行诗形式。达菲既严肃又幽默,经常以恶作剧的、开玩笑的风格写作,尤其是在她探究通过语言构建意义和现实的途径时,她还显露出对英语语言的绝佳掌控,包括不时地玩弄辞藻。尤为突出的是,她把诗歌作品同后现代主义和后结构主义联系起来,但这些只是主题上的影响而非体裁上。关于她的风格,像上面提到过的,是保守的而非试验性的。许多批评家,如安杰莉卡·米什利斯和安东尼·罗兰的评论,认为达菲作品的风格和主题事件之间存在着有趣的关联,呈现出时而冲突,时而不安的特点:"[达菲]在意识形态上被叫做'后现代',但不是美学观点上的……不安因此在保守的形式和政治化的内容上继起。这些不安可以通过在他们的矛盾中分析产生"(米什利斯和罗兰,《卡洛·安·达菲的诗歌》,2003)。

德瑞恩·瑞斯·琼斯研究卡洛·安·达菲《作家和她们的作品系列》,1999),列举了多种因素对达菲作品的影响。她对通俗的、日常用语的运用可以追溯到浪漫主义时期的华兹华斯,同时她对戏剧独白的兴趣使她与勃朗宁和艾略特联系在一起。她的作品还体现了菲利浦·拉金的影响,如乡愁主题和冷幽默手法,狄伦·托马斯的超现实主义元素,垮掉派诗人和利物浦诗人的痕迹。瑞斯·琼斯评论了折中学派的混合和它对达菲作品的影响:"这里现实主义的推动力贯穿于达菲的作品,连同'她早期对浪漫主义的兴趣和她所经历的现代主义和超现实主义的经验之旅'。"

达菲的地位和名声极大地仰赖于她的诗歌,除此之外她还创作了十部

16. 英国历史首位女性桂冠诗人:卡洛·安·达菲(Carol Ann Duffy) ❖

风格迥然的戏剧,她许多诗歌和戏剧的写作技巧在这些作品中重复转换。她的第一部重要诗集《站立的裸女》(1985)和《销售曼哈顿》(1987)发表时,达菲立即因她在塑造人物性格、时间和对话时的杰出技巧而备受赞誉,尤其是她戏剧独白的运用。她异常地敏感同时擅长感同身受的表达,她将自己置身于每个角色的精神状态中,并且运用土语和俚语说出角色在发表自己观点的话语中,因而使角色特点鲜明。达菲经常把幽默同严肃的洞察力与社会评论相合并,创造出复杂又和谐,独特又多元的效果。如《站立的裸女》中同名诗:

"像这样六个小时只为了几法郎。
丰满的乳头在窗户射进的光亮中突起着,
他耗尽了我的全部色彩。远离真理,
夫人。并且试图保持这样。
我应该被分解地描绘然后挂
在大博物馆。中产阶级咕咕叫着
在这样一条想象的河流中—妓女。他们称之为它艺术。"

其他的诗歌,例如"流星雨"(也选自于《站立的裸女》),极其尖酸并且令人不安,她用尖锐的戏剧时间安排让读者震惊。"流星雨"强有力地表达了纳粹集中营中一个将死女人的声音:

"……一个人看到我活着。松开了
他的腰带。我的肠子在恐惧中参差不齐地裂开。
在尸体的缝隙中我看到了一个孩子。
士兵们在笑。几天来仅有一件事
将这一切与现在折磨人的行为分开。他们射中了她的眼睛。"

达菲那些更令人不安的诗歌还有很多,如"休闲教育"(《站立的裸女》)和"精神病患者"(《销售曼哈顿》)都是描写社会中的辍学学生、失意者和恶棍的诉求。她让我们听到这些不安的呼声,让我们深刻理解如此不安的思想,和那个使他们堕落的社会,那个对他们以及他们所犯下的错误毫无怜悯与宽恕之心的社会:"今天我要去杀死一些东西。任何东西。/我已经受够了被无视…"("休闲教育")。

在诗集《异国》(1990)和《微不足道的时光》(1993)中,达菲开始探索记忆和怀旧之情,这是与菲利普·拉金做比较的结果。这些诗集比较她以前的诗歌包括更少的戏剧独白和更多的人性情怀,同时她继续诉说着政治、社会以及哲学问题。其中最切中要害的表现人性主题的诗歌就是"情人节礼物"(《微不足道的时光》)。达菲擅长描写爱情,用真心真意的情感,但不是多愁善感,她探究爱情复杂的本质,它的痛苦和它的快乐。人性关怀中也结合着哲学思考——"情人节礼物"是达菲在研究通过语言构建意义的尝试而创作的众多诗歌之一,说话者试图超越陈词滥调,找到一种更真实的方法来表达情感和经验:

"不是红玫瑰,也不是柔软的内心。
我送给你一棵洋葱。
它是用棕色纸包裹的月亮。
它幽幽泛着光
正如小心翼翼剥开的爱情。
……我只想告诉你实话。"

二、传统与革新并置

《世界夫人》(1999)是一部极具革新思想的诗集,它又回到了戏剧独白的表达形式,有力地发出女性心声,其突出之处在于选取人物均为各种著名历史人物的妻子,其历史人物有真实的有虚构的:头衔包括"麦得斯夫人"、"拉扎勒斯夫人"、"伊索夫人"、"达尔文夫人"、"克赖姐妹"。尽管这不是她最有诗意的一部诗集,但却是极受欢迎,并且达菲有意撰写续集。纵观她的创作生涯,达菲因致力于性别问题,却不偏袒任何一方,或是不表现明显的政治化而受人称赞——德瑞恩·瑞斯·琼斯指出她超越了"直率的女性诗

16. 英国历史首位女性桂冠诗人:卡洛·安·达菲(Carol Ann Duffy)

歌"并且展现出"父系社会为男人和女人共同带来的困难"(瑞斯·琼斯)。

尽管如此,《女性信条》这部诗集(2002),正如它的标题所提到的,集合了女性的视角和观点。它是对女性经历的赞美,并且它有强烈的魔幻和童话式的论述意味和感觉。然而,在传统的童话中像欢乐的感觉一样,有时也会有黑暗的一面和表达。出生、死亡还有生命的循环和人生各阶段都得到了着重地描写,包括生理期、孕产和衰老。达菲心爱的女儿艾拉出生于1995年,初为人母的母性经历深深地影响了她的诗作(同样鼓舞了她去撰写其它儿童作品)。"绳索"以欢快的童话诗歌回答了孩子好奇的问题,这些问题中包括关于她自己的出生,进而扩展到人类的起源、生命的起源等:

"他们割断了她出生时带着的绳子
并且将它埋在树下
在大森林的中心地带…"

与此同时,"光芒收集者"是一种美好的、发自内心的、略有些超现实的对养育孩子神秘经历的赞美。

"光芒收集者。你从星星上摔落
摔在了我的膝盖上,柔和的灯就在旁边
照清了你的模样,
现在你耀眼得像一个雪孩子,
一株下巴下面的毛茛,广阔蓝色的远处
你尖叫着飞翔着…"

正如很多庆祝新生的诗歌,达菲在《死亡和月亮》中表达对故去的人的悼念:"……我说不清你在哪儿。祷告者无法触碰,即使诗歌是祷文。在空中无法看见,即使灵魂是星星…"。

批评家依莲恩·范斯坦发表了她对《女性信条》的看法:在本书结尾部分的诗歌如祷文,无论爱情诗还是悼念死者的挽歌,都充斥着强烈的情感。

范斯坦好奇道:"将这些诗放置在书的结尾,是否标志着某种行动或发展?我们只能等待下一本书去揭晓答案"(守护者,2002.09.14)。接下来的诗集《狂喜》,似乎证实了范斯坦的推测,因为这本书的确有强烈的个人情绪和哀伤色彩,并且与达菲其他的作品表现出明显不同。《狂喜》中的诗歌描绘了一个爱情故事(它被认为是以达菲和杰基·凯之间的恋情作蓝本的,二人的恋情结束于2004年),故事叙述从刚开始坠入爱河时的陶醉("相爱/是迷人的地狱"),到恋情终止的全过程。

"……我有什么
来帮助我,不用符咒或祷文,
来忍耐这漫长的,无尽的,无情的,无名的,
爱情的凋亡?…"

(摘取自"结束")

这是达菲最认真的诗作,这些诗探究人类情感最深处的神经,既有欢乐也有痛苦,既是丰富、美丽又是撕心裂肺的。这些作品也是她追随莎士比亚和约翰·多恩诗歌传统最正式最具代表性的表达:在这部诗集中达菲将当代爱情诗赋予了传统的十四行诗和歌谣的古老形式。《狂喜》是达菲备受赞誉的作品之一,并因此在2005年获得了艾略特奖。

诗歌选读

1. Valentine

Not a red rose or a satin[1] heart.
I give you an onion.
It is a moon wrapped in brown paper.
It promises light
like the careful undressing of love.

16. 英国历史首位女性桂冠诗人:卡洛·安·达菲(Carol Ann Duffy)

Here.
It will blind you with tears
like a lover.
It will make your reflection
a wobbling² photo of grief.

I am trying to be truthful.

Not a cute card or a kissogram.

I give you an onion.
Its fierce kiss will stay on your lips,
possessive and faithful
as we are,
for as long as we are.

Take it.
Its platinum³ loops shrink to a wedding-ring,
if you like.

Lethal.
Its scent will cling⁴ to your fingers,
cling to your knife.

注释

1. satin:a smooth fabric of silk or rayon 丝绸
2. wobbling:to move from side to side in an unsteady way 摇摆;颤动
3. platinum:a heavy precious metallic element 铂金
4. cling:hold on tightly or tenaciously 紧紧抓住

诗歌翻译

1. 情人节(礼物)

不是红玫瑰,也不是绸缎般的心。
我送给你一棵洋葱。
它是用棕色纸包裹的月亮。
它承诺光
就像小心翼翼剥开的爱情。

看这儿。
它会让你泪眼模糊
如同情人。
它会使你的沉思变成
一张让人黯然神伤的揪心相片。

我只是想告诉你实话。

我的爱可不不是一张可爱的卡片,也不是什么以吻封缄。

我给你一棵洋葱。
它刺鼻的气味会停留在你的唇间挥之不去,
我们彼此拥有,彼此信赖
就像我们一直以来的那样。

带上它。
把洋葱圈套在手上当作一枚婚戒,
如果你愿意的话。

它致命的气味

会紧紧萦绕在你的手指上，

依附在你的刀上。

2. Before You Were Mine

I'm ten years away from the corner you laugh on

with your pals, Maggie McGeeney and Jean Duff.

The three of you bend from the waist, holding

each other, or your knees, and shriek at the pavement.

Your polka – dot[1] dress blows round your legs. Marilyn.

I'm not here yet. The thought of me doesn't occur

in the ballroom with the thousand eyes, the fizzy, movie tomorrows

the right walk home could bring. I know you would dance

like that. Before you were mine, your Ma stands at the close

with a hiding for the late one. You reckon it's worth it.

The decade ahead of my loud, possessive yell was the best one, eh?

I remember my hands in those high – heeled red shoes, relics[2],

and now your ghost clatters toward me over George Square

till I see you, clear as scent, under the tree,

with its lights, and whose small bites on your neck, sweetheart?

Cha cha cha! You'd teach me the steps on the way home from Mass, stamping stars from the

wrong pavement. Even then

I wanted the hold girl winking in Portobello, somewhere

in Scotland, before I was born. That glamorous love lasts

where you sparkle and waltz[3] and laugh before you were mine.

注释

1. polka – dot：design consisting of a pattern of regularly spaced circular spots 圆点花纹
2. relic：something of sentimental value 纪念品
3. waltz：a ballroom dance in triple time with a strong accent on the first beat 华尔兹

诗歌翻译

2. 你属于我之前

我已经走出你和你的伙伴讥笑的窘境十年了，
马吉·麦克金尼和简·达菲。
你们三个笑弯了腰,搀扶着
彼此,或撑在膝盖上,并在人行道上尖声大笑。
你圆点花纹的裙子在你的腿边来回晃动着。玛丽琳。

我还没有在这里。我所设想的画面没有
在舞厅的众目睽睽之下发生,泡沫般的;电影式的未来
会带领我们走向正确的归途。我知道你会
如此舞动着。在你属于我之前,你的妈妈站在附近
躲藏起来,为深夜迟迟未归的你。你认为这是值得的。

十年前我那大声而又富有占有欲的叫喊是最好的,是吗?
我记得我的手在那些红色的高跟鞋,纪念品中,
现在你的灵魂在乔治广场上朝我大声谈笑
直到我看见了你,清晰如一缕气味,在树下,
带着它的光芒,谁在你的颈上留下了细小的吻痕,亲爱的?

16. 英国历史首位女性桂冠诗人：卡洛·安·达菲(Carol Ann Duffy)

嚓 嚓 嚓！你已经教会了我从人群中回家的脚步，在错误的人行道上标上记号。即使那样

我想拥有那个在苏格兰波多贝罗的朝我眨眼的大胆的女孩，在我出生以前。那迷人的爱情持续在

你闪耀着，跳着华尔兹和欢笑的地方，你属于我之前。

3. Education for Leisure[1]

"Today I am going to kill something. Anything.

I have had enough of being ignored and today

I am going to play God. It is an ordinary day,

a sort of grey with boredom stirring[2] in the streets

I squash a fly against the window with my thumb.

We did that at school. Shakespeare. It was in

another language and now the fly is in another language.

I breathe out talent on the glass to write my name.

I am a genius. I could be anything at all, with half

the chance. But today I am going to change the world.

Something's world. The cat avoids me. The cat

knows I am a genius, and has hidden itself.

I pour the goldfish down the bog. I pull the chain.

I see that it is good. The budgie[3] is panicking.

Once a fortnight, I walk the two miles into town

For signing on. They don't appreciate my autograph.

There is nothing left to kill. I dial[4] the radio

and tell the man he's talking to a superstar.

He curs me off. I get our bread – knife and go out.

The pavements glitter[5] suddenly. I touch your arm."

注释

1.《休闲教育》是选自卡洛·安·达菲由铁砧诗歌出版社在 1985 年出

版的《站立的裸女》。

2. stirring：arousing to a particular emotion or action 活跃的
3. budgie：small Australian parakeet 虎皮鹦鹉
4. dial：the control on a radio or television set that is used for tuning 拨；调
5. glitter：the occurrence of a small flash or spark 闪烁

诗歌翻译

3. 休闲教育

"今天我打算杀死一些东西。任何东西。
我已经受够了被忽视并且今天
我要戏弄上帝。这是平凡的一天，
一种带着厌倦的灰暗在街上引起一片骚乱
我用拇指在玻璃上把一只苍蝇压扁。
在学校我们确实那么做了。莎士比亚。它曾用
另一种语言并且现在那只苍蝇用另一种语言。
我把天赋呼在玻璃上，写下我的名字。
我是天才。我完全可以实现任何事情，
只需要一点点机会。但是今天我要去改变世界。
某些东西的世界。那只猫躲着我。那猫
知道我是天才，已经将它自己藏了起来。
我把那只金鱼倒进了泥塘。我拉动了枷锁。
我明白那是好事。那只虎皮鹦鹉慌张了。
两星期一次，我走了两英里到镇子里
去工作。他们不并欣赏我的亲笔签名。
没有别的东西可以杀掉了。我调试着收音机
告诉那个男人他正在和一个巨星说话。
他打断了我。我拿起了我们面包刀出去了。
人行道上突然寒光一闪。我碰到了你的手臂。"

17. 历史经验的自省者：
露丝·芬莱特（Ruth Fainlight）

1931年露丝·芬莱特出生于纽约城,15岁移居英国后,一直在英格兰生活。她在美国和英国都有接受教育的经历,后在英国伯明翰和布莱顿艺术工业大学学习了两年。1966年她的第一步诗歌集《笼子》出版。1985和1990年间,她在范德比尔特大学、纳什维尔大学、田纳西大学做过驻校诗人。1997年至1999年,她在表演艺术实验室、国际戏剧和音乐戏剧院担任写作导师。作为一个诗人、短篇小说家、翻译家,露丝·莱芬特为诗歌和戏剧做出了巨大贡献。她的诗歌选集包括《清晰辨事》(1968)《女巫》(1980)《结》(1990)《精选诗集》(1995)《蓝色糖纸》(1997)《月亮车轮》(2006)等,她的许多诗歌获得惠特布莱特诗歌奖。她的作品被翻译成葡萄牙语、法语、西班牙语等,最近还被译成意大利语。她本人发表了葡萄牙诗人安德雷森的诗歌译本。她还写过三个戏剧剧本:一部小型歌剧《舞者:佛》(1991),由埃里卡·福斯特作曲,皇家戏剧公园企业的一部分演员出演,入选劳伦斯·奥利弗杰出戏剧成就大奖。《欧洲故事》(改编于芬莱特1993年的同名诗歌),也在皇家戏剧院出演。《疯人院不列颠合金》在1995年英国广播公司电视4

频道任命为"军事口号"系列播出。露丝·芬莱特还完成了索福克罗斯的《底比斯人》这部剧作的翻译工作,译著即将在美国发行。

一、灾难意识

露丝·芬莱特的诗歌以强烈的自我省察为特点,通过聚焦生活中的芝麻小事儿,描绘出了日常生活中富有宗教色彩的神圣而又神秘的事件。露丝·芬莱特的愿望是"将事物看得清清楚楚",作者以那忧伤抑郁而又极富理性的情感感知着其周围事物的变化,人际关系中的细微变化,同时强化了自然界以及人与自然的观念。随着作者年龄的增长,她的诗歌更加别具特色了。通过使用"女巫"的形象等多种方式,塑造了拥有着神秘色彩和多重性格的女性形象:"我是一位洞察其内心的看客,我痛苦的哀号被视为一种预言"(《展前手册》)。这不得不说芬莱特身份的转移确实是具有别样意义的。她出生于纽约的犹太家庭,后进入欧洲并于 15 岁来到英国。她母亲家族的传统现已显得格外引人注意。的确,犹太民族的历史经验意识,尤其是"大灾难"的意识为她的诸多作品设定了时代背景。"起初,那好似一方摇动的花田,风从火车轨旁吹过,但是,在奥斯比茨市的一个岔口,我看见一个个头颅从牛车上卸下来"。

20 世纪 50 年代后期露丝·芬莱特与茜拉娃·普莱茨结为好友,并且像她一样,作为一位美国侨民嫁给了一位十分有名的英国作家(露丝·芬莱特的丈夫是 Alan Sillitoe)。事实上,是普莱茨为芬莱特提供了灵感,使其在 1962 年完成了颇具恐怖色彩的诗歌"榆树";虽然露丝·芬莱特的诗歌不像普莱茨的诗歌那样矫揉造作,但她的诗歌也多少接受了普莱茨式的热烈方式。她的诗歌同样地表达了关于现实与非现实事物给人带来的精神压力,讲述父母或孩子的梦想,抑或关于天际月亮的只言片语。对于露丝·芬莱特而言,虽然月亮代表着被动消极的女性主义的形象,但月亮也是她生活痴迷的一个目标——从消瘦的新月到圆圆的满月:我的月亮犹如一处疤痕组织/倔强的闪着光芒,在漆黑的天空中/犹如一块从薄钢板上切下的圆圈("月亮的一个周期")。

当海伦·杜默尔再次阅读芬莱特的诗选(写于 1987 年修改于 1995 年)

时,尤其是当她思考女性主义的意识时,她认识到"芬莱特的诗歌选集代表了一种特殊的写作形式",新月的形状犹如被磨损了的母亲的口红,而后发现她自己的唇膏也拥有相同的形状。通过我,她微笑的形象得以永生。就像杜默尔提到的那样:芬莱特对年龄的问题表现的极好,例如在"头发的预言"中。作者提到:一位女士在镜子前拔掉一根根白发,这时,镜子变成了一个可替代的神坛,一个汇聚了所有恐慌、狂怒和悲伤的神秘的地方。

例如出版于1993年的诗集《一年中的这个时间》,这是一部经典的自传体抒情诗,同时这些诗歌又并非是完全诉诸理性的诗歌。例如"鱼"中这样描写自己:"我犹如一条被困于网中的充满活力的鱼一样,我的头脑在强烈的转动"。芬莱特对宗教一向谨慎地表达着敬意,她曾写道:"那是已消失的传统中仅剩的习俗"。这本书中最具代表性的诗歌为"新生",它代表着古老的埃及坟墓的形象,讲述了太平洋八爪鱼自我牺牲的生命轨迹。在涡旋的气流中,八爪鱼的卵犹如即将启程追求永生的灵魂,又如新生的灵魂一般充满活力。伴随着艺术家莱纳迪·巴斯卡的画板,"十二个女巫"那极具讽刺性的结局,让我们再次想起了"女巫与其他人"(1980)这首诗。从富有宗教色彩的、古典而又与《圣经》密切相关的环境,描写到女性主义和现代主义理论,芬莱特已经写了几十首有关含混模糊形象的诗篇。其中一首诗这样写道:与其说我能够预言,不如说我可以读懂鸟儿的语言,让普通人赞赏你,使你像一只被禁锢的鸟儿一样的安全,并称你为"女巫"。

二、神秘事件

《蓝色糖纸》(1997)入选了惠特布莱特诗歌奖。诗歌的主题讲述的是列宁格勒公寓房间墙的颜色。这个公寓是诗人与俄罗斯诗人安娜·澳柯玛托娃合租的,两个人于1965年相识。清晰的记忆回到了那充满战争的童年时代:长长的白果皮的蜡烛芯被成簇而坚硬的绿色的灯芯草枝干包裹着("撤离的人")。在傍晚的暗影下,一大簇异常艳丽的花簇吸引了人们的目光("秋天的藏红花")。对于芬莱特而言,记忆的另一面就是死亡。"我通过了肉体的门槛,在我通过尘世的门槛之前,不知多久才会得知最后的任务"("门")。

她的最后一部诗集为《燃烧的金属线》，标题的形象似乎代表着思想的火光；它的紧张与发泄，从思想的禁锢中逃离，直到你抵达它的中心；抑或强迫自己的思想向前，像在问题的核心处依然不断燃烧的金属线一般。无论其是否映射着时间的运转和流逝，它可以深深的沉浸在记忆之中。战争时期，一个小女孩在纽约姑妈的房子里收听着"茶花女"；一个成年的女士正在回忆着她的父母，她仔细地翻看着20世纪20年代在蒙特维多时拍摄的家庭照。月亮的形象依然存在：满月仍会使我清醒、焦躁甚至兴奋。夏日的夜晚所有的一切犹如往常，我的角色和命运像月亮那谨慎而孤独的姐妹（"坚持"）。在"所罗门与夏巴女王"那冗长的情节中，作者将犹太的传统和有关《圣经》的秘密融入自己的作品之中——夏巴被视为一个可以预测耶稣降生的女巫。

芬莱特的短篇小说都十分精彩，但却往往被人忽视了。这些故事既包括现实主义的风格，又有民间小说的特点，或是像"鱼状衬衫"那样的女性主义寓言色彩，甚至包括对爱情的幻想格调。1994年"克劳克医生的最后一个病人"的题头诗首次出版在了Penthouse杂志中。诗中描述了一位迷茫的年轻女性和她的精神科医生的性生活。战争期间的美国，女病人在社会中尴尬的境地在聚会中表现得尤为突出。她的衣裙是由窗帘制成的，后面的故事描写了她不同的性生活及男人们那注视的目光。同时，诗歌也关注时代背景：有些人关注酗酒成性的侨民那没出息的生活，及恐怖分子将一位教授和他的妻子禁锢在家乡的故事；一些故事也以家庭生活的混乱的心理状态、不规律的饮食和性紧张为主题。例如，在"朱恩和莫里"中一位富有魅力而又专横的母亲抢占了女儿的未婚夫。"我的小妹妹"则描写了一对兄妹之间窥淫和性控制的不幸的故事。或许，最令人难忘的当属诗歌"另一个幸存者"，这故事中，一个测绘师被母亲的灵魂控制，他的母亲是"大灾难"的受害者之一，1933年，他为女儿穿上了他母亲的衣服，开始重新团结一家人。和芬莱特的诗歌一样，她的小说也是值得关注且令人悲伤的，在智慧的外衣下，她的小说充满了激情，有时还伴随着真正的混乱。

17. 历史经验的自省者:露丝·芬莱特(Ruth Fainlight)

诗歌选读

1. Handbag

My mother's old leather handbag,
Crowded with letters she carried
all through the war. The smell
of my mother's handbag: mints
and lipstick and Coty powder[1].
The look of those letters, softened
and worn at the edges, opened,
read, and refolded so often.
Letters from my father. Odour
of leather and powder, which ever
since then has meant womanliness,
and love, and anguish[2], and war.

注释

1. Coty powder: use to set make-up as a foundation 科蒂女士化妆品,散粉
2. anguish: severe pain, mental suffering or unhappiness 剧痛;极度痛苦;苦恼

诗歌翻译

1. 手提包

我母亲那老旧的皮革手包
里面装满了信件
战争时期她一直带在身上
母亲手提包中弥漫着

薄荷糖、口红和科蒂散粉的味道
信件看上去
皮面边角已经变软、磨损
它们曾一次次地被打开、阅读、折好
信件来自我的父亲
手提包中
皮革和美妆粉混杂的味道
意味着女性的柔美、爱、刺痛以及战争。

2. Ancient Egyptian Couples

Ancient Egyptian couples

standing or seated side by side.

Plaited wigs and pleated robes

Breastplates[1] and bracelets[2] patterned

with lotus and papyrus[3] buds

in wood, stone, plaster,

meticulously worked and incised.

Signifying separate realms,

his skin is painted

earth red, hers gleams soft

and golden as the sky.

Sometimes, the wife has placed a hand

upon her husband's shoulder.

They stare at us, not at each other,

from enormous kohl[4] - rimmed eyes.

That surge of affection

across millennia[5], like

the sudden return of desire

which haloes the head, the whole

body, of the one confirmed

again as beloved, brings them

close as you and I.

注释

1. Breastplates：A breastplate is a piece of armour that covers and protects the chest. 铠甲，腹甲

2. bracelet：jewelry worn around the wrist for decoration 手镯

3. Papyrus：Papyrus is a tall water plant that grows in Africa. 纸莎草

4. Kohl：is a cosmetic used to make a dark line along the edges of someone's eyelids. 化妆墨，眼影粉

5. Millennia：thousands of years 千年

诗歌翻译

2. 古埃及夫妇

古埃及夫妇或站立着，或侧卧着。彼此相依
他们戴着编织成辫子的假发，穿着打着褶皱的长袍
护胸甲和手链上雕刻着荷花和纸沙草，
它们或生长于树丛中，或生长于石缝中，抑或生长于灰泥中，做工十分精细。

唯一的区别是：丈夫的皮肤是土红色的，
而妻子的皮肤像天际的色彩一般，泛着金黄色的微光

有时，妻子将手
放在丈夫的肩膀上，
他们用他们那画着眼线的大眼睛注视着我们而非他们自己。

跨越了千年的爱恋突然间迸发出来,犹如突然来临的渴望

照耀着他的头颅及整个身体

再一次确定了彼此的倾慕和爱恋

犹如你和我一样贴近。

3. The Tree Surgeon

Pressing against the trunk[1], he twists around

and back to test the resilience of the branch,

the rope, the safety of his position,

then crawls along a bough – a primate

in his habitat. When he stops to rest and

contemplate the distracting criss – cross of last

season's twigs, plot his next move and where

o cut yet not harm the tree's structure,

he becomes a modern human.

Next spring it will start again. By autumn,

when this year's leaves have fallen, the space

he's cleared will be filigreed with new growth.

The pressure of a tool on his palm, the timeless

repetitions of toil, seem part of the same

process – something more important than

an individual life. He's caring for trees,

not carving a sculpture that will immortalize

him; would never conceive such ambitions.

At ground level, two men, helmetted,

their ears muffled against the sound, feed

fallen branches through the mouth of a hopper[2]

that spits the shredded stuff into the open back

of a truck. The tree surgeon, gracefully

17. 历史经验的自省者：露丝·芬莱特（Ruth Fainlight）

stretching toward tip of the tallest branch,
is only not an artist because he knows
that what he does could be done as well —
or maybe even better – by someone else.

注释

1. trunk：the main stem of a tree，usually covered with bark，the bole is usually the part that is commercially useful for lumber 树干

2. hopper：funnel – shaped receptacle，contents pass by gravity into a receptacle below 漏斗

诗歌翻译

3. 园艺师

园艺师按压着枝干,扭转着

又让其放松,来测试着枝干的柔软度

拴好绳索,找到安全的位置,他沿着树干进行攀爬,途中一个灵长类动物占据了他的位置

他停下来休息,并观察着去年长出的现在更加茂盛的枝条,

并思考着下一步的动作,思考着修剪那里的枝杈才不会伤害树木的整体结构。

下一个春天,树木将再次生长,到秋天时,当今年新长的树叶全部落尽,

他修剪过的地方将会长出新的枝条

他手掌中工具带来的压力及周而复始的劳作似乎已变成了树木生长的一部分

这些似乎比个人的生活更加有意义

他只关心树木的生长而不在乎修什么样的树木造型可以让他永世留名,

他也从未有过这样的雄心壮志

地面上的两个人戴着头盔来减少噪音的伤害，
他们将修建下来的树枝从漏斗口装入已打开的后车厢中
园艺师优雅地抓住树木顶端枝干，他并不是一位艺术家
因为他知道他自己所做的其他人也可以做，甚至做得更好。

18. 家庭生活的魔幻书写者：
维基·菲伍尔(Vicki Feaver)

诗人维基·菲伍尔1943年生于英格兰诺丁汉,曾就读于杜伦大学和伦敦大学学院。她的三部诗集包括:1981年出版的诗集《亲密关系》;1994年出版的诗集《笨拙女人》(成为海涅曼奖得主,并成功入围当年先锋奖年度最佳诗集奖);2006年出版的诗集《血书》,入围当年的科斯塔奖。诗集《笨拙女人》包含获得阿尔文基金会国际诗歌比赛冠军的诗歌"莉莉庞德"和获得先锋奖最佳诗歌奖的"朱迪丝"。1993年她获得霍桑登奖学金,1999年获得乔姆利奖。她的作品被收录于很多当代诗歌选集中,包括1995年出版的《企鹅现代诗歌集2》(同卡罗尔·安·达菲和依婉·伯兰一起),以及《奥维德之后》,它是一部关于奥维德《变形记》的不同译本的文选。此外,还被收录在1945年以来英国和爱尔兰企鹅诗歌集。菲伍尔曾是奇切斯特大学学院创意写作的教授,她还出版过一些关于写作过程和二十世纪女性诗人的散文。

一、魔幻与现实的结合

维基·菲伍尔的诗歌有着非常与众不同的基调:尖锐而阴险。虽然二十多年里她仅仅出版了三部诗集,但她的诗歌仍被高度赞誉。1995年她同卡洛·安·达菲与依婉·伯兰一起出版了《企鹅现代诗歌集》。说到她的影响,人们可能会把她与西尔维娅·帕拉斯、丹妮诗·莱维托芙和依婉·伯兰相提并论。但是,在她的诗歌评论中,菲伍尔提到20世纪60年代在纽卡斯尔听史蒂夫·史密斯讲课对自己产生了重大的影响。史密斯将魔幻与现实相融合至今令她记忆深刻,她以此打造神话与传说,以及女性智慧与奇幻的大拼盘,她说,"在课程结束离开时,我非常想成为一个诗人"。

菲伍尔的诗歌(至少是后期的)总是回归到现世关系中来,倒也没那么血腥恐怖的现实,就像马修·斯维尼说的那样,在那些家庭中女人世俗而凶残。她的诗中合并了现实及神话,将青春期、婚姻、家庭生活、悲伤,以及内部冲突的愤怒宣泄出来。诗作从家庭生活中延伸出来,涉及民间传说、圣经故事、希腊神话、画作以及梦。她的作品感情深挚而又狡诈,且带有寓言色彩,有时又很血腥。很少有作品像《白郁金香》《金盏花》那样去探寻花卉的诗歌。在《金盏花》中,可以看出欲望的信号。"在热烈橙色的边缘,散发着觉醒的味道,""花朵从紧致,含苞的花蕾中怒放","我们受伤了,标记在头发里""狂喜的舞蹈提醒我们,我们是凶手,能将男人的头颅从肩膀上撕去"。

就像在她第一部诗集《亲密关系》中暗示的那样,是家庭的压力制造了所有的压力。她的语气沉重温婉,带着诉说婚姻失败的真实,以及一个女人由于家务及孩子所带来的约束的愤恨。有一系列讽刺诗作是关于母亲与女儿的。"一个从另一个里面出来,就像俄罗斯套娃"还有孩子"我们用梦想浇灌他们,就像园丁等待花朵绽放,等待、观望"。第二段她和她关系疏远的丈夫的蜜月也遭受了失败,"我们从布满艳丽叶子的地毯上踏过,就像孩子们在玩游戏,时而温暖,时而转凉然后愈加寒冷",然后焦点又转向内部,更加大众化,一系列的短诗描述道"女性罪恶"(骄傲、怠惰、暴食、性欲、贪婪、嫉妒、愤怒和绝望)。《白日》是拉肯的一首有名的,同样反映女性主题的诗歌:"他们走向我们,空洞但不洁净,就像未被清洗干净的瓶子……/到白日没有尽头/只有一块布覆盖在鸟笼上。"她的作品中也大量的使用了色彩描写,来自男性艺术家、女性模特和画家的明喻和细节(一些像雷诺阿的东西):是对其著名艺术评论家前夫的一种讽刺。

二、女性的神秘主题

1994发表的《笨拙女人》,诗集中充满那些早期的"干净床单"被血污玷污的青春表达。在这部诗集中,包含了她著名的凶残诗《朱迪丝》,诗中菲伍尔采用大量的隐喻,让我们看到她作为一个诗人带来的巨大进步是不容小觑的。她的作品里有一些名副其实的传统主题的好诗;关于童年主题的诗歌(《德力士》,1947年),关于在青春期性觉醒主题的诗歌(《绳索》),甚至是关于制作果酱主题的诗歌。但是她诗歌中最显著的是她严厉的基调:在她充满激情的诗歌中,从前的受害者成了决心要复仇的人。谋杀是被遗弃者的想象情节,但是在得奖诗歌《莉莉庞德》中,那个被赋予权力的女人是"思考新的方式去杀你"的这种人。其他诗歌是以神话故事(《美女与野兽》)与希腊神话的形式,戏剧化地面对两性主题。赛思(希神)发现失恋的尤利西斯(希腊神话中男子)意图去挑战他内心即将发生的背叛:"我的父亲是炙热的太阳/为什么我会迷恋上冷酷的男人?/他使我太悲伤了:从他的口中听到了我的名字/就像潮汐退去时发出的嘘声"。在诗的题头中,暗提到了一个俄罗斯民间故事,一个女人坐在河旁哀悼被她父亲砍掉的那双手,她的丈夫赋予了她这双强硬的双手,想要这双魔力的双手在橘红色的泥土中发芽去解救她的婴孩。此刻,家居的工作奇怪的扭曲变成一种幻想:"我的熨斗在床单和毛巾上方飞驰,就像雪橇在狼群追捕下在雪地上奔驰/我已经征用了一个起重机/如果我可以,在贾罗(英国国会选区)寻到焊接工/去燃热如拖船天才般的钢铁/去摧毁这所房子。"

菲伍尔以一个希切科夫式的剧情将主题转变,例如《木鸽子》里面的情节:一个晚宴上女主人取锋利的刀去分割肉,她就像一个在马戏团的掷刀的女孩,在她手里把肉像雕刻危险的花朵一样割成一半。暴力的死亡也是《白色羽毛》中的潜台词,在诗中一个年轻的女孩不得不携带一只被她父亲射杀的兔子,当她随后拥抱她的母亲时她闻到"他手上一股燃烧的难闻的气味"。

在诗歌《在罗辛那》中,一个女人渴望逃离婚姻的苦海,热衷于她朋友的关于对男人复仇的故事。这在《朱迪丝》中被强烈的戏剧化(她获得先锋奖的诗歌)回答他"如此优秀的女子怎会谋杀"的问题。作为诗人兼评论家的露丝·帕德指出,它巧妙地将古典爱情诗里的态度(一个男诗人凝视着一个女人沉思),与圣经里的女主角狠狠的注视敌人荷罗孚尼(基督教《圣经》里的故事人物)强大但沉睡的身躯进行调换。这首诗成功地演绎了当这个女人面对自己对这个男人本能的性欲时,与他谋杀自己丈夫的痛苦记忆时的复杂心情,精明的权衡:"当我在烈火的灰烬中滚动,就像被某种东西触摸,玷污……"。身体被残忍地摧残之后,朱迪丝把刀片架在他的脖子上,"像切鱼肉一样"。

她也能轻松地,不那么戏剧性地创作诗篇。包括对卢西恩·弗莱德和安德鲁·惠氏的画作的创作。她曾看过一幅罗吉·希尔顿的海边裸女的画作,写道:"我们有时都希望,天上的神下落凡间,在沙滩上追逐我们"。但是,在最近出版的诗歌评论中又体现了灰暗的一面:"着火的屋子就像婚姻,留下的只有黑色的油渍和灰烬……我看到,在布满灰烬的苍穹中,我的肌肤的残片,以及烧落的发丝,在风中飘荡起伏"(《床》)。

诗歌选读

1. Coat

Sometimes I have wanted
To throw you off
Like a heavy coat.

Sometimes I have said
You would not let me
Breathe or move.

But now that I am free

18. 家庭生活的魔幻书写者:维基·菲伍尔(Vicki Feaver) ❖

To choose light clothes
Or none at all

I feel the cold
And all the time I think
How warm it used to be.

诗歌翻译

1. 外套

有时我想
像扔掉一件沉重的外套一样
摆脱你
有时我抱怨过你
让我无法呼吸
举步维艰
但是现在我有了选择轻便外套
或是不穿外套的自主权
我却总是感觉到寒冷
然后回想起
曾经有多么的温暖

2. Bats

Only at night, the noisy nursery wakes:
The mothers who've taken over the space
In the roof returning from insect – gathering
Flights. I can hear the flutter
As they squeeze in under the eaves,
The twittering, chirruping[1], squeaking,

Of milk – sucking, carnivorous[2] throats.

In the day, you wouldn't know they were there,

Except for a small, made up of bits of smells

I thought I'd forgotten – a hamster[3] cage,

Grandma's fusty[4] feather mattress,

The iron reek of a birthroom.

I ought to award them honour.

I could take a broom and sweep

Their hanging bodies from the beams.

Once, one flew into our bedroom, spinning

Above our heads, wings like the contraptions

Leonardo strapped to the backs of men

Pattering against ceiling and walls

Stirring nightmares of claws

In the hair, teeth in the neck

It settled on top of the wardrobe.

I climbed up, saw, in the half dark,

Pointed ears move. It was a baby,

Just learned to fly. I wanted it

To be mine: to feed it like my daughter

Feeds my granddaughter on the choicest

Delicacies, to go out into the wet fields

And search for beetles and crane flies

And moths, to make it a doll's

Soft cot, to rear it with the man

Who pulles a sock over his hand

And gently lifted it up, launching it

Through the window, returning to the bed

Where care is not for the flesh of our flesh

But flesh itself, hands, tongues, the body's
Tenderest morsels[5], offered from each
To each, shared like food.

注释

1. carnivorous: Carnivorous can be used, especially humorously, to describe someone who eatsmeat。食肉的,肉食性的
2. Contraption：奇妙的装置,新发明,玩意儿
3. Leonardo：利奥纳多·达·芬奇,文艺复兴时期意大利艺术巨匠
4. morsel：a small amount of solid food, a mouthful 一口

诗歌翻译

2. 蝙蝠

只有在夜里　育儿室的喧闹才被唤醒

占据了这的母亲们带着幼虫返航了

我听得见它们挤在屋檐下

扑棱着翅膀

吱吱地叫着

饥渴的　喉咙里发出吸奶的声音

日间　除了一种由多种气味混杂的味道外

你感受不到它们存在

我以为我已经忘记——仓鼠笼

祖母发霉的毛垫

以及产室里铁器的恶臭

我应给予他们应有的荣誉

我可以将它们挂在梁间的身影扫除掉

一次　一只蝙蝠飞进我们的卧室

在我们头上盘旋

翅膀像利奥纳多设计的插在人背上的精巧装置一样
伏在墙上或屋顶
振翅声进入梦魇,利爪撕扯着头发　利齿紧挨着脖颈　令人抓狂
它在橱柜上安居下来
我爬上去　在半明半暗中　看到尖耳朵在动　是个幼崽　刚刚会飞
我想拥有它:像女儿喂我的孙女一样精心地喂养它
去野地寻找甲壳虫　甘蔗蝇和飞蛾
给它做一个玩偶的柔软的床
男人用袜子包住手轻轻将它举起　从窗子中飞出　又回到床上
我们像对待自己的骨肉一样对待它
交替温柔地照料着它　像食物一样分享

3. The Red Cupboard

The woman's cupboard, she's stocked
With jams, jellies[1], pickled limes

And bottles of blue – skinned plums
That just to look at is to taste

Their sweet green flesh. Inset in the wall,
The inside's painted the red of petals – –
Poppies, geraniums[2] – – of dream blood.
When she opens the white door

It's like opening herself.
Among jars of quince[3] and apple,

The red satin dress with a boned bodice
She wore as a girl; and multiplied behind

18. 家庭生活的魔幻书写者：维基·菲伍尔（Vicki Feaver）

Down a long corridor of deepening reds
The women who each month either swelled

With a child, or felt the little burp
And bubble that began her flow.

And beyond, in black red fields,
Her mother, and her grandmother,

And her grandmother's mother – –
A queue stretching back, back.

Some days, when she opens the door
To find her riches, her sumptuous store,

All that's left
Is the thick scent of blood.

注释

1. jellies: Jelly is a transparent, usually coloured food that is eaten as a dessert. It is made from gelatine, fruit juice, and sugar. 果冻
2. geraniums: A geranium is a plant with red, pink, or white flowers. 天竺葵
3. quince: 温柑，温柏，南非水果，通常用来制作果酱或果冻类食物。

诗歌翻译

3. 红色橱柜

女人的橱柜里，储藏着果酱、果冻、腌柠檬

还有一罐罐的青皮李子
香甜,翠绿,鲜艳欲滴
单只是看一眼就像品尝到它们芬芳的汁肉一般
墙上的装饰画着罂粟、天竺葵
红色的花瓣——像梦中的血色
当她打开白色的门
就像开启了自己
在一罐罐柑橘和果脯之中
她穿着骨感的束身衣,外搭是一条红色的缎裙
那是她少女时的模样
那之后月月走过那深红色的长廊
怀着孩子的女人总是感到腹部肿胀
或是空空地打着嗝
想念那些欢畅的日子
更远处　在黑红色的世界里
她的母亲　外祖母以及祖母的母亲——无尽的女人
某天　当她打开门去发现她曾经奢侈的储备
所有的一切　都沉浸在浓重的血腥的味道中

19."新一代"诗人代表：
列奥莎·福琳（Leontia Flynn）

  1974年列奥莎·福琳出生在多恩郡的乡村小镇，后在贝尔法斯特皇后大学获得博士学位。诗歌作品一直不断，2001年获埃里克.格雷格瑞奖。她的第一部作品集《这些天》（2004），获当年诗歌进步奖（年度最佳作品集），并入围惠特·布莱德诗歌奖。同年，她被提名为诗歌书协会的"新生代"诗人之一。她的第二部作品集《驱使》使她获得"当代第一诗人"称号。列奥莎·福琳后在爱尔兰居住生活，是谢默斯·希尼中心的诗歌研究员。著名诗歌评论家汤姆·保林评论列奥莎的诗歌，认为她的智慧在于诗文激励人心，抒发情怀，又总是对于真实正确的事情一语中地。这些特点也给予了她第一部作品集奔放自由的独创性，这些评价给予她足够的鼓励和自信。事实上我们从她的第一部诗集《这些天》（2004）便可看到，这些评价可谓实至名归。

一、现代与流行之间

  著名诗人、文学评论家汤姆·波林曾对列奥莎·福琳的诗作进行这样的描述:"如鞭笞一般令人警醒,情思细腻且总是一针见血地切入真实而又正确的事情。"看过她的首部作品集《这些天》,都会对她自由随性的匠心以及自信的笔触留下深刻印象。尽管在某种程度上福琳对第一批北爱尔兰诗人的喜爱,如艾伦·吉利斯,克莱特·布莱斯和尼克·莱尔德,使福琳的写作风格从最开始就树立了独树一帜的特征;诙谐的语言表达使她脱颖而出,明显是同时期的佼佼者;同时游走在伪忏悔的边缘又具个人抒情特色。她专情于著名的伊丽莎白时期,大家称为超现实主义。通过对平凡日常生活中人类众多兴衰变迁的探索,展示平庸与非凡的关系,揭示了平庸与非凡之间的虚假之别,例如,"无我"系列组诗,五诗节始终贯穿于诗集《这些天》始终,象征了福琳意欲弄清日常生活真相的意图。叙事者想象了没有爱人陪伴的生活,通过暗喻和时而马尔登风格的随意联想,又通过冗长的语言和貌似陈词滥调的考究表达,给人一种看似西蒙·阿米蒂奇和格林·马克威尔斯的作品的感觉。

> 这三年半的时间又有何意义,
> 仿佛公共汽车站的十五分钟,
> 如果像我不以为意挥手般的随性,
> 当它从我手中滑过,
> 或如司机后视镜中渐渐退去的公路,
> 我们无法挽救了吗?
> 忽然间他超越了我:
> 如何将我的思绪唤回到灌木间的鸟儿,
> 波涛起伏中的鱼群。

然而,在这种戏谑的口吻之下,《这些天》最终表现的是对身体和心灵世界清晰度的最认真的探索,由此这部诗集的简称可称作"一种生活方式"。这在整部书的开篇得以十分明显的体现,例如"呼唤它的名字"一诗,描写了从一位朋友的满满一冰箱食物的具体名字中获得的乐趣。还有叙事者在富于暗示的"边缘女性关系"一诗中所说的"在敏感的牙齿之中戳动……,以安置那精准的,极小的感官的转换"。福琳最值得称赞的诗人天赋在于,她能够在流行文学和现代文学中掌握恰当的方向,既不浮夸又不过度,如在《与我同居》中"发霉小厨房的下午/电视机",在《程序语言的诗歌》中,那诙谐且具有煽动性地对比了诗歌语言与电脑程序语言的思维异同。然而,正如诗人卡丽·艾特在《泰晤士报文学副刊》上的评论,福琳将自己根植于现代——尤其是她的个人生活方面,可以产生迷人,甚至是陈腐的诗篇,像在《桥梁》中的一副小插图,它枯燥地试图引起人们对电视迷的探索,如作为强调福琳写作手法中偶尔的诱惑性:也就是,从无意义中收集的那么一点点的意义。

然而纵观全文,《这些天》收集了大量丰富且耳目一新的小说性诗作,这恰好使她的作品在2004年"诗歌作品协会"的《下一代》得以发扬。它是此书最有影响力的作品,毫无疑问的命题诗作,一首巧妙、押韵、真诚,却又幽默的剖析了二十几岁年轻人的生活的诗作;从"马克·夏卡尔日历上的叶子,/晃动着,仿佛被覆盖的气流捕获,被击倒,听着自己细数十年前的这些,十年前,如此种种。"在很多方式上证明了福琳在诗歌词形变化方面的诗人潜质:随性的口吻,微妙的乐感,节奏的调和变化,诗歌的率直、动人、悠闲的现代风格,构建了一个富有想象力,又复杂难懂的结局:"像一位留在那里站立的人,他的房子一面面倒下,/黑白的飞灰模糊成轻率的颜色。"

二、予智慧于平凡中

2008年,福琳出版了第二部诗集《驱使》,就像弗朗西斯·莱维斯顿在《卫报》中提到《驱使》这一标题既有名词又有动词的意思,它指的是管理自我生活的心理模式,也是我们在这个越发多变的世界的旅程,在后面的例子中,如名为"罗马"的诗(对旅行主义的观念和局限性进行了嘲弄),并且"华盛顿"(一个对雪莱的"智谋者"即兴重复的挑战性的段落),展现了福琳在微妙的社会与政治评论方面不断增长的天赋和在"客观性"在她第一部作品中的缺乏。然而,不足为奇的是这部诗集中更加成功的诗作,至少在表面上,大部分具有个人色彩:它们融合了智慧、幽默,激发了人们的好奇心,以便发现云雀诗人的生活方式,平凡之中的真实,如"在人格"方面实现了在自我

和艺术家间的平衡,在放纵后的抑郁与愤愤不平批判后的愤慨之间的平衡:

  假如生命戛然而止,我没有太多值得怀念的事情,
  人们彼此之间古怪而又值得庆贺的吝啬,
  关于薪水、地位、奇怪而又令人怨恨的责任。
  工作的毫无意义感——但相反,是安逸的深渊!
  一条蛇日复一日的在胸中盘绕,
  当诗歌成为一种胡说,我将如何自处?

  如果福琳尝试在《驰使》中寻找答案,就要通过对一系列其他诗人和创作型艺术家们的生活描写来寻找(对于迈格尔·霍夫曼的日冕的怀旧)这些都贯穿于整部书作之中。对一些主题的探索,如包括弗吉尼亚·沃尔夫狂躁抑郁和颓废,F·斯科特·菲茨杰拉德的酗酒,伊丽莎白·毕晓普丧母而致精神疾病与成为孤儿的后果,这些描写没有逃避困难的主题,并与第一印象和时而的疏忽相对比,这成功地再次肯定了当面对巨大逆境时的恢复力和个人的能力。对于主题诗歌的选集,诗人的母亲"无法一人去分配/对于孩子方式的意义,他们的世界令人困惑地驱使,"福琳反方向地绘画了探索生活的方式,活着可以或许应该的样子,她的诗歌经常探寻"因果报应"的主题,并劝诫人们"取你应得"。偶尔她将这些思想又弃之不顾,因此,福琳的抒情能力和体裁格式的运用提供给读者一种奇幻之感,也展现了人类的生存状况及对生存现状的担忧,诗歌中体现出诗人深刻的洞察力,又不失幽默的表达。

诗歌选读

1. Song

In the silver – grey

dark of your room

your hands are still

19. "新一代"诗人代表:列奥莎·福琳(Leontia Flynn)

nothing is moving

the blinds are drawn
but over and over
the stars rush forward
on your screen – saver[1].

注释

1. screen – saver: 电脑屏保

诗歌翻译

1. 赞歌

你的房间
银灰又幽暗,
你的手静垂着,
万物静止。

合上百叶窗
一次又一次
繁星一拥而上,
在你的屏保上。

2. Mangles

Washboards and mangles[1] are on my father's mind.
In conversation he will return to the soaked linen
of his childhood – its labour – intensiveness –
as though these shirts and sheets, ready for the line,
floated behind my head in a basin together

and he could reach across and bring them in
amazed how they came up white again and again
after all these years – the marriage, the "money – grubbing",
the household overrun by lunatic[2] women
putting one thing after another through the wringer[3].

注释

1. mangles: Clothes dryer for drying and ironing laundry by passing it between 2 heavy heated rollers. 轧布机
2. Lunatic: insane. 疯狂的
3. wringer: If you say that someone has been put through the wringer or has gone through the wringer, you mean that they have suffered a very difficult or unpleasant experience. 受尽折磨，历尽艰辛

诗歌翻译

2. 轧布机

洗衣板和轧布机在我父亲的脑海中，
倾谈间他回到那被浸湿的亚麻布的童年
—高强度的劳动
仿佛衬衫和床单，随时列队，积聚一盆
一件又一件地在我脑海中浮动。

他能伸手触碰并带使它们
一次又一次变得净白，给人惊奇，
毕竟在这些年中 –"贪图金钱的婚姻"
家产被疯狂的妇人挥霍，
令人心力交困的事，一件又一件。

3. These days

These days, ita seems, I am winding my clock an hour forward
With every second weekend, and the leaves on my Marc Chagal[1] calendar
Flip as though they are caught in some covet draught[2].
These days I haven't time for people on television or aeroplanes
Who say "momentarily" meaning in just one moment.

These days – these days which are fairly unremarkable –
Light falls, outside of my window, on the red brick plans
Where the trees are coming into leaf. These are the days
Of correcting the grammar on library desk graffiti[3],
The cheap, unmistakable thrill of breaking a copyright law.

But these days, like Cleopatra's Anthony[4], I fancy bestriding the ocean;
These days I am serious. These days I'm bowled over
Hearing myself say ten years ago this... ten years ago such – and – such
Like the man left standing, his house falling wall by wall,
In that black and white flick blurring headlong into colour.

注释

1. Marc Chagal:马克·夏加尔,法国著名画家,现代绘画史上的伟人,游离于印象派,立体派,抽象表现主义等一切流派的牧歌作者。

2. draught:a current of air. 气流

3. graffiti:a rude decoration inscribed on rocks or walls 涂鸦

4. Cleopatra's Anthony: Anthony and Cleopatra is a tragedy by William Shakespeare.

诗歌翻译

3. 这些天

这些天,我将时钟发条拨快了一小时,
每月的第二个周末,我的马克·夏卡尔日历上的叶子,
晃动着,仿佛它们被覆盖的气流捕获,
这些天我无暇应对电视机或飞机上的人
那些说"随时"且意味着一瞬间的人。

这些天——这些司空见惯的日子
灯光垂下,窗户外面,在红色砖块的平面上,
树木变成叶影。这些天,
修改图书馆桌上胡乱涂鸦的语法,
廉价且清晰地震颤打破了著作权法。

这些天,像沉迷于克里奥帕特拉的安东尼,我奇特地跨骑海洋,
这些天我很严肃。这些天我被击倒
听着自己细数十年前的这些,
十年前,如此种种,
像一位留在那里站立的人,他的房子一面面倒下,
黑白的飞灰模糊成轻率的颜色。

20. 艾略特奖最年轻的获得者：
珍·海德菲尔德（Jen Hadfield）

　　珍·海德菲尔德1978年出生在英国柴郡，她曾在爱丁堡大学学习英语语言文学，之后又以优异的成绩获得了格拉斯哥大学和斯特拉斯克莱德大学文学硕士学位。海德菲尔德在2005年和2008年分别出版了《年历》和《无邻之地》两部诗集，2003年海德菲尔德为当时尚未出版的诗集《年历》赢得了埃里克·格里高利奖金。此外，诗人定居谢特兰郡和在加拿大旅行的经历也为《无邻之地》中的许多作品提供了创作灵感，这部作品还获得了"进步诗集奖"（年度最佳诗集）的提名。在2008年，海德菲尔德凭借《无邻之地》成为史上最年轻的艾略特奖获得者。评审托拜厄斯·希尔赞扬她的诗具有"纯粹的乐趣"，同为评审的安德鲁·莫申也高度评价海德菲尔德"是个卓越的原创诗人，几乎从一开始就预示着她终将名声大噪。"她的导师汤姆·莱纳德形容她"在不断变化的自然景色中始终保持着敏捷的思维"。海德菲尔德善于以颂扬的方式来捕捉谢特兰郡和加拿大景色与方言的精神。就像弗朗西斯·莱维斯顿所说的，"这是世界范围的方言"，提醒我们苏格兰移民在新世界留下了深刻的标记。海德菲尔德的诗歌富有音乐性，她的诗在世俗的和非世俗两个方面有一个汇合点。诗歌《我们的圣父》中的役马自白式的祈祷,指出只要愿意苦中作乐,就可以"处尘世如天堂"。其中由作者本人朗读《我们的圣父》和《月球漫步》的音频在诗集广播档案网站收录播放,为她赢得更多听众的喜爱。

一、标新立异的语言

珍·海德菲尔德的第二部诗集《无邻之地》(2008)中的第一首诗,由一系列富有音乐性、首语重复的、带有纳尼亚风格的地名组成:"我将与你相遇在怜悯我树木、我将与你相遇在不怀好意、我将与你相遇在斯坦克、尚克以及斯黛、我将与你相遇在部落弗莱"。正如这首诗所要阐明的,在它充满魅力的场所中,带有强制性的盘点里,令人陶醉的抒情诗以及对民间传说和幻想的兴趣中,海德菲尔德的诗歌总是让人感到耳目一新,引起人们的兴趣,并且能产生一种极富创造性的兴奋。同时,在她的作品中,那种非凡的敏感性也得到了很好的体现。她的诗歌把精准的句子同生动的句法以及带有音乐性的文字结合起来,采用了从散文诗到祈祷文中的诗歌形式,吸收了布鲁尔《成语和寓言词典》中的精华,并且用苏格兰方言来展示她的家乡设得兰群岛的精妙。同时探索了她在加拿大的时光,从马尼托巴省丘吉尔市的冰冻地带(发现"软薄荷或宇航员"一个"产前极地熊")到"灰白的,家中灰白的草地"亚伯达("纳尼亚没有驼鹿")。正如罗迪·兰斯顿对海德菲尔德作品的评价:"她是一个贴近大自然的诗人,但并不像我们通常所想的那样,她是一个经验主义者,但又不完全如此;她是一位讲故事的人,但并不会把自己束之高阁,或是被叙述所束缚。正是这种拒绝被分类,拒绝被条框限制的特点,使海德菲尔德的诗歌充满了魅力和优势;她的作品中偶尔展示出的那种打破习俗的风格,无疑使她成了一位视觉上的艺术家。"

然而,就所有的诗歌来讲,海德菲尔德的作品中某些影响是比较明显的,比如:在《泰晤士报文学增刊》对她的第一部诗集《年历》(2005)的评价中,约翰格宁指出海德菲尔德是如何呈现出"吉莉安奥纳特作品中怪异的抒情诗体,以及来自乔治麦基布朗作品中反复出现的注解。"她诗歌中标新立异的特质和无限的好奇,也是对爱德温·摩根的怀念,而她对生活中琐碎细

20. 艾略特奖最年轻的获得者:珍·海德菲尔德(Jen Hadfield) ❖

节以及遥远之处魅力的描写,又会使读者想到诺曼·麦凯格。尽管如此,海德菲尔德的诗歌仍然保留着她自己独特的风格。除此之外,一些批评家和奖项评委注意到《年历》这首诗中的创造力,或许这是因为海德菲尔德的许多作品很少以诗歌的形式出现,甚至有些类似笔记,其中被有机地排列起来的数量更多。与和她同时代的诗人不同,海德菲尔德的诗歌更像威廉姆斯的作品——提倡在细小的事物中而非观点中展现魅力。这里以《主岛在摇摆》的开头为例:

"我所喜爱的——热气流中高高的钟表,门诺明尼白鱼
转向周日的轮轴。一只海雀打起了哈欠
它的嘴就像一个蚌壳,带有条纹的新鲜的肉
我所讨厌的——鸬鹚——
当一只小鸟,将它的四肢伸展
在岩石上就像一只极讨人喜爱的毛茸茸的熊
我所喜爱的——是两三只在一起的
鸬鹚那光滑油腻的
绿色的纹章"

有一点或许不难想到,那就是在海德菲尔德的作品中充满了独出心裁的明喻。从女孩和谢尔曼一起舞蹈(谢尔曼是掌控苏格兰恶劣天气的神灵。"他身材瘦高,像一条干草鞋带那样可爱"),到"肾脏蜷缩在一个滚烫的煎锅里,或是很小的地狱天使海德格霍格哈姆纲沃"。她也清楚,她的作品中使用的扩展隐喻技巧在《簧风琴在回家之路》这首诗中体现出来,还有在描写一个朋友的宠物中用到的类似魔术的技巧,"听到你的小狗的心情是件不错的事/在城外辽阔弯曲的道路上/一首诗开始了/快速地讲述着让人窒息的细小的关键"。这些诗歌技巧,包括拟声和押头韵,使《年历》的中心顺序变成了"一条在诗歌中行进的路",被称为"罗蕾莱的洛尔"——一部鼓舞人心的强烈的视觉作品。在这里,美好得以展现在嘈杂喧闹的风景之中——一轮黯淡无光的月亮,月光下遍布羊的尸体,车从 A970 滑落"就像一串串雨

珠"——甚至是在动物的内脏之中:"干净的鱼和它的浮囊/像一只虎皮百合/在砧板之上"(《部分的歌》)。这种感觉就像是蒲甘在同自然界交谈一样,旁边的塔罗牌代表着诗歌的题目(《二十四节气》《三个女皇》《十二个倒吊人》),作品弥漫着古老的礼拜仪式与神秘的咒语气息。整体而言《年历》是一部个人文集,是一部冒着失去读者的风险而创作的诗集。正如凯蒂埃文斯布什所描述的"海德菲尔德的作品是她丰富想象的有力保证"。

二、自然的歌颂者

海德菲尔德的第二部诗集《无邻之地》在 2008 年由布拉戴克思出版。2009 年,该诗集获得了享有声望的 T.S.艾略特奖。作为 T.S.艾略特奖最年轻的得主,这一荣誉为她赢得了广泛的关注,也让她成了当代英国诗歌界最让人振奋、最值得关注的年轻力量之一。这部诗集进一步拓展了海德菲尔德早期作品的主题和风格,包括一些很出色的对于地点的感官研究(设得兰群岛,当然还有她着手写这本书的加拿大),一少部分巧妙地使用首语重复法的作品(包括《爱之犬》,这首诗引用了爱德温·摩根的作品——《对事物的观点》中的一行,并根据这种风格创作而成)。还有典型家畜的小插图。海德菲尔德自己承认"被除了我们以为的生物激发兴趣"。对后者最好的证明包括两首关于马的诗歌:"帕特诺斯特"被说成役用马的上帝的祷告者("治愈我心中的蹄印/在就寝之时给我们燕麦/而在夜里半睡半醒")还有富于想象的"女士们,先生们,这也许是一副由玛格里特绘制的马"一匹佩尔什马昏迷在一个飞机上的"由气候控制的洞口",诗人为它祈祷:"但愿这匹马永远不要醒来/站在半空中"。她所有的这些诗歌都散发着在宗教与世俗边缘的闪光点;并且很好地成为连接二者的桥梁。

尽管并不明显,但这一点是十分相似地,那就是在《无邻之地》中有很多首诗可以看做该诗集的主题。比如,在《Daed-Traa》中,设得兰群岛方言中的"潮汐的峡谷"。诗人叙述了她是如何参观了"潮池/提醒我为何写诗":一个地点为诗人形成了某种特殊的、世俗的教堂,它控制着"心室,正如我们/剧场,寂静又舒适/神圣的感叹"。此外,诗歌中包含着广阔的海洋,流淌的河流,同时,也感叹远离家乡的孤独、寂寥和对带有乡土气息的东西奢求。

20. 艾略特奖最年轻的获得者：珍·海德菲尔德（Jen Hadfield）

潮池成了海德菲尔德诗歌观点的物质体现,用她自己的话说,"要忠实于你目前所处的现状,并且尽可能精准、专心地看待某一地方"。她关注细节追求想象的高度,而《无邻之地》这部作品很好地达到了这一点。如果海德菲尔德在基本叙述的基础上继续推动她的诗歌,探寻更多的内容,她的作品一定会非常出色。

诗歌选读

1. Fratres（Taking You With Me）

I paint the low hill until I admit

to how the light is on it.

Morning's coldest – working in thermals[1]

and fleeces[2] and socks in triplicate –

a lugworm[3], bundled bait

for the sky with the thunder – grey roe[4].

How is the light on the low hill now?

Blood through skin.

Once or twice a day sun opens the vein and

white is white of seagulls – sour Messiahs[5]！

– – then another two hundred

of Tommy's rainstained fleeces.

I said to Tommy (shifting stone)

Watcha doing and he said

Playing at Nelson Mandela

what does it look like?

The layby[6]'s up for it, grips[7]

your car, windows mossed with thin damp.

Headlamps chuck out[8] sticky webs to slide

from the windscreen and your black/bright forehead.

Headlamps – grasses giant

and shrinking – and us knotted[9] in the hill's hair.

Now you turn key and the gate's sudden

red iron – the last moment we've netted[10].

You've picked a soundtrack, you want

to say to keep it light, don't get attached

('no angel') and I want to shock you agreeing

yeh keep it light

and I can carry you a while. For a day or two

I'll have this cumulus[11] bruise[12] (your passing weather)

On my lower lip.

Up here it turns out it's less simple

a ewe's fleece

stained by the season of her last tup.

注释

1. thermal:保暖内衣裤

2. fleece:抓绒

3. lugworm:marine worms having a row of tufted gills along each side of the back 海蚯蚓

4. roe:fish eggs or egg – filled ovary 鱼卵

5. Messiah:Jesus Christ 救世主

6. layby:路侧停车带;紧急避难所

7. grip:hold fast or firmly 抓住,紧握

8. chuck out:throw away 丢弃

9. knot:tie or fasten into a knot 打结

10. net:make as a net profit 得到,净赚

11. cumulus:积云,堆积的

12. bruise:an injury that doesn't break the skin but results in some discolora-

tion 擦伤

诗歌翻译

1. 我要带你走

我描绘着低山丘陵

直到我承认它上面的光是怎样的

清晨是最冷的

穿着保暖内衣裤,抓绒外套和三层袜子

海蛏蚓是被捆绑的诱饵

因为天空打着雷——灰色的鱼卵

现在,低山丘陵的光怎样了?

渗出皮肤的血液

一天一次或两次,太阳割破血管

白色就是洁白的海鸥——讨厌的救世主

还有两百多件

托米的着色抓绒外套

我问托米

"你在干什么?"

他说:"我在扮演纳尔逊·曼德拉"

"看起来怎么样?"

避车道已经准备好了,

握紧你的车。车窗因潮湿长满苔藓。

前照灯将黏黏的网从汽车挡风玻璃和你又黑又亮的前额处

扔到了滑梯上

前照灯——绿草巨人

畏畏缩缩。我们在山丘的头发中编制打结。

现在,你转动钥匙,门突然打开

红铁——我们的最后一刻

你挑选了一个声道,你想通过谈话让灯一直亮着。不要联系

我想改变你的意见

——让等一直亮着

我可以载你一程,一天或两天

我的下唇,将带着这堆积的擦伤

现在,它变得更加简单

一头母羊的羊毛

被她最后一头公羊所玷污。

2. Self—portrait as a Fortune-telling Miracle Fish

By Jen Hadfield, the winning poet

I'm disappointed in the gods that formed me thus

In the likeness of the wall-eyed Halibut;

in my longing, a Meagre or Eelpout[1];

in my maudlin[2], a Poor Cod[3] or Bitterling[4].

I'm disgusted with whichever of you

chose jealousy-with-an-overbite[5]

to be my consort, my symbiotic groupie

and yet some rogue demi-deity[6]

gave a posy of dubious virtues

made me transparent; electric;

a Wide-eyed Flounder[7]; a Crystal Gobi;

a Stargazer[8]; a Velvet-belly;

a Deepsea Angler[9], blind,

were it not for this proboscis

that lets me troll my little lantern

in the silt and dim

off the continental shelf.

And my daemon's a dogfish-I think -

A Starry Hound, a blunt and hungry hobo[10],
Scrounging, starveling, sleeping on the go.

注释

1. Eelpout：marine eellike mostly bottom – dwelling fishes of northern seas 鲇鱼

2. maudlin：like to be filled with tear 容易流泪的

3. Poor Cod：lean white flesh of important North Atlantic food fish 细长臀鳕鱼

4. Bitterling：苦鱼

5. overbite：龅牙

6. deity：god 神

7. Flounder：flesh of any of various American and European flatfish 比目鱼

8. Stargazer：a physicist who studies astronomy 天文学家

9. Angler：fish having large mouths with a wormlike filament attached for luring prey 琵琶鱼

10. hobo：a disreputable vagrant 流浪汉

诗歌翻译

2. 作为财富的自画像——讲述神奇的鱼

珍·海德菲尔德　获奖诗人

在塑造我的神灵面前，我感到沮丧
带着大眼白的大比目鱼模样
我在内心憧憬，一条瘦的或是鲇鱼
我总是轻易流泪，一条细长臀鳕鱼或是苦鱼
我厌恶你所有的选择
嫉妒——带着一颗龅牙
来和我结交，与我共生的、年轻的女性仰慕者

然而还有些许半神的无赖
写下一行带有怀疑却又歌颂美德的诗句
让我变得透明，导电
一条眼睛睁大的比目鱼；一片水晶戈壁
一位天文学家；一个长着天鹅绒的肚皮
一条深海琵琶鱼，什么都无法看见
若不是因为他的鼻子
让我转动小小的灯笼
在淤泥及黑暗中
离开大陆架
而我守护的是一条巨头鲸，我想
一条斯塔里猎犬，一个反应迟缓，饥寒交迫的流浪汉
在行走中乞讨、挨饿、入睡。